Werner Wind

Viernheimer Apfelmus

© 2017 Werner Wind

Verlag: tradition GmbH, Hamburg

ISBN
Paperback: 978-3-7439-1910-5
Hardcover: 978-3-7439-1911-2
e-Book: 978-3-7439-1912-9

Printed in Germany

Titelfoto: Werner Wind

Inhalt

Vorwort

Herzlichen Glückwunsch, Sie haben soeben durch den Kauf dieses Buchs begonnen, Ihren literarischen Horizont zu erweitern.

Lernen Sie die etwas andere Viernheimer Familie kennen, deren Geschichte 1925 mit der Geburt des Familienoberhauptes Alwine beginnt und mit ihrem 90. Geburtstag im Jahre 2015 ihren Höhepunkt erreicht.

Sollten die lustigen Erzählungen der Familie Linsenblum nicht ihre Zustimmung finden, können Sie diese Lektüre durchaus auch dazu benutzen, Papierdrachen zu basteln bzw. die hohe Kunst des Origami auszuüben. Man kann dieses Buch auch als Untergrund zum Sitzen verwenden, wenn man sich mal wieder zu klein oder zu unbedeutend vorkommt. Man kann es auch zerreißen, um ein Mosaik zu zaubern. Kurzum, Ihrer Kreativität sind keine Grenzen gesetzt.

Natürlich können Sie dieses Buch, wie jeder normale Mensch, einfach lesen und sich an meiner etwas gewöhnungsbedürftigen Schreibweise erfreuen.

Bedanken möchte ich mich bei meiner Frau Beatrix, die es geschafft hat, meine Schreibfehler auf ein Minimum zu reduzieren. Auch konnte ich beobachten dass sie einige Male herzhaft lachen musste.

Sollten Sie auch darüber lachen können, hätte ich mein Ziel erreicht. Und vielleicht kommen Sie auch mit mir zu dem Schluß:

„Sind wir nicht alle ein bisschen Linsenblum?"

Ich wünsche Ihnen viel Spaß beim Lesen.

Ihr Werner Wind

Wie alles begann

Rund um die Apostelkirche herrschte in dieser kalten Nacht des 16. Januar 1925 eine übernatürlich gespenstige Ruhe. Etliche Einwohner der hessischen Metropole hüllten sich in eine seltsame Lautlosigkeit, die abseits jeglicher Norm lag. Sogar die heiteren Alkoholgesänge, die normalerweise aus den Häusern lautstark zu vernehmen waren, passten sich der Stille an, was bei der Viernheimer Geschwätzigkeit und der extremen Sangesleidenschaft umso erstaunlicher war. Sogar die oberbayerische Zwergdogge *„Nymphe"* von Pfarrer Beichtel, die ansonsten bei jedem Geräusch losbellte, verhielt sich ungewöhnlich still.

Der Nachtwächter Bruno Bleiback, der üblicherweise jede Stunde mit seiner krächzenden Stimme die Uhrzeit durch die Dorfidylle brüllte, bewegte nur seine Lippen, ohne dass ein Ton seinen Mund verließ. (In den siebziger Jahren kam man auf diese Gegebenheit zurück. So erlangte er als Erfinder des Playback-Verfahrens posthum eine gewisse Berühmtheit.)

Auch das unter Karies leidende Albino-Frettchen *„Così fan tutte"* des Metzgermeisters Willibald Sauerwein benahm sich eigenartig. Entgegen der sonstigen Gewohnheiten, im Schlachthaus stundenlang Runde um Runde um die Schweinehälften zu drehen, lag das Tier in der leeren Bettpfanne unter dem Sterbebett der 93jährigen Clementine, der Urgroßmutter von Willibald, und gab keinen Ton von sich. *„Sterbebett"* - diese landläufige, etwas übertriebene Bezeichnung von Willibald, war aber das Bett mit der bequemsten Matratze sowie der wärmsten Bettdecke, und es lag sich einfach himmlisch darin. Das Frettchen, wenn es der deutschen Sprache mächtig gewesen wäre, hätte dies bestätigen können. Clementine war eigentlich, abgesehen von einer schweren Blutwurstallergie, kerngesund. Sie liebte aber die übertriebene Fürsorge der Familie. *„Was so ein noch nicht geschriebenes Testament doch ausmacht"*, sagte sie sich und beschloss, noch einige Jahre in diesem Bett ihre *„Todkrankheit"* auszuleben.

Der übergewichtige, unter Alkoholeinfluss stehende Aushilfspfarrer Rufus Hohlbein bereitete im Weinkeller der Apostelkirche seine Sonntagspredigt vor. Die niedergeschriebenen Worte wurden allerdings von der am Vorabend besuchten Prunksitzung der *„Lachenden Einmachgummis"* stark beeinflusst:

„Jetzt sind wir keusch und trotzdem froh,
und katholisch sind wir sowieso!
Wir feiern von Viernheim bis zur Grenze,
und auch der Pfarrer ist da nicht zu bremse.
Helau!"

Sein Schottenrock, den er noch von der gestrigen Karnevalssitzung um die Hüften geschlungen hatte, gab der religiösen Atmosphäre noch ein kleines Farbtupferl. Überaus störend gestaltete sich allerdings die Lautstärke seiner Schreibfeder auf dem Papier, bis er endlich bemerkte, dass seine Tintenspitze die Federhalterung längst verlassen hatte.

Die Dorfältesten Heinz Blösel und Fritz Kumulkule sowie der Heppenheimer Pfarrer Octavius Frauentritt, dem man ein Verhältnis mit der jungfräulichen Holzkreuzfabrikantin Kunigunde Drücker nachsagte, gingen im Keller des Rathauses ihrer verbotenen Tätigkeit als Schnapsbrenner und Geschmackstester nach und unterbrachen für kurze Zeit ihre alkoholintensive Tätigkeit, um mit der Stille im Einklang zu sein. Der 70jährige Heinz war Archivar der Stadt Viernheim und konnte neben seiner Tätigkeit als Bewahrer der vorhandenen Dokumente jederzeit den Alkoholbestand des Rathauskellers kontrollieren und auch testen. Genau wie der 75jährige Fritz, der als Laufbursche im Rathaus seinen kargen Unterhalt verdiente. Beide waren ja sogenannte Strohwitwer, nachdem ihre Frauen mit den Hochseilartisten eines durchreisenden Zirkus das Weite suchten. Diese Probleme hatte Pfarrer Octavius aufgrund seiner Berufung nicht. Er war ja alleinstehend, obwohl die gegenteiligen Meinungen einiger Viernheimerinnen sehr zum Nachteil des Geistlichen ausgelegt wurden.

Im Übrigen konnte man ihm ein Zölibatsvergehen trotz der totalen Überwachung von mehreren neidvollen Hausfrauen nie nachweisen. Diese wussten aber auch nichts von dem Baumhaus im naheliegenden Wald, das er nach Beendigung des Gottesdienstes mit Kunigunde besuchte, um ihr den Katechismus näher zu bringen. Also ein rein sakrales Verhältnis.

Unabhängig davon waren die Alten der Meinung, dass sie solch eine Stille das letzte Mal während der Sonnenfinsternis am 30.08.1905 gehört hatten. Die Ursache für diese Ruhe war jedoch bekannt. Im Hause Schneiderhain sollte diese Nacht ein Kindlein das Licht der Welt erblicken und man versuchte, in völliger Lautlosigkeit den ersten Schrei des Neugeborenen zu erhaschen.

Störend wirkte hier nur das pfeifende Geräusch der fallenden Schneeflocken, die mit einem knalligen Laut auf den eisigen Boden aufschlugen.

Erst viel später gesellten sich noch einige undefinierbare Töne verschiedener heimkehrender Sänger dazu. Diese hatten in der Gaststätte „Zum Salmonelleneck" ihren dritten Platz beim Mörlenbacher Fassbier-Triathlon gefeiert und teilten, ohne Wissen der bevorstehenden Geburt, ihre Freude lautstark mit der restlichen schlafenden Viernheimer Bevölkerung. Da die beiden Dorfpolizisten Heiner Schnekmaul und Paulchen Blösel auch bei den Sängern mitwirkten, wurden einige Beschwerden über die Ruhestörung erst gar nicht verfolgt.

Derweil hatte man in der Wohnung Schneiderhain alle Hände voll zu tun, um den neuen Erdenbürger willkommen zu heißen. Charlotte lag im Wohnzimmer auf der Liege in der Nähe des warmen Ofens und unterdrückte die immer öfters auftretenden Wehen durch den Genuss einiger Apfelbutzen. Ihre Großmutter schwörte, besonders bei Geburten, immer auf die Heilkräfte der Natur.

> „Mit Apfelbutzen in dem Mund
> bleibt der Nachwuchs auch gesund",

pflegte sie immer zu sagen.

Eine kleine Kerze auf der Kommode neben dem Fenster warf ihr trübes Licht in den Raum. Die Schatten an der Wand ähnelten mit ihren eigenartigen Bewegungen dem „Hüttenfelder Keuchheitsreigen", der alljährlich von den letzten jungfräulichen Ministranten aufgeführt wird.

Der mit vielen Beulen versehene Topf auf dem alten Kohleherd gab gurgelnde Geräusche von sich, so als wolle er sagen: „Mein Wasser kocht". Liesl, das zweijährige Nesthäkchen, war gerade dabei ihrer Puppe den Bauch mit Apfelbutzen zu füllen, nachdem deren Strohfüllung dem Ofen als Nahrung zugeführt wurde.

Mittlerweile war es zwei Uhr. Es schneite, und durch das Fenster sah man im wolkenverhangenen Mondlicht die Silhouette der Apostelkirche, die nur ab und zu von den Paarungsritualen einiger Schneehasen unterbrochen wurde. Ein alter unterernährter Wolf heulte seinen schaurigen Gesang, so als wollte er die Geburt musikalisch begleiten.

Zu dieser Zeit gab es im Viernheimer Wald und Umgebung noch wilde Tiere, die auch die Möglichkeit nutzten, im Dorfkern nach Nahrung zu suchen. Sie konnten aber nur einige alte Kartoffelschalen, die eigentlich für die Obdachlosen gedacht waren, in ihren kargen Speiseplan einfügen.

Die Besitzerin des Dorfladens, Winifried Kuhwalke, hatte ein Herz für notleidende Streuner. Ob Mensch oder Tier. Sie sorgte dafür, dass niemand übermäßig unter Hunger leiden musste. Später nahm sie noch Fische in ihr Sortiment auf. Die bekam sie von ihrem Bruder Wolfram, einem vorbestraften Wasserwilderer. Selbst einige notleidende Magistratsangehörige konnte sie ab und zu mit einem streng riechenden, einkiemigen, rückenschwimmenden Rheinwels erfreuen.

In der kargen Tierwelt war hier neben dem einen Wolf und einigen Weinheimer Zwerghus auch der harmlose, monotone

Brüllhahn noch des Öfteren zu sehen. Im Laufe der Zeit verschwand der possierliche Schreihals allerdings aus dem Landschaftsbild. Einige Naturwissenschaftler vermuteten eine Brüllüberschneidung mit der Viernheimer Bevölkerung, der das Tier nicht gewachsen war.

Da die Landschaft ab 1920, nach der Urbarmachung, ihren Status als Sumpflandschaft verlor und somit als Ausflugsziel zur Verfügung stand, war der sonntägliche Spaziergang der Bevölkerung immer wieder ein Erlebnis. Es war wie im Zoo, nur musste man hier keinen Eintritt bezahlen. Neben abgewählten Parteimitgliedern und einigen arbeitslosen Laternenanzündern, die sich um die Reinigung des Waldes kümmerten, sah man sehr seltene hessische, überlange Einhorn-Regenwürmer, die mit bayerischen Langfuss-Eigelbmotten und fehlfarbenen Königsfliegen aus Baden-Württemberg im Einklang lebten und ihre Scheu gegenüber dem Menschen nach kurzer Zeit verloren. Nur der dreiflossige rote Klebebarsch, der in der Vergangenheit die kargen Tümpel dieser Gegend reichhaltig bevölkerte, war neben dem Brüllhahn auch nicht mehr heimisch. Hier hatte die beginnende Technisierung der Umwelt ihre Spuren hinterlassen, so dass nur noch einige Gemälde dieses Waldbewohners der Nachwelt erhalten blieben.

Manche Schullehrer nutzten diese Tierwelt und die Vielfalt der Natur, um ihren Schülern die Grundlage für einige Aufsätze zu liefen, wovon der Nachwuchs aber keinen großen Gebrauch machte. Dieser suchte lieber nach Munition, die heimkehrende Soldaten vom letzten Krieg hier entsorgten. Gefunden wurde allerdings nichts.

Einige Pärchen, die noch nicht verheiratet waren, hatten endlich die Möglichkeit, fern ab jeglicher Aufsicht ihren Trieben freien Lauf zu lassen. Manchmal lagen die Balzgeräusche der Tiere mit den Kopulationsgeräuschen einiger Viernheimer im akustischen Wettbewerb, und man machte sich einen Spaß daraus, im Unterholz nach den Ursachen des heftigen Atmens zu suchen. Nebenbei konnte man beobachten, wie viele höher gestellte Persönlichkeiten des Viernheimer Lebens ihren Bediensteten die Vorteile eines bemoosten Waldbodens näher brachten.

Eine kleine Sensation war die Tatsache, dass die kleidungslose Witwe Christel Quadrokowitsch, die bei dem Lehrer Gustl Reiter als Putzhilfe arbeitete, während einer solchen Lehrstunde über die anatomischen Unterschiede der Geschlechter eine sehr seltene gelbäugige Sumpfdotterkröte sah. Allerdings auf einem Skelett im Blattwerk eines Brombeerstrauches, worauf Christel erschrak und sofort ihre Nacktheit verhüllte. Gustl meinte nur: *„Du kannst dir Zeit lassen, der Totenkopf sieht eh nix mehr.“*

Inzwischen hatte die Kröte, wahrscheinlich aufgrund der frivolen Szene, das Weite gesucht und wurde auch nie wieder im Viernheimer Wald gesichtet. Der herbeigerufene Polizist Paulchen Blösel erkannte sofort an dem Skelett, durch das Fehlen einiger Finger, der versteinerten Leber und an der gut erhaltenen Augenklappe, dass es sich wahrscheinlich um den Obdachlosen Endres Rundel handelte, der seit zwei Jahren vermisst wurde.

Endres verdiente zu Lebzeiten seinen Unterhalt durch Betteln und war so etwas, wie ein Viernheimer Original. Seine Mutter soll ja, unbestätigten Klatschgerüchten zufolge, eine jungfräuliche Rathaus-Mitarbeiterin gewesen sein, während sein Vater auch für die Mutter gänzlich unbekannt war. In dieser Zeit war ja die Jungfräulichkeit, die mittels eines Schwures bei der katholischen Obrigkeit versichert werden musste, Voraussetzung für eine Anstellung im Rathaus, was sich jedoch in späteren Jahren ändern sollte. Zu dieser Zeit gab es noch einen Tag der Jungfrau, der mittels einer Prozession mit weiß gekleideten Mädchen und Frauen gefeiert wurde. Aufgrund des letzten Umzuges mit dem Pfarrer und nur einer Frau, bei der es sich um seine Haushälterin handelte, wurde dieser Feiertag wieder abgeschafft.

Endres saß immer vor der Apostelkirche, seine Mütze an seiner Seite, die ab und zu mit einigen Apfelbutzen bestückt war. Die Kinder tanzten um ihn herum und sangen:

„Bettelmann, der kleine Zwerg,
kriegt seinen Arsch nicht über' n Berg.
Ein paar Finger hat er schon verloren.
Es war wohl kalt, sie sind erfroren."

Der Pfarrer hatte Mitleid mit ihm und verschaffte ihm in der Weihnachtszeit in der Krippe, als Ersatz für den verstorbenen Esel, ein Dach über dem Kopf.

Den Polizisten war der Obdachlose immer ein Dorn im Auge, da er in der Osterzeit beim sonntäglichen Kirchengang die Bevölkerung mit einer Hasenmaske auf dem Gesicht belästigte. Bis er eines Tages wie vom Erdboden verschluckt war. Keiner wusste über sein Verschwinden Bescheid.

Paulchen kannte diese Geschichte über das mysteriöse Verschwinden noch, und mit Blick auf die Knochen meinte er: *„Der sah damals schon schlecht aus."*

Die Untersuchung durch die Sicherheitspolizei Heppenheim ergab, dass es sich bei der Todesursache um eine, zu dieser Zeit öfters und sehr beliebte, akute Alkoholintoxikation handelte und somit nicht um ein Verbrechen. Dass Christel und Gustl während dieses Fundes nackt waren, wurde aus Rücksicht gegenüber den beiden einzigen Viernheimer Jungfrauen im Polizeibericht und im Volksblatt nicht erwähnt.

Mittlerweile näherte sich die Geburt bei den Schneiderhains mit großen Schritten. Herbert, der werdende Vater, hatte *„gegen die Wehen"* und zur Desinfektion schon einige Gläser Absinth geleert. Die Nervosität verabschiedete sich ganz langsamvon ihm und machte der Freude über den Nachwuchs Platz. Das wichtigste laut Herbert aber war, dass in der Hektik keiner die Kanne mit dem Alkohol verschüttete. Schließlich ist ein Neugeborenes nur dann lebensfähig, wenn es mit einem kleinen Umtrunk empfangen wurde.

Die Geburt verlief mittels Hilfe des anwesenden Schmiedes Kurt Kraftschek, Freund von Herbert, und seiner Frau Hedwig ohne Komplikationen, und ein schreiendes Mädchen erfreute die Familie. Die kurzzeitige Stille der wartenden Viernheimer wurde durch einen frenetischen Beifall ersetzt. Dass sogar Papst Pius XI später gratuliert haben sollte, konnte nie bestätigt werden.

Kurt hatte als Geschenk für das Neugeborene eine Wiege aus alten, leeren Abwasserrohren geschmiedet. Zwei alte halbe Räder an der Seite sorgten für einen Schaukeleffekt. Kurt meinte, es wäre ein Kinderbettchen für die Ewigkeit. Diese währte allerdings nur zwei Tage. Beim ersten Ausprobieren mit dem Neugeborenen brach eine Schweißnaht, und das ganze Gebilde fiel in sich zusammen. Das Kind lachte. Kurt versprach, ein neues Bettchen zu schmieden.

Hedwig, die als selbsternannte Hebamme den Frauen in der Umgebung zur Verfügung stand, hatte auch schon bei Liesl, der Erstgeborenen im Hause Schneiderhain, ihre helfende Hand im Spiel.

Die Beiden waren so etwas wie eine mobile Viernheimer Geburtshilfe. Ihr mitgeführtes kleines Wägelchen beherbergte alles, was man für eine Entbindung brauchte. Einige Flaschen Apfelschnaps, bzw. Absinth, diverse Mullbinden, eine Schere für die Nabelschnur und das Buch: „Entbinden, wie bei Oma.“

Kurt war mehr oder weniger für die alkoholische Betreuung der Ehemänner zuständig. Da auch Hedwig die Hilfe einiger Gläser Absinth als Geburtshilfe beanspruchte, waren die Entbindungen im Raum Viernheim immer mit einer gewissen Fröhlichkeit behaftet.

Absinth war ja gewissermaßen ein Wundermittel. Bei etwa 60% Alkohol eignete sich dieses Getränk nicht nur zur Unterhaltung und als Problemlöser, sondern auch zur Desinfektion. Sein hoher Gehalt an Wermut, Anis, Fenchel und diversen Kräutern sorgen außerdem für eine gesunde Ernährung. Auch konnte durch den Handel dieses Nahrungsergänzungsmittels die Arbeitslosenquote in Viernheim und Umgebung drastisch gesenkt werden.

Nachdem man mit einigen Gläsern dieser gesunden Flüssigkeit auf die reibungslose Geburt angestoßen hatte, war es an der Zeit, sich der Namensgebung für das Neugeborene zu widmen. Den Vorschlag von Herbert, das Baby doch „*Absinthinchen*" zu nennen, wurde von Charlotte ebenso abgelehnt wie die Idee von Hedwig, die Kleine aufgrund einiger Pickel im Gesicht doch mit dem Namen „*Streuselerna*" zu beglücken. Charlotte hatte im Geheimen den Namen für ihr Kind aber schon festgelegt. In Gedenken an die Großtante Alwine väterlicherseits, die bei dem berühmten Odenwälder Mähdrescherziehen in Unter-Schönmattenwaag tödlich verunglückte, bekam das Neugeborene auch den Namen Alwine.

Alwine war das zweite von insgesamt drei Kindern der Eheleute Charlotte und Herbert Schneiderhain, die einen kleinen Bauernhof außerhalb der Dorfgrenze hatten - direkt hinter dem Gelände des späteren „*Aldi*". Nur ein kleiner, mit Apfelbäumen umsäumter Weg ging von der Apostelkirche aus zu diesem Gehöft. Dieser führte nach einer kleinen Gabelung in der einen Richtung nach Weinheim und in der anderen nach Heppenheim.

Der Bauernhof war so klein, dass sich die überdachten sanitären Anlagen außerhalb des Wohnhauses, direkt neben dem alten Brunnen, auf zwei Holzbohlen befanden. Eine Bohle war zum Sitzen über einer Grube gedacht, während die andere zum Festhalten war. An dieser Bohle war auch das Toilettenpapier befestigt, das aus alten Zeitungen, hauptsächlich des Viernheimer Anzeigers, bestand. So konnte man sich neben der Verrichtung seiner Notdurft auch über die Todesanzeigen, den Ratenkauf für Grabsteine sowie über die neuen Ordensträger des Bayerischen Jungfrauenbundes informieren.

Bei starker Kälte im Winter wurde bei der Örtlichkeit ein kleines Lagerfeuer errichtet (wobei sich auch hier der „Anzeiger" als sehr hilfreich erwies), so dass das mitgebrachte Wasser aus dem Brunnen, das als Toilettenspülung diente, im Eimer nicht gefror. Allerdings mussten bei Benutzung des Aborts erst die vielen Tiere, darunter die Gelbbauchunke und das blonde Mangalitzaferkel, auch Wollschwein genannt, verjagt werden, die sich immer zuerst an dem Feuer erwärmten, um dann später ihrem zügellosen Fortpflanzungstrieb freien Lauf zu lassen.

Der Stall dieses Anwesens diente ab und zu als Wohnzimmer. Nur durch den Umbau und mit Hilfe der mysteriösen *„gehenden"* Steine von den übernächsten Bauernhöfen, die auf unerklärliche Weise den Weg zu den Schneiderhains fanden, konnte das Wohnhaus später vervollständigt werden.

Herbert hatte dieses landwirtschaftliche Kleinod der Familie Heinz und Edda Liebholz bei dem Kartenspiel *„Böse Dame"* (auch *„Graue Laus"* genannt) in der Kneipe *„Tante Horst"* in Weinheim während seiner Hochzeitsnacht im Wonnemonat Mai 1922 gewonnen. Dieses Kartenspiel war zu der damaligen Zeit sehr beliebt. Es wird mit einem normalen Skatblatt gespielt, und es können bis zu vier Personen gemeinsam spielen. Es ist ein sehr alkohollastiges Spiel, dessen wichtigstes Ziel es ist, auf keinen Fall die Pik-Dame auf der Hand zu haben. Dies ist die böse Karte und wird mit 50 Minus-Punkten und drei Lokalrunden gewertet.

Herbert wollte eigentlich nur seine Vermählung feiern, wurde aber von Heinz und Edda genötigt, an diesem Spiel teilzunehmen. Die beiden waren stark spielsüchtig, und außer dem Bauernhof, einer wollenen Unterhose von Edda und einer Strickliesel, auf der eine Widmung der berühmten Schauspielerin Greta Garbo zu lesen war, hatten sie alles verspielt. Normalerweise wurde nur um kleine Einheiten der Rentenmark gespielt, aber die Emotionen wallten hoch, und irgendwann ging es um viel mehr. Herbert hatte Glück, und letztendlich konnte er am frühen Morgen, mit Unterstützung eines guten Blattes und einiger Bierchen, den Bauernhof in seinen Besitz übernehmen. Heinz wollte dann beim nächsten Spiel seine Frau Edda als Einsatz einbringen, was jedoch von Emilie, der Frau von Horst, abgelehnt wurde. *„Verheiratete Frauen werden nicht eingesetzt"*, meinte sie.

Man beendete dann das Spiel, und Herbert lud die Verlierer noch zu einigen Gläsern Absinth ein, so dass der Abschied von ihrem Bauernhof mit einem Lächeln begleitet wurde. Herbert war überglücklich. *„Wir haben ein neues Zuhause"*, jubelte er. Charlotte war ja noch nicht hier, so dass er seine Freude mit einigen alkoholischen Getränken teilte.

Der Besitzer der possierlichen Gaststätte, dessen Gäste hauptsächlich aus Freien Töchtern und Dorfmatratzen sowie einigen Gewerbegebieter (heute würde man Zuhälter sagen) bestanden, hatte sofort nach dem Spiel seine, mit den winzig kleinen Zahlen auf der Rückseite versehenen Karten zur Sicherheit entsorgt. Ab 1920 war ja öffentliches Falschspiel verboten und konnte bei Entdeckung mit einer hohen Geldstrafe oder einigen Jahren Gefängnis bestraft werden. Das galt auch für den, der die Räumlichkeiten zur Verfügung stellte.

„Tante Horst" hatte allerdings vorgesorgt und die Glücksspiel-Kontrolleure von Weinheim beim nächsten *„Nackt-Skat"* mit ausgewählten Damen aus der Region sehr stark berücksichtigt, worauf man natürlich etliche Augen zudrückte.

Charlotte sollte eigentlich nachkommen, um ihre Hochzeit gebührend zu feiern, konnte aber nicht. Ihr viel zu großes gummiloses Strumpfband, das sich schon seit sieben Generationen in Familiensitz befand, hatte sich in ihrer alten 2 Zimmer Wohnung gegenüber der Apostelkirche unglücklicherweise an der Deckenleuchte verheddert. Sie wollte die Kerze auswechseln, und auf unerklärliche, mysteriöse Weise verknotete sich das Band an der Kerzenhalterung. Sie stand dann die ganze Nacht auf einem Bein auf dem Stuhl und wartete, bis Herbert sie morgens befreite.

Einige „*Nachtschichtler*" der Firma Freudenberg, die auf dem Weg in ihr Viernheimer Zuhause waren, standen lange Zeit vor dem Fenster und beobachteten unter höchster Erregung diese Befreiungsaktion. Die Nachfrage nach gummilosen Strumpfbändern nahm danach in Viernheim und Umgebung fast neurasthenische Züge an.

Von der Familie Liebholz, die den Bauernhof verlassen musste, hörte man übrigens in Viernheim nie wieder etwas. Gerüchten zufolge sollen sie außerhalb von Worms in einem großen landwirtschaftlichen Anwesen für die Hilfestellung zur Gülleentsorgung des gesamten Tierbestandes zuständig gewesen sein.

Lupine, die Mutter von Heinz, wurde beim Auszug total vergessen. Sie war in einem kleinen Verschlag neben dem Stall mit dem Klöppeln von Papiertaschentüchern beschäftigt und wurde ein halbes Jahr später zufälligerweise von Dackel Hermann entdeckt. Durch sein Bellen wurde Charlotte informiert, die dann dafür sorgte, dass die Oma in der Fundstelle des alten Rathauses für die nächsten Jahre ein neues Zuhause fand. Ernährt hatte sich Lupine in dieser Zeit von allerlei Kräutern, die sie während ihrer nächtlichen Raubzüge in den umliegenden Gärten gefunden hatte. Aufgrund ihrer Vegetationserfahrung wurde sie später von einem Frankfurter Pflanzenhof adoptiert und sollte, unbestätigten Informationen zufolge, als Miturheberin der berühmten „*Frankfurter grünen Soße*" gelten.

Angesichts des gewonnenen Anwesens von der Familie Heinz und Edda Liebholz, wurde aus den Schneiderhains typische Viernheimer Bauern. Da das Gelände rund um den Stall mit Apfelbäumen übersät war, nur unterbrochen von einigen Beeten mit Teltower Rübchen, konnte man seinen Unterhalt hauptsächlich mit der Herstellung von Apfelmus, Apfelwein und Apfelschnaps bestreiten.

Auch die aufkommende Viernheimer Kunstszene konnte mit Charlottes Apfelschalenbilder, wie „*Das letzte Apfelmahl*" oder

„Der Sixtinische Apfel" bereichert werden. Herbert hatte für diese Art von Kunst keinerlei Verständnis, obwohl er geschälte Äpfel, eingelegt in einen guten Apfelbrand, als Füllung für tote Hühner durchaus auch kunst- und reizvoll fand.

Zu dieser Zeit wurde auch das berühmte Spiel *„Präzisionsschälen von Äpfeln"* geboren. Die Aufgabe der Spieler bestand darin, genau 222 Gramm Apfelschalen zu schälen. Es wurde von der 65jährigen Magd Eusebia Mangel vom Bauernhof Trödel ins Leben gerufen, die von ihren Eltern zu einem dreitägigen Stubenarrest verdonnert wurde, weil sie zum wiederholten Male einem bayerischen Stallburschen hinter einem Strohballen ihre Unterwäsche zeigte. Und das in ihrem Alter!

Das Apfelschalenspiel war sehr beliebt, um langweilige Trauungen oder Beerdigungen aufzulockern. Der letzte bekannte Rekord ist dem einarmigen Hausmeister des Hüttenfelder Freudenhauses *„Knallhütte"*, Waldi Pudelmus, zuzuordnen, der während einer Beerdigungsfeier mit 220 Gramm Apfelschalen neue Maßstäbe setzte.

Charlotte hatte trotz der vielen Arbeit und mit Hilfe ihres Mannes Herbert auch noch Zeit für eine weitere Schwangerschaft, die mit der Geburt eines gesunden Jungen beendet wurde. Auch hier hatten Kurt und Hedwig wieder ihre helfenden Hände mit im Spiel. Natürlich nicht bei der Zeugung, sondern bei der Geburt. Der Neugeborene erhielt den Namen Heinrich.

Die Namensgebung war übrigens eine regelrechte Odyssee. Eine alte Freundin von Charlotte, die in Weinheim wohnende Giselinde Breslauer, kannte einen katholischen Milchbauer, dessen bester Freund Waldemar von seiner Frau Ruth verlassen wurde, da sie einen Liebhaber namens Rufus hatte, der aber leider zu früh verstarb und von einem Pfarrer namens Heinrich beerdigt wurde. Dieser Pfarrer war der heimliche Schwarm von Giselinde. Bei der letzten Beichte bei ihm musste man sie zwei Tage später gewaltsam aus dem Beichtstuhl ziehen. Charlotte entschied sich letztendlich ihrer Freundin zuliebe für diesen Namen, obwohl Herbert es lieber gesehen hätte, dass der kleine übergewichtige Nachwuchs den Namen Judas bekäme.

Im Laufe der Zeit wurde die Familie größer, und neben den Kindern konnten die Schneiderhains zwei Kühe mit den Namen Luise und Dagmar, einen Stier namens Adolf, zwei Schweine, genannt Fetti und Ingeborg, ein paar Hühner inklusive des Hahnes Pillemann, die einäugige Katze Lanzelot und den Dackel Nosferatu, der ihnen schon vorher in der Walpurgisnacht zugelaufen war, ihr Eigen nennen.

In dieser hektischen Zeit kam auch mal ein Obersturmbannführer auf dem Hof vorbei, der kurz zuvor noch seiner Tätigkeit als Tierfutter-Vorkoster nachging, und befahl, zwecks Vermeidung von Identifikationskonflikten mit einer höheren Stelle dem Stier und dem Dackel andere Namen zu geben. Den Stier nannte man dann Heinrich und den Dackel Walter. Um die Obrigkeit etwas zu ärgern, bekam der Hund mit „Moshe" noch einen Zweitnamen.

Den Tieren Namen zu geben, war eine Eigenart von den Schneiderhains, an der sich übrigens später viele Viernheimer Bauern beteiligten. Da gab es Kühe mit dem Namen „Rektalinchen" oder Stiere, die den Namen „Bullenei-Bertram" oder „kleiner Pipigünter" erhielten. Der absolute Höhepunkt kam vom Bauer Schimmelhans, der sein Schwein „Cunnilinguinchen" nannte.

Ein trauriges Erlebnis unterbrach das idyllische Leben der Schneiderhains, das später in der Stadtchronik als größter „Jauche-Unfall" der Zwanziger Jahre erwähnt wurde. Alwines ältere Schwester Liesl ertrank während des Spieles „Schlangenschwanzfangen" in der nicht abgedeckten Güllegrube. Sie konnte zwar schwimmen, war aber dem Morast ähnlichen Inhalt nicht gewachsen. Man wurde auf diesen Unfall aufmerksam, als Alwine und

Heinrich schrien: *„Reingefallen, wir haben gewonnen, gewonnen."*

Die Bergungsaktion durch den zufällig anwesenden einbeinigen Weltkriegsveteranen Adalbrecht Raucher nahm aufgrund der widrigen Umstände einige Zeit in Anspruch. Die anschließende Mund-zu-Mund-Beatmung des evangelischen Pfarrers Traugott Beichtel, der gerade 25 Gläser Apfelmus für die Bedürftigen seiner Pfarrei kaufen wollte, war leider, zum Nachteil von Liesl, nicht von Erfolg gekrönt. Das lag daran, dass seine angeborene Hasenscharte eine kontinuierliche Luftzufuhr verhinderte und so seine Wiederbelebungsversuche mehr einem Pfeifkonzert ähnelten, als dazu, Liesl zu retten.

Man einigte sich darauf, dass diese Spielrunde nicht gezählt wurde.

Charlotte und Herbert waren der Meinung, dass Liesl aufgrund ihrer übertriebenen Hektik über den Drehkreisel von Pfarrer Beichtel stolperte und in die Grube fiel. Die beiden machten sich riesige Vorwürfe, da Herbert vergessen hatte, die Grube abzudecken. Der zur Überprüfung des Unglücksfalles abgestellte Ordnungshüter und NSDAP-Mitglied Kunibert Ransig aus Heppenheim, der sich recht schnell am Unglücksort einfand, war etwas übereifrig, stolperte auch über den Kreisel von Pfarrer Beichtel und fiel kopfüber in die Güllegrube. Mit ihm seine Frühstücksdose mit den zwei Leberkäsbrötchen. Sein Schrei: *„Sch...."* wurde von der Musikprobe des vorbeilaufenden Viernheimer Leierkasten-Ensembles verschluckt, die gerade dabei waren, die Melodie von *„Was machst du mit dem Knie lieber Hans"* einzuüben.

Die Stiefel von Kunibert blieben allerdings unversehrt und glänzten ohne Makel weiter. Pfarrer Beichtel, der dieses Mal rechtzeitig zur Stelle war, zog nach längerer Überlegung und den pfeifenden Worten:

„Steht dir die Gülle bis zum Mund,
liegst bestimmt du auf dem Grund"

den Prüfer aus den dunklen Fluten. Seit diesem Zeitpunkt war die Bemerkung *„Die NSDAP stinkt mir"* in Viernheim nicht mehr strafbar. Bei der nächsten Leerung der Grube konnte wie durch ein Wunder die Dose mit den Leberkässemmeln unversehrt wieder ans Tageslicht befördert werden.

Der Abort durfte nach einer ausführlichen Untersuchung nicht mehr benutzt werden, da er von der übergeordneten Heimatschutz-architekturverwaltung in Heppenheim als *„Denkmal geschützt"* eingeordnet werden sollte. Bei der Rettungsaktion fand man in der Grube einen Stein mit einem eingemeißelten Datum. Es war der 09.03.1796. Wie es sich bei der Überprüfung durch den legasthenischen Gauleiter Dr. Werner Bullem herausstellte, fand an diesem Tag die Vermählung von Napoléon Bonaparte mit der Witwe Joséphine de Beauharnais statt. Sofort fragte Charlotte: *„Hatte Napoléon in unserer Toilette geheiratet?"* Dies konnte von Dr. Bullem nicht beantwortet werden. Dafür sei der Reichsleiter für Toiletten und Gülle-Behältnisse Hessen, Dr. Dr. Reinhold Koth, zuständig.

Der Herr Reichsleiter verfügte nun, dass die Güllegrube eine Zeit lang Teil des Geschichtsunterrichts der Goetheschule sein sollte, und zwar so lange, bis die eingesetzte Kommission überprüft habe, ob Napoléon und seine Angetraute arischer Abstammung waren oder nicht. Charlotte war der Meinung: *„Viernheims Toiletten sind einmalig."*

Das Spiel *„Schlangenschwanzfangen"* sollte eigentlich danach wiederholt werden. Nach langem Hin und Her einigte man sich aus Pietätsgründen, die unterbrochene Runde erst nach der Beisetzung fortzusetzen.

Da es bei der Trauerrede von Liesl's Beerdigung, die übrigens in ihrem geklöppelten Trachtenkostüm beigesetzt wurde, zu erheblichen Geruchsbelästigungen kam, hatte der katholische Geistliche Dr. Clemens Langkalt die Rede von der Güllegrube in den Garten der Kleingärtner-Gaststätte *„Zum Tulpenheini"* verlegt.

Aber auch hier gab es einen Zwischenfall, der später nur hinter vorgehaltener Hand weitererzählt wurde. Bauer Fritz Sattel, der bei der letzten Bürgermeisterwahl die Mehrheit um genau drei Stimmen verfehlte und beim zweiten Durchgang verlor, wollte an diesem Tag seinen Traktoranhänger voller Jauche auf seinem naheliegenden Acker als Dünger verteilen. In Höhe der Kleingärtner verlor er aufgrund eines defekten Dichtungsgummis den Inhalt und überschüttete die Trauergemeinschaft mit einer Duftwolke, die es dem Pfarrer unmöglich machte, die Trauerrede fortzusetzen. Ein kleiner Umtrunk in der Gaststätte überbrückte diese unangenehme Unterbrechung. In seiner später fortgeführten Rede bedauerte Dr. Langkalt diesen furchtbaren Vorfall und gab Charlotte und Herbert den Rat, nicht so streng mit der Grube zu sein. Sie wäre ja auch ein wichtiger Teil ihres Lebens. Mit dem Lied: *„Der Bauer fährt die Gülle aus"*, konnte Liesl später auf dem Friedhof der Erde zurückgeführt werden.

Die feierliche Bestattung wurde allerdings durch einen weiteren kleinen Zwischenfall überschattet. Ein Havaneser, einer dieser kleinen wuscheligen Hunde, von dem keiner wusste wo er herkam, sprang am Bein des Pfarrers hoch und führte diese rammeligen Bewegungen aus. Und das nicht nur einmal, so dass sich die Beisetzung über drei Stunden hinzog.

Die Bemerkung der 73jährigen Ernestine Hohlrohr: *„Das nimmt kein gutes Ende"*, wurde zuerst nicht beachtet.

Ernestine war eines der wenigen Viernheimer Originale. Sie verbrachte ihre Tage auf dem Friedhof und sorgte dafür, dass keiner von denen aus der Reihe tanzt. Sie wusste, wer wo lag, und wer demnächst unter die Erde kam. Sie kannte die Sargträger persönlich und verkaufte während den Bestattungen das inzwischen auch in Viernheim bekannte *„Eis am Stiel. "*. Ihrem Wunsch, in der kleinen Kapelle zu übernachten oder eventuell dort auch zu leben, wurde jedoch seitens der Stadt Viernheim nicht entsprochen.

Herbert ließ die Aussage von Ernestine nicht in Ruhe, und so fragte er sie: *„Sie sind wohl abergläubisch? "*

„Nö, eigentlich nicht, aber ich kann mich noch erinnern, dass im Juli 1914 der Oma eines Wilderers ein volles Güllefass vom Traktoranhänger ihres betrunkenen Enkels auf den Kopf fiel. Sie wurde nach einer 14-tägigen Duftneutralisierung bestattet. Hier spielte bei der Beisetzung auch ein Hund eine Rolle. Wie aus heiterem Himmel tauchte ein Havaneser auf, sprang an des Pfarrers Bein hoch und rammelte was das Zeug hielt. Einige Tage später begann der Erste Weltkrieg. "

Und so bekam die Beerdigung von Liesl eine nachdenkliche Note.

Ernestine starb zwei Jahre später beim Seniorensportfest. Beim 25-Meter-Seniorinnen-Hängebrustschwimmwettbewerb im Rhein blieb sie mit ihrem Bikinioberteil an der Schraube eines Raddampfers hängen. Das Oberteil wurde abgerissen, wobei Ernestine dann beide Hände dazu benutzte, ihren Busen zu verdecken, so dass sie ihre Schwimmbewegungen vernachlässigte. Sie ertrank. Die Überlegung der katholischen Kirche, ein Kreuz auf dem Unglücksort zu platzieren, scheiterte nur an der starken Strömung des Rheines.

Mysteriös war die Tatsache, dass am Rheinufer ein Havaneser leise vor sich hinbellte und mit dem Schwanz wedelte. Die Schadensersatzforderung der Raddampferschraubenfirma *„Dreh-Heiner "* wegen eines Kratzers an der Schiffsschraube, wurde jedoch von der Mannheimer Gerichtsbarkeit abgelehnt.

Alwines jüngerer Bruder Heinrich, der eine Zeit lang unter einem Grützbeutel, also einer gutartigen Zyste im Unterhautzellengewebe litt, machte später Karriere als arbeitsloser Schönheitschirurg. Er hatte schon des Öfteren während seiner Kindheit der

Kuh Dagmar mit Mamas einzigem Lippenstift die Lippen verschönert. Dem Stier Adolf fiel daraufhin die Zunge auf den Boden und er wühlte mit den Hinterhufen den Boden auf. Das lag allerdings auch an dem Strumpfband von Charlotte, das Heinrich heimlich entwendete, um der Kuh Dagmar den Euter zu schmücken.

So könnte man Alwines Kindheit als harmonisch bezeichnen, wenn da nicht die öfter wechselnden Arbeitskräfte auf dem Bauernhof für Unruhe sorgten.

Da gab es die Magd Nadeschda, die immer und immer wieder versuchte, an ihrem Vater das *„Melkhandwerk"* zu erlernen. *„Mein Gott ist die dumm"*, meinte Alwine, *„mein Vater ist doch keine Kuh."* Allerdings wunderte sie sich über die murmelnden Laute bzw. das Stöhnen, das ihrem Vater über die Lippen kam. Das hatte sie bei den Kühen Luise und Dagmar noch nie gehört. Und wieso war die Magd nackt? Charlotte überzeugte dann ihren Mann mittels einer Sense auf dessen Hinterteil, den Melklehrgang mit Nadeschda einzustellen.

Da war auch noch der Knecht Sergej, der immer mit der Nachbarin Elfriede Klemmrohr morgens ins Feld ging, um ihr bei der Apfelernte zu helfen, ohne zu berücksichtigen, dass gerade mal die Blütezeit begonnen hatte. Entdeckt wurden die Beiden von dem Weinheimer Pfarrer Gottlob Dünnkreuz vom Orden der planzfreien Botaniker, der mit Schwester Johanna von den Heiligen Prämienstratenserinnen mitten in dem Apfelbaumfeld auf dem Boden lag, um sie in die Welt des exzessiven Nachtgebetes einzuführen. Die Soutane von Pfarrer Gottlob wurde als Kopfkissen benutzt. Was sie allerdings in ihrer Tätigkeit störte, waren die röhrenden Geräusche, ähnlich der Brunftschreie des Viernheimer Rotwildes. Die Ursache wurde schnell entdeckt. Einige Apfelbäume weiter lagen Sergej und Elfriede, gut versteckt hinter einem Brombeerstrauch, und übten unter einer starken Geräuschkulisse die hohe Kunst der genussvollen Liegestütze.

Beim nächsten Gottesdienst in der Apostelkirche war dies der Anlass, dass die Gemeinde nochmals auf das zehnte Gebot hingewiesen wurde: *„ Du sollst nicht begehren deines Nächsten Weibes, Ordensschwester, Magd, Vieh, Apfelschnaps, einfach alles, was dein Nächster hat. "*

Nadeschda wurde eines Tages während der Arbeitszeit und ohne Bekleidung bei einer sogenannten *„ bewegungsintensiven Pressgymnastik "* mit einer höher gestellten Persönlichkeit des Rathauses überrascht und des Hofes verwiesen. Die höher gestellte Persönlichkeit war, wie es sich später herausstellte, nur eine männliche Reinigungskraft.

Und da gab es auch noch die bulgarische Magd Malgorzata, die morgens bei Sonnenaufgang erschöpft, der deutschen Sprache nicht mehr mächtig, neben dem Brunnen lag. Die Aufklärung durch den eiligst herbeigerufenen Viernheimer Dorfpolizisten Heiner Schnekmaul ergab, dass sie in der Nacht mit ihrer Einwilligung von einer Hundertschaft Polizeianwärter aus dem Bereich Frankfurt *„ bespaßt "* wurde. Diese kam gerade von einem vierwöchigen Orientierungsmarsch und wollte sich aufgrund der sommerlichen Temperaturen am Brunnen etwas erfrischen. Die leicht bekleidete Magd half ihnen, das Wasser aus dem Brunnen anzusaugen, was die Anwärter als Einladung verstanden, zusammen mit ihr die hohe Kunst der Sittlichkeitsübertretung auszuüben.

Die 76jährige Cornelia Reselmaier und die 81jährige Rosalinde Quarkmichl vom Aussiedlerhof Drummel, die gerade ihre Langlauf-Trainingseinheit absolvierten, standen schon eine ganze Weile hinter einem Gestrüpp und beobachteten ganz interessiert diese bewegungsintensiven Darbietungen.

Rosalinde: *„ Da haben uns doch unsere Füße richtig geführt. "*

Cornelia: *„ Warum hört man da nichts? "*

Rosalinde: *„ Ist doch klar, dann würden ja die Viernheimer Männer Schlange stehen. "*

„*Glaube ich nicht. Die bewegen sich doch sonst auch nicht so*", meinte Cornelia. „*Das geht aber noch besser, der Mann muss mehr drücken.*"

Interessiert unterhielten sie sich weiter über dieses Thema.

„*Der ist aber schnell.*"

„*Dein Mann war noch schneller. Ich weiß es genau.*"

„*Die einen sagen so und die anderen so.*"

„*Manche sind aber recht klein, da sieht man ja nichts.*"

„*Die können aber noch wachsen.*"

„*Ist egal, ich war ja auch nicht gerade verwöhnt.*"

„*Hast du eigentlich deinen Mann mal verlassen wollen?*"

„*Verlassen nie, mit dem Traktor überfahren schon.*"

„*Jetzt weiß ich auch, wieso dein Mann so früh gen Himmel gefahren ist. Guck mal, die sind schon fast fertig.*"

„*Ich wäre so gerne noch einmal eine Magd.*"

Und so machte eine unnötige Bemerkung nach der anderen die Runde.

Nach einer Weile verließen die Beiden die illustre Gesellschaft mit den Worten: „*Das müssen wir unbedingt unseren Freundinnen erzählen, ob die uns das glauben werden?*"

Auch die Magd konnte sich einer gewissen Müdigkeit nicht widersetzen und beendete den körperlichen Reigen. Sie zog dann, unter Absingen des Liedes „*Ganz dahinten wo der Leuchtwurm steht*" und einem seligen Lächeln im Gesicht, den Polizeianwärtern hinterher.

Wieder einmal herrschte auf dem Bauernhof ein Mangel an landwirtschaftlichen Kräften. Deshalb mussten Alwine und ihr Bruder auf dem Acker und bei der Stallsäuberung helfen. Da galt es, die Hinterlassenschaft der Tiere im nahegelegenen kleinen Garten als Dünger zu verteilen. Die Bitte von Vater Herbert, den natürlichen Dung als Wachstumsverstärker nicht auf sondern unter die Salatblätter zu platzieren, kam leider etwas zu spät, was den Geschmack und den Nährgehalt dieser grünblättrigen Nahrung aber nur minimal veränderte.

Geholfen wurde ihnen dabei von Mechthild Klemmrohr, der einzigen Tochter der Nachbarn und heimlichen Liebe von Heinrich.

Mechthild war ein kleines, sehr stark behaartes, übergewichtiges rothaariges Mädchen mit Sommersprossen, einer starken Brille, vielen Pickeln und einer recht großen Zahnlücke. Dass sie lispelte fiel nur auf, wenn sie sprach.

Mechthild und Heinrich trafen sich oft hinter den Strohballen im heimischen Stall, wo sie beide verschüchtert Händchen hielten, allerdings unter dem Rock von Mechthild.

Zufällig fiel Papa Klemmrohr bei einem Besuch im Stall diese Situation ins Auge, was natürlich zu einer Vater-Tochter-Diskrepanz führte. Heinrich erklärte sofort mit zittriger Stimme, dass er kalte Hände gehabt habe, was aber dann mit einem Satz heißen Ohren und einigen Backpfeifen wieder kompensiert wurde. Mechthild musste daraufhin sofort in die Kirche, um ihren Rock mit Weihwasser zu reinigen, während Heinrich mit den Worten gedroht wurde: *„Wenn du das nochmal machst, musst du dich mit Mechthild verloben. Ich glaube nicht, dass du das willst, oder?"*

Einige Zeit später kam wieder Heinrichs Wissensdurst zum Vorschein, indem er bei Mechthild auch seinem zukünftigen Wunschberuf als Mediziner nachgehen wollte. Er schlug ihr als Vorsorge eine ausführliche Tastuntersuchung in ihrer Unterhose vor. Dazu meinte er, dass sie an einer stark schmerzenden Hosengummi-Allergie litt und sich sofort ausziehen sollte, so dass er durch Handauflegen ihre Schmerzen lindern könne. Mechthild lehnte mit der Begründung ab, dass sie überhaupt keine Unterhose tragen würde, da das Gummiband total ausgeleiert sei und sie deshalb auch keine Schmerzen habe. Sie würde sich auf keinen Fall von ihm betasten lassen. Der Grund war, dass sie ein Auge auf Samuel geworfen hatte.

Samuel war der Sohn und Nachfolger der Schmiede von Paul Grundel und dessen Frau Magdalena. „*Er hatte so einen schönen Hammer in der Schmiede*", dachte Mechthild. Außerdem zeigte er ihr die hohe Kunst des Schmiedens, indem er ihr einen Anhänger in Form eines Herzens inklusive einer Halskette aus robustem Baustahl schmiedete.

Sie lernte ihn beim sonntäglichen Kirchenbesuch kennen, als sie sich aufgrund der Obladenknappheit die letzte Hostie teilen mussten. Sie hatten dann kurze Zeit später zufälligerweise zur Bereinigung ihrer Sünden den gleichen Beichtstuhl aufgesucht. Dieser Umstand blieb natürlich nicht ohne Folgen. Der Vikar Luzifer Horn, der anschließend als Stellvertreter des Pfarrers Johannes Guhle die Beichte abnahm, bekam urplötzlich rote Wangen, die nie mehr verschwanden.

Einige Zeit später hatten die Beiden geheiratet und tranken mit dem Geistlichen in Erinnerung an die Enge des Beichtstuhles ein Glas Schaumwein. Dass Mechthild zu diesem Zeitpunkt schon schwanger war, schrieb der Pfarrer dem hohen Viernheimer Fruchtbarkeitsklima zu.

Die Großeltern von Alwine, Trudelheit und Eugenius Schneiderhain, wohnten im benachbarten Heppenheim in einem kleinen Häuschen, das schon seit drei Generationen fest in deren Hand war. Sie verdienten ihr Geld mit dem Handel von Zahnprothesen. Mit Hilfe eines bulgarischen Busfahrers hatten sie die „*Beisser*" in Tirol gebraucht erworben und dann in Hessen als Neuware gewinnbringend verkauft. Erst zwei Jahre später wurde von den Leuten bemerkt, dass sie nur Oberkiefer-Prothesen trugen. Aufgrund diverser Anzeigen wurde mit der Strafbehörde die stillschweigende Abmachung getroffen, die unteren Prothesen kostenlos nachzuliefern, sowie diese Tätigkeit einzustellen. Nur so konnte eine Strafverfolgung vermieden werden. Um ihren weiteren Lebensunterhalt zu finanzieren, spielte Eugenius dann mit seiner Drehorgel vor dem Heppenheimer Rathaus, während einige NSDAP-Mitglieder bei ihrer Wahlveranstaltung mit einem Schuhplattler die Zuschauer erfreuten.

Die Großeltern kamen normalerweise alle zwei Wochen mit ihrem Bollerwagen zu Besuch. Da sich jedoch genau zwischen Heppenheim und Viernheim die Gaststätte *„Zum zahnlosen Wiesel"* befand, wurden die Besuche bei Alwine seltener. Dafür erfreuten sie nun die Gaststätte mit ihrer Anwesenheit, um die weltbesten schwarz angebrannten Bratkartoffeln mit brauner Soße zu verspeisen. Natürlich nicht, ohne die Verdauung mittels einiger Gläser Absinth anzuregen, was zur Folge hatte, dass sie einmal aus Versehen bis Frankenthal durchliefen.

Sie waren mittlerweile so bekannt, dass einige Bauern den Weg säumten und die Beiden unter Applaus anfeuerten. Trudelheit lag im Wagen, die Füße auf dem Boden schleifend, während Eugenius seine ganze Kraft benötigte, um unfallfrei nach Viernheim zu kommen. Die Zwei-Liter-Kanne Bier als Reiseverpflegung hielt gerade mal bis Ortsausgang Heppenheim, wobei die Entzugserscheinungen bei Eugenius immer wieder für größere Pausen sorgten.

Wenn es regnete wurde der Wagen mit einer alten Plane abgedeckt, so dass das Bier und die Geschenke nicht nass wurden. Sie brachten ja immer einen Kürbiskuchen mit und manchmal für Alwine eine selbstgebastelte Puppe aus alten LKW-Reifen.

Eugenius war der Meinung, dass der Bollerwagen viel zu klein sei. *„Wenn ich noch eine Kanne Bier mehr mitnehme ist kein Platz mehr für unser Engelchen".* Die Idee, den Wagen später als Hochzeitskutsche für Alwine herzurichten, wurde von Trudelheit aber abgelehnt.

Mit der Oma ging Alwine gerne in den Stall, um den Stier Adolf zu beobachten, der mehrmals am Tage seine Vorderhufe auf den Rücken von Dagmar legte und sie in rhythmischen Bewegungen nach vorne schob. Trudelheit seufzte und Alwine fragte, ob Adolf denn krank sei. Oma antwortete: *„Ich wäre froh, wenn manche Männer so gesund wären."*

Die andere Kuh Luise wurde bei dem Bewegungsreigen nicht mehr beachtet, da sie sich Adolf einmal verweigerte. Dies hatte sie inzwischen bitter bereut.

Nach einer Kaffeerunde und etwas Tratsch entschloss man sich, wieder nach Hause zu gehen.

Opa Schneiderhain trank statt Kaffee immer ein bis drei Wassergläser selbstgemachten Apfelschnaps von Herbert, legte sich dann in den Bollerwagen, und Trudelheit musste ihn unter großer Anstrengung wieder zurück nach Heppenheim kutschieren.

Irgendwann waren die Kühe Luise und Dagmar vom elterlichen Hof verschwunden. Später wurde bekannt, dass durchreisende Zigeuner, die des Öfteren beim Nacktbaden in der Weschnitz beobachtet wurden, die beiden entführten. In deren Wanderzirkus mussten sie dann als tierische Hochseilartisten ihr Dasein fristen. Seit diesem Zeitpunkt litt Adolf der Stier unter nicht heilbaren Depressionen. Er lag eines Morgens im Stall und rührte sich nicht mehr. Wie es aussah, konnte er die Trennung nicht überwinden und ließ sich mittels Hilfe der defekten Melkmaschine zu Tode vibrieren.

Das suizidgefährdete Schwein Fetti diente an Weihnachten der ganzen Familie als *„Nahrungsergänzungsmittel"*, so dass der Tierbestand auf dem Hof inzwischen sehr stark dezimiert war, zumal auch die Katze Lanzelot plötzlich verschwand. Man war der Meinung, dass sie den Versprechungen eines streunenden Katers, den man schon öfter am Hof vorbei laufen sah, nicht widerstehen konnte. Dackel Moshe wurde ab und zu dem benachbarten Förster Gumprecht Wiesel gegen ein kleines Entgelt ausgeliehen, um dessen Mufflon-Herde in Schach zu halten. Leider erfüllte er seine Aufgabe nur ganz selten, da er dem schönen behaarten Hinterteil eines Mufflon-Weibchens nicht widerstehen konnte und, sehr zum Leidwesen des Försters, eine jahrelange Liaison ihren Anfang nahm.

In diese Episode fiel auch die erste Freundschaft von Alwine mit einem Jungen. Er hieß Ottfried, hatte rote Haare, seine Nase lief immer, und er roch stark aus dem Mund. Er kam vom Bauernhof Schnuddelhahn in der Nähe von Hemsbach. Das Auffälligste an ihm war seine Beinkleidung. Sein Opa Robert war allergisch gegen Tafthosen, die seinen Geschenkkorb an Weihnachten und am Geburtstag füllten. Er gab sie an Ottfried weiter, was dessen Erscheinung nicht gerade verbesserte.

Beim Versteck spielen auf dem naheliegenden Acker versuchte er immer und immer wieder, mit Alwine die Kleidung zu tauschen, um so einen Blick auf ihre Unterwäsche zu ergattern. Alwine, neugierig auf das andere Geschlecht, befreite sich einmal nach langem Hin und Her jeglicher Kleidung, wobei dann Ottfried zu ihrem Erstaunen ihre Unterwäsche an sich nahm und verschwand. Jahrzehnte später hörte Alwine, dass er als Unterwäsche-Designer und Transvestit Karriere machte.

Die Zeit verging, und einige Apfelernten später musste Alwine sich von der Unbeschwertheit ihrer Kindheit verabschieden. Die Goetheschule in Viernheim, in der sie für die nächsten Jahre auf das Leben vorbereitet wurde, wartete auf sie.

„Die schöne Zeit ist vorbei, jetzt kommt der Ernst des Lebens", meinte Herbert zu ihr.

Alwine versuchte durch das Singen diverser Lieder, unter anderem auch dem *„Bi-Ba-Butzemann"*, das Angstgefühl zu verdrängen. Oma Trudelheit sorgte dafür, dass sie eine Schultüte bekam, die Eugenius aus Baumrinde und Hühnerfedern selbst gebastelt hatte, obwohl er ja total gegen diesen *„neumodischen Kram"* war. *„Wir hatten ja früher gar nix"*, meinte er, konnte aber dem Wunsch von Trudelheit nicht widerstehen. Gefüllt war die Tüte mit Apfelmus von ihren Eltern, zwei Kartoffelknödel und einem Kopfsalat aus dem heimischen Garten.

Mehrere hundert Kinder standen vor dem Haupteingang und warteten darauf, dass irgendetwas passierte. Der Inhalt der Schultüten verhalf einigen, die Wartezeit zu verkürzen, bevor sie in verschiedene Klassen eingeteilt wurden. Im Haupteingang platzierten sich die Lehrerinnen und Lehrer, vorneweg der schwarz uniformierte Rektor, der mit seiner ohrenzerreißenden Stimme und seiner großen Zahnlücke die Schüler den jeweiligen Lehrkräften zuwies. Er hieß Wilhelm Kackebart und hatte, genau wie Pfarrer Beichtel, eine Hasenscharte. Da er zusätzlich noch stark stotterte, zog sich die Einteilung bis in den nächsten Tag hinein. Charlotte und Herbert mussten kurz in den hinteren Bereich, um durch ihren Lachanfall die festliche Zeremonie nicht zu stören.

Die ersten 40 Schulpflichtigen in der vordersten Reihe, zu der auch Alwine zählte, wurden der großen, in schwarz gekleideten Frau zugewiesen. Sofort ging die Lautstärke der Kinder gegen Null. Unwohlsein breitete sich aus.

Fräulein Eusebia Lochkauz war eine Weltkriegsveteranin der ersten Klasse, eine der wenigen Pädagogen, die in allen Fächern unterrichtete, sogar in Religion. Einige Eltern waren der Meinung, dass sie schon bei der Spanischen Inquisition ihren Dienst verrichtete. Ihre Reitpeitsche und die Oberlippenbehaarung gaben ein Bild der Stärke, waren aber auch angsteinflößend. Ihr Busen entsprach einer Größe weitab jeglicher Realität. Charlotte war der Meinung, dass man mit diesen Dingern sämtliche Viernheimer

Babys satt bekäme. Sie verglich diese Knuddelkullern mit den Höckern eines Wüstenschiffes und dachte bei sich: *„Die kann viel mehr Wasser speichern als Kamele. Für was braucht die das?"* Da spielte ihre Größe von 2,01 Meter und das geschätzte Gewicht von 110 kg kaum eine Rolle.

Da Alwine sie mit einem Knicks und den Worten: *„Ach du lieber Gott",* begrüßte, bekam sie schon am ersten Tag in Religion die Note *„sehr gut".* Eusebia war auch Trägerin des Eisernen Kreuzes erster Klasse sowie des Flugzeugbeobachterabzeichens des Königreichs Bayern. Diese Auszeichnungen legte sie jedoch nur beim Veteranentreffen an. *„Einen Orden muss man sich verdienen",* meinte sie mit strenger Stimme.

Deshalb war Opa Eugenius, der es sich nicht nehmen ließ, bei der Einschulung unterstützend mitzuwirken, auch stolz auf den *„Handkäsorden dritter Klasse",* den er sich beim Schützenfest in Weinheim als Vorletzter verdient hatte.

Eusebia war alleinstehend. Kurz vor der Hochzeit wurde sie von ihrem Verlobten, dem österreichischen Zwergziegenhirten Peter Schnok verlassen. Peter verschwand von heute auf morgen, ohne Angaben von Gründen. Wie sich Jahre später heraus stellte, war er kurze Zeit später als Hausmeister an der Uni Hamburg tätig. Nebenbei schrieb er an seiner nie endenden Doktorarbeit mit dem Thema:

*„Werfen schwarzhäutige Menschen einen größeren
Schatten als weißhäutige?"*

Nach der Trennung zog Eusebia nach Viernheim. Dort war sie Vorsitzende des Jungfrauenbundes 1812, der allerdings wegen Mitgliederschwund aufgelöst werden sollte. Danach wollte sie den Frauenstammtisch *„Die hohe Kunst der Keuschheit bei katholischen Brillenträgerinnen"* gründen, der aber nicht die Zustimmung der neugegründeten Brillenträgerinnung fand.

Erwähnenswert war auch die Tatsache, dass Eusebia mal ein Verhältnis mit Eugenius hatte, den sie bei einem Schulfest beim Luftballonaufblasen kennenlernte. Eusebia brachte es fertig, mit einmal Luftholen einen Ballon zum Platzen zu bringen. *„ Was kann die blasen"*, dachte Eugenius bewundernswert. Lange Zeit konnte man diese Verbindung geheim halten. Trotzdem musste er die Beziehung aus Gesundheitsgründen beenden, da einige seiner Rippen dem Gewicht von Eusebia nichts entgegen zu setzen hatten.

Die restlichen Rippen, die Nase, einige Zähne und die Augen wurden von Trudelheit nach Bekanntwerden des Seitensprunges einer Widerstandsfähigkeitsprüfung unterzogen. Eugenius konnte im Kampf gegen die Holzstange von Trudelheit, die eigentlich zur Stütze eines Apfelbaumes gedacht war, leider nicht mithalten und verlor klar nach Punkten. Da ein Krankenhausaufenthalt aus finanziellen Gründen für einen Landwirt nicht in Frage kam, wurden diese kleinen optischen Differenzen mittels einer Hühnerkotspülung wieder in die Normalität zurückgeführt.

Fräulein Eusebia wurde später das Opfer eines tragischen Unfalls. Sie wurde bei einer Treibjagd von einem betrunkenen Mitglied der Landjugend mit einer trächtigen Wildsau verwechselt und durch die Hilfe eines defekten Vorderladers in den *„ ewigen Ruhestand"* befördert.

Das örtliche Bestattungsunternehmen kam bei der Sargherstellung an seine Grenzen. Stärkere Bretter, größere Schrauben, und der Deckel musste ihrer gewaltigen Oberweite angepasst werden. Für die Beisetzung engagierte man aufgrund der Größe vorsichtshalber sechs Sargträger.

Die Beerdigung war ein Stelldichein der Kirchenoberen, die sich an den belegten Brötchen labten, sowie der ranghohen Mitglieder des nahe gelegenen Rathauses, die vor der Bestattung ein klein wenig zu sehr den alkoholischen Getränken zusprachen, so dass sie später nicht mehr wussten, warum sie eigentlich auf dem Friedhof waren.

Die betrunkenen Fahnenträger der NSDAP in ihren zu großen Lederhosen hatten aus Versehen die Fahnen von der letztjährigen Karnevalsitzung an ihrem Fahnenständer. Getragen wurde der bunt geschmückte Sarg von sechs Alphornjodlern ihrer Hobbygruppe. Die Grabrede von Wibke Blaselke, einer alten Studienfreundin von Eusebia, war reich an Emotionen: *„Fräulein Eusebia Lochkautz war eine Frau, ... "*

Waldemar Friedel zu seinem Chorkollegen Edwin Hohlmann: *„Da würde ich nicht drauf wetten".*

Wibke weiter: *„ ..... die ihre ganze Energie erfolglos in ihren Beruf investierte. Ihre Erscheinung war so einprägsam, dass die Männer sofort in eine Askese flüchteten und sich nicht mehr zu lachen trauten oder gar etwas Böses zu tun. Sie führte ein gottesfürchtiges Leben, selbst in Anbetracht ihres abnormen Verhältnisses zur Männerwelt. Keuschheit war ihr oberstes Gebot, was sie jedoch gerne geändert hätte. Selbst die vielen Kirchenbesuche konnten nicht verhindern, dass ein dem Atheismus nahestehender Vorderlader ihrem Leben ein Ende setze. Ruhe in Frieden. "*

Die Trauergemeinde klatschte.

Eugenius: *„ Wir hatten ja früher gar nix. "*

Mit dem Lied *„ Oh du schöner Westerwald"* konnten sich auch die Schulkinder von Eusebia verabschieden. Einige Kinder warfen ihre selbstgebauten Drachen auf den Sarg in der Grube, so dass man sie mit bestattete. Auch einige Zeugnisse der Klasse fanden hier ihre letzte Ruhestätte.

Ihr früherer Verlobter Peter kam extra aus Hamburg, um sich von seiner ehemaligen Freundin mit den Worten: *„ Ruhe in Frieden und bl. u. "* (was so viel heißen sollte, wie: *„Ruhe in Frieden und bleib' unten")* zu verabschieden.

Dass sich ein Havaneser am Eingang herumtrieb, wurde nicht weiter beachtet.

Alwine freute sich, hatte sie doch ab dem nächsten Tag Schulferien, die sie grundsätzlich zuhause verbrachte. Sie half ihrer Mutter bei der Apfelernte, der Apfelmusherstellung und später beim Verkauf auf verschiedenen Wochenmärkten. Auch das Unkraut entfernen gehörte zu ihren Aufgaben.

Da die Apfelbäume in Reih' und Glied angeordnet waren, fiel einer besonders auf. Er hatte einen blauen Stamm und vorne ein Holzkreuz. Alwine wollte wissen, warum dies so ist. Ihre Mutter Charlotte klärte sie auf: *„Der diente früher als Galgen. Hier wurde im Mai 1896 zum letzten Mal ein Verbrecher im Freien gehängt. Es war ein 60-jähriger bayerischer Exhibitionist mit einem Furunkel an der Nase"*.

Die Hinrichtung und die letzte Ölung vom holländischem Pfarrer Jeremias van der Vennig wurde damals aufgrund des falschen Öls unterbrochen. Die Empörung bei den anwesenden Zuschauern, hauptsächlich bayerische Emigranten, war riesig. Der Delinquent wollte nur Olivenöl, dessen Besorgung zu dieser Zeit nicht nur ein religiöses Problem darstellte. Durch eine Olivenölspende seitens der Kirche wurde aber der Straftäter befriedigt und konnte, zur Freude aller, dem Galgen übergeben werden.

Alwine: *„Mama, was ist ein Exhibitionist?" „Ein Exhibitionist ist meistens ein Mann, der sich gegenüber anderen Menschen, besonders Mädchen und Frauen, nackt zeigt." „Da wären aber bei uns in der Goetheschule auch ein paar Buben betroffen."* Dies wurde von Charlotte nicht kommentiert, zumal auch Herbert ab und zu bei der Apfelernte seinen Mantel mit der Magd teilte.

Herbert investierte einen Teil der Familienersparnisse, die durch den Verkauf von Apfelmus zustande kamen, und kaufte auf Wunsch der restlichen Familie für 75 Reichsmark einen Volksempfänger. Die Freude auf dem Schneiderhain-Anwesen war groß. Die langweiligen Familienspiele, wie *„Apfelweitrollen"* oder *„Apfelbutzenturm bauen"* gehörten endlich der Vergangenheit an. Dank des Volksempfängers konnte man hören, was draußen in der Welt passierte. Natürlich nahm die Musik einen großen Platz ein, die leider immer wieder von einem undefinierbaren Gejaule eines Redners unterbrochen wurde. Samstags gab es immer das Wunschkonzert, bei dem sich die ganze Familie um das Radio versammelte. Die beliebtesten Musiktitel waren:

„Es geht alles vorüber, es geht alles vorbei"
von Lale Andersen, oder
„Wenn die Elisabeth nicht so schöne Beine hätt'..."
von Siegfried Arno sowie
„Man müsste Klavierspielen können"
von Johannes Heesters.

(Damals konnte sich niemand vorstellen, dass er genau dieses Lied 70 Jahre später immer noch singen würde.)

Auch der amerikanische Swing war sehr gefragt, zumindest bei der jüngeren nazifreien Generation. Der Hund musste dann immer raus, um die Familie vor unliebsamen Besuchern zu warnen. Moshe wurde seinem Ruf als Wachhund nicht gerecht, jagte er doch ergebnislos seinen wedelnden Schwanz, der später das Opfer eines heimtückischen Häckslers werden sollte.

Auch die neue, transkaukasische Magd Selina, die seit kurzem ihren Dienst bei den Schneiderhains verrichtete, war begeistert von den Klängen des Volksempfängers. Sie rammte dann die Sense in den Boden und tanzte mit eigenartigen Bewegungen um die Holzstange herum. Kletterte hoch, um sich kopfunter wieder dem Boden zu nähern. Charlotte fand diese Bewegungen der Magd nicht gerade berauschend, ja sogar obszön, während Herberts Zunge fast den Boden berührte. Auch einige Viernheimer Honoratioren, die sonntags gerne ihren Herrenausflug tätigten, kamen vorbei und waren verblüfft über die Vielseitigkeit einer Sense. Immer mehr Ausflügler besuchten die Schneiderhains und staunten über den *„Sensentanz"*. Einige Stimmen wurden laut, dass die Magd ihrer Zeit weit voraus wäre. Nur die Kirchenoberen standen dieser künstlerischen Darbietung nicht gerade offen gegenüber, obwohl sie jeden Sonntag nach dem Gottesdienst sofort zu Schneiderhains *„wallfahrten"*, um die sündige Sense zu segnen. Die Idee, einen Gartenausschank zu errichten, scheiterte nur an dem Fehlen einer sanitären Anlage.

Der Ansturm auf dieses Werkzeug löste im nahe gelegenen Raiffeisen-Markt eine absolute Verkaufshysterie aus. Die Sensenknappheit war sogar dem Volksblatt einen Artikel wert:

„Keine Sense mehr in Hessen –
Bürgermeister sollte zurücktreten. "

Eine Woche später wurde berichtet:

„Fassbieranstich durch das Stadtoberhaupt war voller Erfolg,
Rücktritt aufgeschoben. "

Am nächsten Tag war eine Entschuldigung der Redaktion zu lesen, man hätte folgende Schlagzeile vergessen:

„Dem Bürgermeister wurde in einer Feierstunde des
Hessischen Schneid- und Sensenverbandes
die 'Bronzene Sense am Stil' verliehen. "

Dies veranlasste Eugenius bei einem Besuch seines Sohnes zu bemerken: *„Heutzutage kriegt wohl jeder einen Orden. Wir hatten ja früher gar nix "*.

Selina beendete ihre Tätigkeit auf dem Hof, nachdem sie bei einer ihrer Sonntagsvorführungen den Theologiestudenten Shlomo Schamir kennenlernte, der sofort sein Studium unterbrach und mit ihr und der Sense nach Mainz auswanderte.

Das Leben auf dem Schneiderhain-Hof ging fast wieder geordnete Wege. Die Kirche beendete ihre Abneigung gegenüber dem Sensentanz, und auch die Radler konnten wieder ihre Kinder zur sonntäglichen Radtour mitnehmen.

Aufgrund der Geburtstage der Großeltern musste auch das Schwein Ingeborg seinen Körper in die Nahrungskette der Schneiderhains einfügen. Eine Hausschlachtung stand an, die heute noch in der Familienchronik als *„außergewöhnliches Ereignis"* Beachtung findet. Man hatte den Metzger Bruno Riemenkalt aus Weinheim, ein entfernter Verwandter von Herbert, damit beauftragt. Dieser hatte eine besondere Art, den Tieren ihre Angst vor der Schlachtbank zu nehmen. Mit Alkohol. Ein Gläschen für den Metzger, ein Schälchen für das Schwein. Ein Gläschen für den Metzger, ein Schälchen für das Schwein usw. Auch erzählte er Ingeborg die kleine Geschichte von der Entstehung der Hausmacher Wurst und wie viele Menschen sie damit erfreuen würde. Nur diesmal hatte Bruno kein Glück. Ingeborg vertrug viel mehr von dem Quittenschnaps, so dass er schlafend in der Schweinekuhle lag, während das Schwein auf der Suche nach Alkohol den Bauernhof verließ und nie mehr gesehen wurde. Am nächsten Tag las man im Volksblatt:

> *„Gesucht wird ein Alkohol trinkendes Schwein.*
> *Wenn jemand Angaben dazu machen kann, bitte beim*
> *Volksblatt melden. "*

Bis auf den Verlust des Geburtstagessens war die Welt für die Schneiderhains in Ordnung.

Ab und zu kamen einige nicht gerade modisch bekleidete Uniformträger vorbei, um auf dem Anwesen nach Männern mit einer Uniform-Allergie Ausschau zu halten. Leider hatten sie dabei kein Glück und zogen wieder von dannen. So ein großer Misthaufen bietet doch einige Versteckmöglichkeiten. Herbert hatte in weiser Voraussicht den Haufen innen ausgehöhlt sowie einen Tunnel zur Güllegrube gegraben, so dass sich manchmal bis zu fünfzig sogenannte Vermisste hier verstecken konnten. Sechzig Jahre später nutzte man das gefundene Tagebuch von Alwine als Vorlage für den mit dem Oskar prämierten Film *„Das Schweigen der Gülle"*.

Der Krieg verschonte im Großen und Ganzen das landwirtschaftliche Gut. Bis auf die Toilette, die von einem Blindgänger getroffen wurde, der dann in der darunter gelegenen Grube versank. Glück für Alwine, die 10 Minuten vorher noch darauf saß. An der Toilette wies später ein Schild von Alwine mit der Aufschrift *„Uffbasse, ä Bomb"* auf die Gefährlichkeit der Benutzung hin.

Die amerikanischen Streitkräfte vermuteten in der Grube das Versteck von Nazis und fanden ihre eigene Bombe inklusive einer mit Gülle bedeckten Aktfotografie von Hermann Göring. Bei der Bombe handelte es sich mit Sicherheit um einen der wenigen amerikanischen Sprengkörper, der in Viernheim nicht explodierte, sondern stank. Nach der Bergung konnte die *„Stinkbombe"*, die als das *„Urmodell"* des gleichnamigen Karnevalscherzes galt, mit einem Sonderkonvoi in die USA zurückgeführt und durch das Ausstellen im *„National Museum of American Historie"* einer breiten Öffentlichkeit zugänglich gemacht werden. Das Foto wurde wieder in der Grube bestattet.

Die Befreier beschenkten das deutsche *„Froilein"* Alwine mit Kaugummi und Schokolade und machten auch körperliche Bekannschaft mit der neuen Magd Resi. Sie war ein bayerisches *„Urvieh"*, wie Herbert zu sagen pflegte. Groß, die Kurven an der richtigen Stelle und ein Mundwerk, das keine Pausen zuließ. Nachdem sie den GI's den Unterschied zwischen amerikanischen Frauen und bayerischen *„Maderln"* beigebracht hatte, verliebte sie sich in den schwarzen 2,07 Meter Riesen Joe, mit dem sie dann in die Staaten auswanderte. Ihr Kommentar: *„Ich hatte nie etwas Größeres."*

Der Krieg war beendet, und man konnte wieder zu nützlicheren Tätigkeiten zurückkehren. Alwine, mittlerweile schon erwachsen, besuchte auf Wunsch ihrer Mutter die Hauswirtschaftsschule in Mannheim. Sie war allerdings der Meinung, das sei nicht nötig. Kochen könne sie, was ihr Apfelbrei mit Sicherheit bestätigte.

Aber es gab ja noch mehr zu lernen. Neben Gesundheits- und Erziehungslehre sowie Küchenführung und Servierkunde gab es auch Textilverarbeitung und Werken.

Natürlich wurde auch viel gekocht. Da gab es zwischen den Schülern kleine Kochwettbewerbe. Ein selbst gewähltes Menü für sechs Personen inklusive dem Servieren beendete die Schulzeit. Es gab neben der Benotung auch etwas zu gewinnen. Die Schule vergab für das Siegermenü einen Kohlrabi - einen goldenen für den Sieger und einen silbernen für den zweiten Platz.

Für den goldenen Kohlrabi hatte es bei Alwine leider nicht gereicht, da ihre Prüfungsaufgabe *„Kartoffelpüree mit Zimtbratlingen"* total misslang. Nur mit der Zugabe von reichlich Apfelschnaps in den Bratlingen konnte sie die Geschmacksprüfer für ihr Rezept begeistern. Da fiel das total flüssige Püree überhaupt nicht ins Gewicht. Den ersten Preis gewann Agathe Scheidenkeil, genannt Rosinchen, die später die beste Freundin von Alwine werden sollte. Sie konnte mit dem Gericht *„Heringstartar mit Vanilleauflauf"* punkten und so den goldenen Kohlrabi gewinnen.

Rosinchen war bekannt für ihre Eskapaden. Man sagte ihr ein Verhältnis mit ihrem Lehrer nach, dem sie aber vehement widersprach. Erstens würde sie mit einem Lehrer nie und nimmer etwas anfangen, und zweitens wären die immer so schnell fertig. Den Spitznamen bekam sie übrigens von Alwine, da ihr Busen von Größe und Aussehen her Rosinen ähnelte.

Der Kontakt zu Rosinchen wurde nur von einer Safari unterbrochen, die sie mit ihrem ehemaligen Turnlehrer nach Kenia führte. Sie kam dann zwei Jahre später alleine zurück, da ihr Partner dem unwiderstehlichen Hungergefühl eines Löwenrudels zum Opfer fiel.

Nach Beendigung der Schule und nach einigen belanglosen Bekanntschaften heiratete Alwine ihren Schulkameraden Winald

Linsenblum und lebte mit ihm auf dem Hof ihrer Eltern. Winald hatte schon immer ein Auge auf Alwine geworfen. Von heute auf morgen erhörte sie sein Werben. Bei ihrer Entscheidung spielte ein Preisausschreiben eine Rolle, worüber sie aber nicht gerne sprach.

Die Ehe hatte keine besonderen Höhepunkte, außer ein paar sexuelle. Der Beichtstuhl der Apostelkirche musste deshalb nicht in Anspruch genommen werden. Man konnte sie aber durchaus als *„harmonisch-dekorativ"* bezeichnen. Neun Monate nach der letzten erotischen Stallreinigung erblickte ihr Sohn in einer Vollmondnacht gegen 0.30 Uhr zuhause im Wohnzimmer das Licht der Welt. Auch hier waren wieder Kurt der Schmied und seine Frau Hedwig, die schon bei Alwines Geburt Hilfestellung leisteten, dabei. Die rumänische vollbusige Magd Despina, die sich selbst als Hobbysterndeuterin bezeichnete und seit kurzem bei den Linsenblums beschäftigt war, las aus den Linien ihrer rechten Hand und sprach ganz feierlich: *„Ihr erster Sohn ist Junge"*. Despina lag aus unerklärlichen, übersinnlichen Gründen mit ihrer Liniendeutung vollkommen richtig. Man war überrascht.

Trotz der Namensvorschläge, wie Ozelotti und Verdun von Onkel Ferdinand, oder Pupser von Winald, blieb Alwine bei ihrem Wunschnamen Amandus. Dieser Name käme aus dem Lateinischen und hieße so viel wie liebenswürdig, lieblich. Den Vorschlag hatte sie von Pfarrer Beichtel, der es so erklärte, dass sie damit auf der sicheren Seite läge, da Amandus eine große Persönlichkeit darstellte. Er war nämlich im 5. Jahrhundert Bischof von Worms.

Die Großeltern Trudelheit und Eugenius Schneiderhain wollten natürlich auch ihren Enkel sehen und kamen mit ihrem neuen Auto, einem gebrauchten Lloyd 300, nach Viernheim. Natürlich war die Fahrt mit einigen Geräuschen verbunden, da Eugenius der Meinung war, dass ein Getriebe nur unnötiger Ballast sei und er sich von einer Kupplung nicht vorschreiben lassen würde, wann er zu schalten hätte. Ansonsten genoss er den Luxus, nicht mehr zu Fuß unterwegs zu sein. Dieses Mal traf er mit seinem Ausspruch: *„Wir hatten ja früher gar nix"*, den Nagel auf den Kopf.

„Es wird ja auch endlich Zeit", meinte Trudelheit, denn das Laufen bereitete ihm immer größere Schwierigkeiten, besonders bei übermäßigem Genuss von alkoholintensiven Getränken. Deshalb wurden ihre Ersparnisse in die motorisierte Zukunft investiert. Ihr Bollerwagen segnete ja kurz zuvor das Zeitliche, indem er während einer Alkoholfahrt, es war der Nachhauseweg, mitsamt Eugenius in der Weschnitz versank. Trudelheit konnte im letzten Augenblick ihren Gatten an den Haaren aus den Fluten ziehen. Allerdings versank auch die 2 Liter Kanne Bier, die Eugenius von Herbert als Wegzehrung bekommen hatte. Es dauerte einige Wochen, bis er die Suchaktion erfolglos abschloss. Trudelheits Kommentar dazu: *„Jetzt wird er alt."*

Sie waren nun, ohne ihr Zutun, plötzlich Uroma und Uropa geworden. Voller Stolz meinten sie, dass Amandus mehr auf Uropa herauskäme. Oma Charlotte stellte fest: *„Die Nase hat er Gott sei Dank nicht von Winald. Er hat überhaupt nichts von Winald, welch ein glückliches Kind"*.

Natürlich sollte der Nachwuchs auch fotografiert werden. Eugenius hatte schon eine Box, und wenn man großes Glück hatte, befand sich auch ein Film darin. So auch diesmal. Allerdings mangelte es an einem Blitzbirnchen. Aber Eugenius wäre nicht Eugenius, wenn er keinen Ausweg wüsste. Man nahm das Kind, legte es zwischen die Scheinwerfer des Lloyd, und schon hatte man genug Licht. Allerdings nicht lange, da die Autobatterie relativ schnell ihren Geist aufgab.

Das Bild von Amandus schickte Alwine später zu einem Fotowettbewerb. Gesucht wurde in einer Bäckerzeitschrift das hübscheste Baby in Hessen. Der erste Preis war ein Abendessen für fünf Personen beim Bürgermeister inklusive einer Übernachtung in dessen Weinkeller. Von den 38 Einsendungen landete Amandus auf Rang 37. Eugenius war der Meinung, dass dies nicht mit rechten Dingen zuginge. Die Freude war trotzdem riesig, war es ja nicht der letzte Platz. Den belegte der dreizehnjährige Günter,

Sohn der Fleischereiverkäuferin Ludmilla Puffstöss, der später als erfolgloser Fotograf keine Karriere machen sollte. Den ersten Preis gewann das Mädchen Luisa, deren Vater bei der letzten Bürgermeisterwahl unterlegen war. Auf Geheiß ihres Vaters musste sie allerdings auf diesen Preis verzichtete.

Amandus konnte seine Kindheit hauptsächlich im Stall ausleben, wo er mit Kindern der Nachbarhöfe die Zeit verbrachte. Die etwa gleichaltrigen Mädchen Hedwig und Daphne hatten es ihm angetan. Die beiden Zwillingsschwestern waren die Kinder von Kurt und Edda Powinkel, die zwischen Heppenheim und Viernheim einen kleinen Bauernhof besaßen und mit einer kleinen Schafherde ihren kärglichen Unterhalt verdienten. Daphne war, im Gegensatz zu Hedwig, schon etwas aufgeklärter, was sie gegenüber Amandus immer wieder zum Besten gab: *„Zeig mir deins, und ich zeige dir meins. "* Hedwig lachte darüber, ohne zu wissen, was ihre Schwester damit meinte. Freddy, der Sohn der Witwe Gundula Puffel, der ab und zu auch mal dabei war, brüllte: *„Sehen will, sehen will. "*

Im Sommer, bei großer Hitze, war man mit der Kleidung sehr sparsam, d.h. man war nackt. Außer Freddy. Bei ihm gab es ja auch nichts zu sehen. Sein Bauch, von seiner Mutter liebevoll *„Massengrab für Schokoriegel "* genannt, verdeckte alles, was für neugierige Mädchen interessant sein könnte. Sogar seine Knie. Natürlich wurde das Nacktsein nur praktiziert, wenn die Erwachsenen nicht im Stall beschäftigt waren. Die wären davon nicht sehr angetan gewesen. Die Nacktheit hätte so etwas *„Pfui-mäßiges ".*

Bei der Apfelernte war jede Hand gefragt, auch die von Amandus. Sein heimliches Trinken von Apfelschnaps, der ja in Hülle und Fülle vorhanden war, machte seine Hilfe jedoch unmöglich und brachte auch einige dunkle Wolken in seine Kindheit, wie z.B. seine Gleichgewichtsstörung, die ihm der fast blinde Hausarzt Dr. Schönchen bescheinigte, und die sich aber später von selbst wieder auflöste. Da die ganze Familie unter diesen Gleichgewichtsstörungen litt, war der Arzt der Meinung, dass man des Öfteren einen Magenbitter zu sich nehmen sollte, um den Kreislauf zu stabilisieren.

Auch der Umbau der sanitären Anlage war nicht so einfach wie gedacht. Man hatte jetzt zwar eine richtige Toilette mit Spülung und richtigem Toilettenpapier, allerdings gab es noch Probleme mit der Wasserversorgung. So musste die Spülung mittels eines selbst gebauten Wassertanks für die nötige Reinigung sorgen. Das Wasser sollte hierbei aus dem Brunnen gepumpt werden. Eine Aufgabe, die immer Amandus zufiel. Natürlich benötigte man die damals wieder in Betrieb genommene alte Güllegrube nicht mehr. Sie sollte nach der Reinigung als Schwimmbad herhalten. Leider sprang Amandus, aufgrund der sommerlichen Temperaturen, schon vor der Leerung hinein. Da man mit solchen Situationen Erfahrung hatte, konnte ein größerer Unglücksfall vermieden werden.

Irgendwann, nach der Unbeschwertheit in der bäuerlichen Einöde, ging auch Amandus den Weg, den alle einmal gehen mussten. Er kam in eine Lehranstalt, genauer in die Goetheschule. Ebenso, wie damals seine Mutter. Mit seiner spärlich bestückten Schultüte, die zwei rohe Eier, eine Karaffe Milch und eine Schweinshaxe beinhaltete, begann der Ernst des Lebens. Er wollte wieder nach Hause. Die Schule gefiel ihm nicht, was er auch lautstark von sich gab. Eine Ohrfeige änderte schnell seine Meinung.

Sein Lehrer Fürchtegott Puder sen., der mit seinen 153 cm kaum über das Lehrerpult wegschauen konnte, gab den Schülern aufgrund seiner kleinen Statur ein Gefühl der Stärke und Überlegenheit. Das änderte sich relativ schnell. Man konnte feststellen, dass die Größe dieses Lehrers immer konstant ist, nicht aber die Lautstärke seiner Stimme. Und laut war er. Auch die Ohrfeigen, die er verteilte, waren nicht von schlechten Eltern. Er hatte auch einen Rohrstock, den er liebevoll „*Klopfer*" nannte.

Amandus konnte ihn nicht leiden und streckte ihm immer wieder heimlich die Zunge raus. Trotz aller Vorsicht sah es der Lehrer doch einmal, und so ging Amandus mit dem Klopfer eine schmerzhafte „*Po-Beziehung*" ein.

Außergewöhnlich war auch die Tatsache, dass hier zum ersten Mal eine gemischte Klasse ihr Debüt gab. Mehr als 23 Buben standen 18 Mädchen gegenüber. Amandus hatte sich auch sofort in ein Mädchen verliebt, in Maria, die Tochter von Ignatz Blumenstil und seiner Frau Berta. Er trug immer ihren Schulranzen nach Hause, nicht ahnend, dass Maria Jahre später seine Frau werden würde. Sie lernten zusammen, auch für die Schule, und in den Pausen waren sie unzertrennlich. Seine Fürsorge ging sogar so weit, dass er seine Senfbrötchen mit ihr teilte.

Die Blumenstils waren im Gegensatz zu den Linsenblums vermögend. Sie wohnten in einem Haus gegenüber der Apostelkirche, also beste Lage. Sie hatten auch schon eine gut funktionierende Toilette sowie ein Bad.

Berta Blumenstil verdiente ihr Geld als Schauspielerin in der damals aufkommenden Erotik-Filmbranche. Sie sah gut aus, hatte eine tolle Figur, und ihre künstlerischen Darstellungen der Nacktheit wurden weit über die Grenzen Viernheims, ja fast sogar bis nach Lampertheim, bekannt. Ihre Filme liefen alle im „*Regina*" in der Ludwigstrasse. Natürlich nur in den Spätvorstellungen, die von den Viernheimer Honoratioren sehr gut besucht wurden. Allerdings hatten sich die hohen Herrschaften mittels Perücken, künstlichen Schnurrbärten, Brillen mit dicken Gläsern und Gipsverbänden an Armen oder Beinen unkenntlich gemacht, was auch funktionierte. Schließlich sollte man als Viernheimer Katholik nicht solche freireligiösen Filme betrachten. Außer bei Pfarrer Abebi

Mbele aus Lampertheim, da funktionierte es nicht. Aufgrund seiner schwarzen Hautfarbe und seines blonden Haarteils wurde er immer wieder erkannt.

Es war schon toll anzusehen, wie einige Kinobesucher vor der Kasse knieten und so taten, als wollten sie ihre Schuhe binden, immer nach rechts und links schauend, ob ja kein Bekannter oder Nachbar in der Nähe war. Andere dagegen standen nicht weit vom Eingang, in die Luft pfeifend, so als wären sie rein zufällig da. Die 83-jährige Oma Schneisel, die gegenüber dem Kino wohnte, beobachtete des Öfteren im abgedunkelten Zimmer, hinter dem Vorhang stehend, die Kinokasse, um sich die Namen der Kinobesucher aufzuschreiben, soweit diese aus der Verkleidung ersichtlich wurden. Freitags ging sie jedoch selbst ins Kino, verkleidet mit einem selbstgenähten Schulmädchen-Kostüm, einer übergroßen Sonnenbrille und einer blonden Perücke. Sie fand es toll, wenn sie nach ihrem Ausweis zwecks der Alterskontrolle gefragt wurde.

Man erinnerte sich an die Filme mit Berta Blumenstil, wie z.B. *„Der Tiger von Trösel"* oder *„Beischlafes Bruder"*. Der bekannteste Film war jedoch *„Im Namen der Hose"*, der mit drei Nominierungen für den *„Itzehoer Rammler"* ausgezeichnet wurde. Danach beendete Berta ihre Filmlaufbahn, um als Werbe-Ikone für Schimmelkäse ihre Karriere fortzusetzen.

Ignatz, ihr Gatte, verdiente sein Geld als Sonderschullehrer. Er gab vielen Viernheimer Persönlichkeiten die fehlende notwendige Allgemeinbildung mit auf den Berufsweg.

Die einen begannen mit dem Lernen, die anderen beendeten ihre Lehre. Alwines Bruder Heinrich hatte vorzeitig, auf Anraten des Professors Dr. Dr. Dr. h.c. Ferdinand Elch, sein Medizinstudium erfolglos beendet. Da ein weiterer Lernerfolg bei ihm nicht in Sicht war und sämtliche Professoren froh waren, ihn nicht mehr unterrichten zu müssen, durfte er als Schönheitschirurg probeweise praktizieren. Einen offiziellen Doktortitel gab es nicht. Aus diesem Grund besorgte er sich auf Umwegen einen kenianischen Ehrendoktortitel.

Natürlich wollte Heinrich sofort loslegen. Er dachte daran, sich das Geld für eine Praxis von den Großeltern zu leihen. Diese hatten allerdings ihre Ersparnisse schon in einen Fernseher investiert. So baute er daraufhin ein Zimmer neben dem Stall des Linsenblum-Anwesens als provisorische Praxis aus. Da diente ein ausgeleierter gynäkologischer Stuhl als *„Behandlungstisch"*. Ein altes Skalpell, ein Kochlöffel, einige Scheren, vier Flaschen Penicillin und etwas Nähgarn hatte er als seine Grundausstattung zusammen getragen.

Liselotte Streichherz, eine sehr gute Bekannte von Heinrich, stellte sich als erste Patientin zur Verfügung. Kostenlos versteht sich. Sie erhoffte sich dafür ein erotisches Abenteuer, das aber wegen des katholischen Gelübdes von Heinrich - *kein Sex mit evangelischen Patientinnen* - auf der Strecke blieb. Die Tatsache, dass Liselotte Atheistin war, konnte seinem Schwur nichts anhaben. Im Übrigen wollte sie ja nur Ihre Lippen etwas fülliger haben. Die Wangen waren mittels einer kräftigen Deckfarbe ihrem farblichen Wunschaussehen näher gerückt, während die Lippen doch etwas Probleme bereiteten.

Heinrich überredete sie zu einer Fettübertragung. Wäre zwar normalerweise teurer, aber das beste Verfahren. Da wird Fett aus den Po-Backen abgesaugt und wieder in die Lippen injiziert. Vielleicht hätte Heinrich noch ein bis zwei Semester länger studieren sollen, dann wäre ihm dieser Fauxpas erspart geblieben.

Liselottes Lippen sahen einem *„Hinterteil"* nicht unähnlich und waren viel zu groß. Jedes Mal wenn Heinrich sie ansah, wurde er das Gefühl nicht los, sie wolle ihn verschlingen. Ihr erster Blick in den Spiegel war die Vorstufe zu einem Suizid, was Heinrich gerade noch verhindern konnte. Eine Anzeige bei der Polizei, die vor Lachen fast kein Protokoll erstellen konnte, hatte wegen *„Nichtigkeit"* keinen Erfolg.

Liselotte ging dann ein Jahr später, während ihres Urlaubes in Senegal, zu einem dort ansässigen Schönheitschirurgen, der mit Puppen, in denen Nadeln steckten, und günstigen Preisen lockte. Auch hier fehlte dem Gesichtschirurgen die nötige Kenntnis, so dass die Lippen von Liselotte noch größer wurden, und sie das Gefühl nicht loswurde, sich selbst aufzufressen. Ihre daraufhin folgende Kussallergie begleitete sie bis zu ihrem 50sten Lebensjahr und konnte nur durch eine Lippentransplantation mit Hilfe der Lippen einer Waldschildkröte wieder in die Normalität zurückgeführt werden.

Heinrich wanderte aus und blieb bis zu seinem Lebensende arbeitslos.

Eines Tages wurde Alwine von ihren Eltern beim obligatorischen Nachmittagskaffee mit Apfelschnaps und der berüchtigten Apfelmustorte, die ähnlich der Schwarzwälder Kirschtorte mit Apfelschnaps verfeinert wurde, vor vollendete Tatsachen gestellt. Sie bräuchte jetzt mit ihrer Familie eine eigene Wohnung, da sie den Hof inklusive der Apfelplantage verkauft hätten. Sie waren halt schon alt und konnten die anstehenden Arbeiten nicht mehr bewältigen. Sie wollten in einem kleinen Häuschen an der Nordsee ihren Lebensabend verbringen. Die sanitären Anlagen des Strandhauses befänden sich innerhalb des überdachten Bereiches, und das wäre mit ausschlaggebend gewesen. Zumal die frische Seeluft auch noch für einen normalen Stuhlgang sorgen würde. Auf einem Donnerbalken sitzend, wie bisher, inmitten von possierlichen Tierchen, die ihre Scheu vor Menschen mit heruntergelassenen Hosen total verloren hatten, war nicht jedermanns Sache.

Das Gehöft wurde von einer Dessous-Stickerei aus Hamburg-Bergedorf erworben. Alwine war sauer, ging es doch um ihr Geburtshaus, zumal ihre Großmutter das Wohnhaus in Heppenheim der Atheistischen Kirche übereignet hatte.

Das war der letzte Wunsch von Großvater Eugenius, der bei einem Unfall mit dem überladenen Lloyd bei überhöhter Geschwindigkeit und ungebremst unter einer Isetta sein jähes Ende fand. Den fünf Fässern Bier, die er geladen hatte, passierte nichts, so dass Trudelheit sie als Spende für das nächste Feuerwehrfest übergeben konnte. Allerdings fand sie das Ableben von Eugenius im Augenblick nicht so passend, hatte sie ihm doch erst vor kurzem einige Unterhosen gestrickt, die er noch nicht anprobiert hatte. *„Die ganze Arbeit war umsonst"*, meinte sie mit etwas Wehmut in der Stimme.

Trudelheit überlebte ihren Mann nur um ein halbes Jahr. Beim Verzehr einer koscheren Schweinshaxe blieb ein Knochen in ihrem Hals stecken, worauf sie wegen eines Hustenanfalls und dem darauf folgenden Herzinfarkt ihr Leben aushauchte. Böse Stimmen bei der Beerdigung waren der Meinung, dass Eugenius lieber alleine im Familiengrab geblieben wäre.

Auch Winald hatte so seine Probleme. Die Schnapsbrennerei Paul Alk, sein Arbeitgeber, stand vor der Pleite. Trudelinde Alk, die Frau des Inhabers, hatte etliche Jahre am Finanzamt vorbei gebrannt und einige hundert Liter ohne Steuerbanderole verkauft. Einer der Schwarzalkoholkäufer war ein minderjähriger späterer Steuerberater, der auch die Anzeige auf den Weg brachte. Man sprach von Steuerhinterziehung, wobei sich die Anwälte und der Richter bei einer Flasche des *„Schwarzgebrannten"* auf eine Bewährungsstrafe von vier Tagen und einer Steuernachzahlung von 35 DM einigten. Die Brennerlaubnis wurde für einen Monat entzogen. Trudelinde trennte sich daraufhin von Paul und lebte nun mit Giovanni, einem italienischer Mozarellagewürzverkäufer zusammen.

Drei Jahre hatte Winald bei der Brennerei Alk gearbeitet und hochwertige Spirituosen, beispielsweise aus Früchten, Kräutern, Frostschutzmittel und Agraralkohol gebrannt. Aufgrund der

Schließung der Firma war Winald gezwungen, sich eine neue Arbeitsstelle zu suchen.

Die Stellenanzeige der Kläranlage Viernheim kam gerade richtig, um der Arbeitslosigkeit zu entgehen. Er hatte großes Glück. Er konnte sofort anfangen. Dass die Stadt auch noch eine Betriebswohnung direkt über dem ersten Becken der Kläranlage zur Verfügung stellte, war ein Glücksfall und zwar ein sehr großer.

Glück hatte auch Sohnemann Amandus. Nachdem er zu seiner Lehrerin Fräulein Seltenstreck ein fast inniges Verhältnis aufgebaut hatte, durfte er die achte Klasse wiederholen, was jedoch nicht allzu viel brachte. Trotz der beiden mit mangelhaft benoteten Fächern Mathematik und Religion, konnte er einen Ausbildungsplatz im Kaufhof als Geruchstester für Deos erlangen. Zu seinen Aufgaben gehörte es, an den Achseln fremder Menschen zu riechen und zu testen, ob das neu entwickelte Deodorant dort auch so wirkt, wie es soll. Manchmal hatte ihm die Lehrzeit im wahrsten Sinne des Wortes gestunken, aber er konnte die Familie immer mit den neuesten Deos beglücken. In der Berufsschule war er trotzdem kein Hahn im Korb. Ungeachtet der reichlichen Duftproben, die er in der Mädchenwelt verteilte, kam er bei ihnen niemals in den inneren Duftkreis.

Die spätere Abschlussprüfung hatte es in sich. Amandus musste mit verschlossenen Augen unter den Achselhöhlen von 35 verschiedenen Mannheimern, darunter auch einige schwarzhäutige Soldaten, chinesische Köche, Zigeuner und türkische Gastarbeiter, mindestens 30 Deos dem Geruch der behaarten Achseln nach zuordnen.

Im Zimmer nebenan wurden die Raumspray-Tester geprüft, während ein Saal weiter die Destillateure am Zittern waren. Die Meisterprüfungen des Klär- und Abwasserverbandes fanden in der nahegelegenen Turnhalle statt, die sich die Räumlichkeit mit dem Bäcker- und Konditorhandwerk teilte.

Ein undefinierbarer Geruch lag in der Luft. Trotzdem konnte Amandus 30 Gerüche zuordnen. Bei der schriftlichen Prüfung wurden sehr starke Mängel sichtbar, die er auch bei der mündlichen Analyse seines Wissens nicht verbessern konnte. Glück für ihn, dass ein Prüfer am gleichen Tag Geburtstag hatte und beide Augen zudrückte. Der Duftfacharbeiterbrief gehörte ihm. Alwine und Winald waren stolz auf ihren „Stinker".

Die Feierlichkeiten im Hause Linsenblum waren, wie in dieser Familie üblich, sehr alkoholträchtig, wobei es auch des Öfteren zu zufälligen Ausrutschern von Amandus' Hand unter den Rock von Maria kam. Er war jetzt schon einige Zeit mit ihr zusammen und wollte endlich mit ihr die hohe Kunst der genussreichen Bewegungen ausüben. Sämtliche Freunde hatten schon erste Erfahrungen mit der Mädchenwelt und prahlten damit. Er wollte die Gelegenheit seines Lehrabschlusses nutzen, um mit Maria auf die Zukunft anzustoßen. Im wahrsten Sinne des Wortes. Sie lehnte mit den Worten - ein Glas Sekt tue es auch - ab und meinte mit roten Bäckchen: „Ich bleibe bis zur Hochzeit Jungfrau", worauf Alwine, die zufälligerweise ihr Ohr am Schlüsselloch hatte und diese Unterhaltung mitbekam, dachte: „Für Viernheimerinnen sehr ungewöhnlich."

Amandus enttäuscht: „Ich bleibe auch unangetastet", und beschloss wieder einmal, sich ein neues Hobby zuzulegen. Er beschäftigte sich nun mit dem Aufzählen von Primzahlen und kam schon bis 99991. Dazu benötigte er nur eine Flasche Schriesheimer Doppelkorn mit etwas Viernheimer Apfelschnaps, sein Lieblingsgetränk. So konnte er seine Wünsche bzw. seine immer wieder auftretende Erregung im Zaume halten.

Auch die Überlegung, sich zum Abschluss seiner Lehre etwas Gutes zu tun und eventuell in Urlaub zu fahren, nahm immer mehr Platz in seiner Gedankenwelt ein.

Er konnte sich noch an seinen ersten und letzten Urlaub vor zwei Jahren erinnern, den er mit seinen Eltern im Erlebnispark

Tripsdrill verbrachte. Sie fuhren mit dem Zug, nicht ahnend, dass sie, vom Suchen des Speisewagens abgelenkt, auf dem falschen Gleis eingestiegen waren und nun bis zur Endstation in Kaiserslautern fahren mussten. Sie wollten aber genau in die entgegengesetzte Richtung. Wäre „*lein Prolem*" meinte ein betrunkener Schaffner, Tripsdrill wäre schließlich „*übelall*" und stellte drei Fahrkarten für den richtigen Zug aus. Alwine war hocherfreut, denn es gab auch hier einen Speisewagen. Man konnte sich überzeugen, dass der Wein in einem Zug auch nicht schlechter schmeckt als in der freien Welt - zumindest ab der dritten Flasche.

Mit Hilfe der vielfältigen Möglichkeiten der deutschen Sprache, betreffs der Nachfrage nach dem richtigen Weg, kam man endlich in Tripsdrill an. Was Winald am meisten interessierte, war eigentlich nur die Altweibermühle. Laut Sage werden alte und ältere Frauen hier wieder „*jung gemahlen*". Es ist nicht überliefert, wie oft Winald seine Alwine in die Mühle geworfen hatte. Stundenlang, ohne dass es zu einer sichtbaren Verbesserung von Alwines Aussehen gekommen wäre. Winald war sauer. War er doch der Meinung, dass die Altweibermühle gar nicht funktionierte. Alwine fragte auch schon: „*Gibt es das auch für Männer?*" Tiefes Schweigen war die Antwort.

Die Übernachtung im Hotel „*Weibermühle*" war von lautstarken Sangeseinlagen der Familie Linsenblum geprägt, so dass man sich Jahre später noch an die Gäste aus Viernheim erinnerte. Die Brieffreundschaft mit der Hotelleitung bestand eigentlich nur darin, von weiteren Übernachtungen Abstand zu nehmen.

Während der Rückfahrt lief Amandus den Fahrgästen hinterher und versuchte mittels Geruchssinn seiner Berufung nach zu gehen, um eventuelle „*Deo-Duft-Missstände*" aufzudecken, was ihm aber nicht so recht gelang.

Nach reichlicher Überlegung und langem Hin und Her, mit der Aussicht auf eine spätere Berufsunzufriedenheit sowie keinerlei Aufstiegschancen, beschloss er, noch einen weiteren Berufsweg einzuschlagen. Er war ja noch jung. Geruchstester stank ihm, und so suchte er nach einer anderen Betätigung, die ihm zufälligerweise von Winald in den Schoß geworfen wurde. Der sorgte dafür, dass die Stadt Viernheim einen zweiten Arbeitsplatz in der Kläranlage zur Verfügung stellte, so dass es ihm möglich war, Amandus unter seine Fittiche zu nehmen, zumindest bis zu seinem Ruhestand. Seitens der Kläranlage gab es keine Probleme, zumal Geruchstester und Kläranlagen-Facharbeiter ja artverwandte Berufe darstellen.

Amandus war mit seinem neuen Job zufrieden. Gut, die Geruchsumgebung war etwas strenger als in der Deo-Fabrik, und Kundenverkehr gab es ja nicht. Allerdings stank ihm das Durchschwimmen der einzelnen Klärbecken. Da sich dies jedoch auf die jährliche Katastrophenschutzübung beschränkte, konnte er gut damit leben.

Seine Freundschaft zu dem Theologiestudenten Waldofried Schneider, der gerade in der Kläranlage sein pastorales Praktikum absolvierte, löste bei ihm den Wunsch aus, aufgrund der vorehelichen sexuellen Aversion seiner Maria, in der Freizeit etwas neues auszuprobieren und als Messdiener der Kirche zu dienen. Waldofried war schon längere Zeit Diener in der Glaubensgemeinschaft der „Gehörlosen Veganer", die aber wegen Alkoholmissbrauch für einige Zeit, und zwar bis zum vollständigen Entfernen des Leergutes, verboten wurde.

 Da Maria immer noch den Wunsch hatte, die Jungfrauenquote in Viernheim nicht zu dezimieren, war Amandus der Meinung, die Kirche würde ihm, im Gegenzug zu seiner Tätigkeit als Messdiener, dabei helfen, diesen Missstand zu beheben. Die Kirche konnte helfen. Sie gab ihm den Ratschlag zu heiraten, um damit seine heimlichen Wünsche zu legalisieren. Denn nur dann durfte man mit seiner Angetrauten die hohe Kunst der Zeugung ausüben. Bestimmt würde sich dann auch bei Maria die „pudicitiam" in eine „arousal" umwandeln - so der Pfarrer.

Amandus: „Häää?"

„Keuchheit und Erregung", übersetzte der Pfarrer und war etwas enttäuscht. Als Messdiener sollte man schon die Grundlagen der lateinischen Sprache zumindest verstehen.

Sein bester Freund Waldemar Schneidel hatte das gleiche Problem mit seiner Freundin Veronique. Er war schon längere Zeit Messdiener in Lampertheim und hatte nicht unwesentlich dazu beigetragen, Amandus für diese Tätigkeit zu begeistern. Allen gefiel die vor Beginn eines jeden Gottesdienstes wichtige Wein-Prozedur am besten. Da wurde der Wein für den Pfarrer eingeschenkt und vorgekostet. Über die Menge des Vorkostens gab es unterschiedliche Auffassungen, so dass diese Tätigkeit für Amandus auf Anraten des Pfarrers bald wieder beendet war.

Die stark überhöhten Weinbestellungen für die katholische Pfarrei riefen sogar den Bischof in Mainz auf den Plan. Es gehe nicht an, dass eine kleine Pfarrei in Viernheim mehr Wein verbraucht als der Dom in Mainz lagern könne.

So endete seine steile Karriere als Messdiener. Aber es gab ja genug Nachrücker, so dass die Beendigung seiner sakralen Tätigkeit nicht so ins Gewicht fiel.

Zu dieser Zeit war Messdiener für Jugendliche noch eine stark frequentierte und beliebte Tätigkeit. Hauptsächlich begehrt war die Purifikation, d.h. das Reinigen der liturgischen Gefäße und deren Vorschrift, die besagt, dass mit den konsekrierten Hostien und dem verbleibenden Wein sorgfältig umzugehen und keinesfalls etwas wegzuwerfen sei.

Waldemar musste berufsbedingt auch seine kirchliche Tätigkeit beenden. Seine Mutter befahl, wie früher üblich, dass er in die viel zu großen Fußstapfen seines Vaters treten sollte. Er musste in der Firma seines Erzeugers das Ocularisten-Handwerk erlernen und aufgrund der negativen Schlagzeilen über seinen Vater, der deshalb in den Ruhestand ging, die Firma übernehmen. Der Firmenchef Ernst Schneidel hatte in einem Frauen-Wohnheim den

Frauenchor dazu genötigt, nackt die „*Marseillaise*" zu singen, was sich natürlich nicht verheimlichen ließ und in Viernheim und Umgebung für monatelangen Gesprächsstoff sorgte. Besorgt war man hauptsächlich über die Tatsache, dass man hier nicht der deutschen Nationalhymne den Vorzug gab.

So musste Waldemar in kürzester Zeit die Glasaugen-Herstellung erlernen. Seine technische und künstlerische Begabung war gefragt – sonst würde seine Arbeit für den Patienten in einer peinlichen Optik enden. Mit großer Genauigkeit stellt er eine Prothese her, die kaum vom echten Auge zu unterscheiden war, und das schon für etwas 330 DM. Nur sehen konnte man damit nicht.

Glücklich war Waldemar mit seinem Beruf nicht, zumal er dem letzten Patienten zwei Glasaugen verpasste, was bei dessen Beruf als Zahnarzt zu Konflikten führte. Bevor die Krankenkasse den gesundheitlichen Aspekt zweier Glasaugen in einem Kopf mittels eines Sachverständigen prüfen ließ, beendete Waldemar seine „*optische*" Laufbahn. Er schied aus der Firma aus, die seine Schwester mit vollem Erfolg weiter führte, und versuchte sich als Künstler mit dem Entwurf von „*Bonsaibekleidung*". Leider gab es in Viernheim noch keinen Markt für diese Art von Modekunst.

So ging er irgendwann mit Freundin Veronique nach München, wo sie mit ihrem „*Bonsai-Dirndl-Trachtenmode-Geschäft*" den Markt aufmischten. Beim Oktoberfest, beim Gäubodenvolksfest in Straubing und bei den Landsberger Wiesn waren sie, trotz des sehr hohen Preisniveaus, der Verkaufsrenner. Da der Name Veronique für die Bayern sehr schwer auszusprechen war, nannte sie sich „*Resi*" und er sich, auf ihren Wunsch hin, „*Alois*".

Der Ansturm auf ihre Bonsai-Mode war jedoch nicht von langer Dauer, so dass sie letztendlich ihr Geschäft aufgeben mussten. Alois trennte sich von Resi, nachdem er den Designer Harald kennenlernte und konnte mit ihm einen neuen Modestil kreieren, der bei den japanischen Touristen wie eine Bombe einschlug - Lederhosen ohne vordere Klappe mit eingenähtem Strapsgürtel.

Resi versuchte sich als Leadsängerin der bayerischen Volks-Rock-Gruppe *„Resi und ihre Korsetts"* und machte Karriere mit ihrem einzigen Hit:

„Wie du mi, so i di."

Sie zog es dann wieder nach Viernheim zurück, wo sie sich mit Vorträgen, wie z.b. *„Vorteile der Weißwurst-Diät"* und *„Intelligenz für Dummys"* ihren Unterhalt verdiente. Man konnte sie nur noch bei Eröffnungen von Aldi-Filialen und Drogeriemärkten als Sängerin erleben. Beim Viernheimer Innenstadtfest sang sie sogar im Vorprogramm der *„Fake-Band."*

Maria arbeitete in dieser Zeit als Aushilfskraft bei den Stadtwerken. Ihr Verhältnis zu Amandus war etwas getrübt, da er immer noch den Wunsch verspürte, die horizontale Komponente in ihre Beziehung mit einzuflechten.

Er war inzwischen 19 Jahre und immer noch *„Jungmann"*. Daher startete er einen letzten Versuch. Er lud Maria zum Essen ein. Vom Kochen hatte er überhaupt keine Ahnung, aber das übersah er großzügig. Als Menü plante er, mit Hilfe der Fertiggericht-Firma *„Kaggiküche, leicht gemacht"* eine kulinarische Absurdität. Mit einer 1,8 kg schweren Schlachtplatte glaubte er, für einen genussfreudigen Abend bestens ausgerüstet zu sein. Einige Kerzenstummel, die schon bessere Zeiten gesehen hatten, verschiedene Stoffblumen und dezente Musik, wie z.B. *„Das Lied der Schlümpfe von Vader Abraham"* oder *„Wish you where here von Pink Floyd"*, sollten dem Abend eine erotisch geschwängerte Atmosphäre verleihen. Den Tipp mit Pink Floyd hatte er von einem Bekannten, bei dem es glücklicherweise nicht funktionierte, was durchaus an der fehlenden Schlachtplatte gelegen haben könnte.

Maria war sogar pünktlich und hatte mit ihren gehäkelten Kniebundhosen wieder einmal ein Mode-Highlight gesetzt. Amandus, voller freudiger Erregung, überreichte ihr einen seiner berühmten Cocktails. Den Zombie. Nach dem ersten Schluck fiel Maria schon auf die mit Kissen gut gepolsterte Couch und lallte genussvoll: *„Der iss awwer guud"*. Das waren ihre letzten normalen Worte an diesem Abend. Die nächsten beiden Cocktails lösten dann bei ihr eine Blusenallergie aus. Sie entledigte sich ihres Oberteils und sorgte bei Amandus für eine große Erregung, die der Lateiner auch als *„magno cum tumultu"* bezeichnen würde.

Über den weiteren Ablauf dieser Nacht konnten beide, selbst wenn sie es wollten, keinerlei Auskunft geben. Maria wusste nur, dass ihr Wunsch, als Jungfrau in den heiligen Stand der Ehe zu treten, nicht mehr in Erfüllung gehen konnte, was nur dem Genuss des Alkohols zuzuschreiben war. Auch die Beichte bei dem katholischen Pfarrer Heinz Schluchtel konnte ihr nicht weiterhelfen. Er meinte aber, dass das Aufsagen eines Gebetes ihre Gesichtszüge wieder in normale Bahnen lenken könnte.

Amandus konnte sich auch an nichts mehr erinnern, was ihn natürlich tierisch ärgerte. Er stellte sich vor, dass Maria nackt auf der Couch lag, und er bekam nichts davon mit. Aber da er nicht beichten ging, musste er sein ganzes Leben lang mit dieser Schmach leben. Er wusste nur noch, dass er so heiß wie ein Käsefondue war.

Maria war sehr altmodisch und meinte: *„Jetzt müssen wir heiraten"*. Amandus fand das zwar übertrieben, aber um in den Genuss weiterer Zellverschmelzung zu kommen, wäre das überlegenswert. Es wurde dann auch geheiratet und nicht nur, weil Maria schwanger war, wie sie es Amandus während eines Einkaufes bei Tengelmann mitteilte, sondern auch weil sie von ihm schwanger war. Sie freuten sich beide auf den kommenden Nachwuchs, wobei sie sich einig waren, dass ein Junge den Namen Wedekind erhalten sollte.

Das Eheversprechen nahm ihnen der katholische Pfarrer Heinz Schluchtel ab, der sich über den gewölbten Bauch von Maria wunderte. Auch Bischoff Reginald Stößer, ein alter Freund der Familie, der gerade drei Häuser weiter wohnte, konnte sich das nicht erklären. Er ging von falscher Ernährung aus.

Die kleine Feier fand im gerade eröffneten Rhein-Neckar-Zentrum statt. Die kirchlichen Oberhäupter waren selbstverständlich auch zum Essen eingeladen, wobei sie es sich nicht nehmen ließen, das Cordon Bleu sowie den Nudelsalat mit ihrem Segen zu beglücken.

Alwine und Winald erklärten während des Essens Bischoff Stößer, dass Marias Bauch nicht auf den übermäßigen Genuss diverser Lebensmittel zurückzuführen sei. Alwine meinte, dass eine vorgezogene Hochzeitsnacht die Ursache sein könnte, wobei der Bischoff den Zeigefinger hob und mit einem Schmunzeln auf den Lippen den folgenden Satz in die Runde warf: *„Tamquam laqueus enim superveniet citius quam putas"*, was so viel heißt, wie: *„Es kommt früher, als man denkt"*.

Die Monate zogen dahin, und Maria wurde immer *„schwangerer"* und letztendlich auch Mutter eines kräftigen Jungen. Er erhielt den Namen Wedekind, was man ja schon vorher festgelegt hatte. Die ersten Windeln wurden gewechselt, die nächtlichen Schreie des Kleinen konnten mit etwas Rotwein für den Vater erträglich gemacht werden, und beim Füttern wurde die gute alte Brust gereicht. Amandus wollte mitessen, aber Maria war der Meinung, dass eine Diät für ihren Mann angebracht sei.

Die Tage vergingen und das Erste, was Wedekind lernte, war die Zunge herauszustrecken. Das konnte er schon recht gut, schließlich zeigte es ihm seine Mutter ja jeden Tag.

Etwa ein Jahr später kam Alwine der Abend ihres Sohnes Amandus mit seiner Frau Maria in den Sinn, von dem die Beiden nichts genaues mehr wussten, außer dass Maria dann schwanger war. Sie meinte, dass dieser Abend es wert sei, wiederholt zu werden. *„Ein Schwesterchen für Wedekind muss doch machbar sein"*, sagte nun auch Maria zu ihrem Mann. Amandus war ebenfalls der Meinung, dem Versuch von damals nach einem Jahr eine Neuauflage zu verpassen.

Oma Alwine wurde zum Babysitter bestimmt. Sie schaute mit dem kleinen Wedekind die Serien „*Catweazle*" und „*Kottan ermittelt.*" Wedekind gefiel dieses Programm. Er lachte den ganzen Abend mit Alwine, die ihn auch an ihrem Rotwein nippen ließ.

Maria und Amandus nutzten die Gunst der Stunde. Erfahrungen hatten sie ja vom letzten Jahr, nur konnte man diesmal den Alkoholverbrauch auf *einen* Cocktail beschränken. „*Bischof Stößer wäre stolz auf uns*", meinte Maria.

Zur Freude von Amandus war diese Aktion nicht mit Fruchtbarkeit gesegnet, so dass er es einige Wochen später nochmal versuchen durfte. Dieses Mal wollten sie Alwine nicht belästigen. „*Die drei Minuten können wir Wedekind doch alleine lassen*", sagte Maria. Man durfte noch zweimal üben, bis endlich die Botschaft „*in guter Hoffnung*" zu sein Alwine die Bemerkung entlockte: „*Wie schön, endlich wieder Oma*".

Natürlich wurde auch Bischof Stößer informiert, um jetzt schon mal den Tauftermin, die Einschulung und die Hochzeit in seinen Terminkalender einzutragen.

Es dauerte es noch etwa 8 Monate, bis man das Ergebnis von drei Minuten auf dieser Welt begrüßen konnte. Es war zwar nicht das ersehnte Mädchen, doch freute man sich riesig über den neuen Erdenbürger. Die glücklichen Eltern gaben ihm den Namen Karl-Friedrich.

Alwine fand den Namen doof. Sie würde bei der Namensgebung etwas Moderneres in Betracht ziehen. Jean-Pierre-Karl oder Sven-Egon wären doch zukunftsweisend. Maria und Amandus blieben jedoch bei dem deutschen Vornamen Karl-Friedrich, was letztendlich auch Pfarrer Schluchtel und Bischof Stößer befürworteten. Es ging ja um ein deutsches Kind.

Auch bei der Nahrung der Kinder wollte Alwine mitsprechen. Schweinebraten mit Rotkraut und Knödel sowie Hausmacher

Wurst würden für eine ausgewogene Ernährung sorgen. Die Kleinen wären ja noch am Wachsen. Maria entschied sich für Grießbrei und Vollkornsüppchen, was Amandus mit einem „Bä" quittierte.

Karl-Friedrich und Wedekind waren sogenannte „Nass-Kinder", d.h. sie nutzten die Möglichkeit, auf die Toilette zu verzichten und bequemerweise die Windeln gemäß ihrer wahren Bestimmung zu füllen. Maria schimpfte und versuchte mit Bemerkungen, wie „Bä", „Pfui" und „Lumpenausdreher" die Buben dazu zu bewegen, doch die Toilette aufzusuchen. Es dauerte aber noch einige Zeit.

Die Tage vergingen. Alwines Vorschlag, dass ein Schwesterchen sehr gut zu den beiden Buben passen würde, wurde von Maria kategorisch abgelehnt.

Die Jungs gediehen, sehr zur Freude ihrer Eltern, prächtig und verbrachten die meiste Zeit bei Oma Alwine. So musste Maria ihre nebenberufliche Tätigkeit als Tierbesamungstechnikerin nicht aufgeben. Die Kinder fanden die Zeit bei Oma toll. Sie konnte immer so schöne Gute-Nacht-Geschichten erzählen, und bei Opa durften sie immer ins Bett „strullern".

„Oma, Oma, erzählst du uns eine Geschichte, aber nicht so was langweiliges wie Hänsel und Gretel", plapperten Wedekind und Karl-Friedrich gleichzeitig und Alwine erzählte:

„Ein altes Viernheimer Metzger-Ehepaar wünschte sich schon lange ein Kind. Aufgrund eines Lampertheimer Voodoo-Zaubers oder der Hilfe eines Nachbarn, so genau wusste man es nicht, wurde die Metzgersfrau endlich schwanger. Natürlich reichte das Geld nun nicht mehr für Cannabis. So klaute es der Metzger aus dem Garten eines Viernheimer Politikers und wurde dort von einer russischen Agentin entdeckt, die sie weiterhin mit Cannabis belieferte. Dafür mussten die Metzgersleute, da sie sich nicht von ihrer Hausmacher Wurst trennen wollten, der Agentin ihr Töchterchen geben, bei der es namenlos aufwuchs. Als das Kind alt genug war, zog es in einen Leuchtturm in Neuschloss und durfte sich um das

Trocknen, Abwiegen und Eintüten von Cannabis kümmern. Da das Mädchen nie beim Frisör war, nannte sie sich Schneewittchen. Ein alter Torfstecher kam vorbei, und Schneewittchen verführte ihn zum Kiffen. Später landeten sie im Bett und wurden von der Agentin erwischt. Schneewittchen musste in ein Kloster. Der Torfstecher hatte später auf dem Wochenmarkt einen Stand und verkaufte seine Torfballen zu überhöhten Preisen."

Karl-Friedrich und Wedekind waren mit offenem Mund und einem erstaunten Blick eingeschlafen. Winald ganz stolz: *„Unsere Jungs."*

Alwine nutzte den Schlaf ihrer Enkel aus, um sie hypnoseähnlich von dem Bettnässen zu befreien. Ihr Spruch lautete: *„ Du sollst nicht Pissen, schon gar nicht aufs Kissen."* Den wiederholte sie ungefähr 200 mal. Und siehe da, ab der Grundschule waren sie windelfrei.

Allerdings litt Ihr späterer Lehrer Ralf Schlümmel unter Inkontinenz, so dass die Windeln von Wedekind und Karl-Friedrich beim Grundschulen-Flohmarkt für 25 DM an den Lehrer gingen, und so auch noch die nächsten Jahre ihren Dienst verrichteten.

In der ersten Klasse bekamen Karl-Friedrich und Wedekind den Spitznamen *„ Die Horrorbrüder"*, der sie lange Zeit begleitete. Die Streiche, die sie den Lehrern spielten, waren schon eine Nummer größer als üblich. So z.B. als sie in der Lehrertoilette Klarsichtfolie zwischen Klodeckel und Kloschüssel spannten oder Hundekot unter die Türklinke zum Lehrerzimmer schmierten. Dementsprechend waren auch die Strafen: Nachsitzen, Stehen in der Ecke oder Toilette putzen.

Auch die Noten der Jungs waren nicht gerade berauschend. Wedekind befand sich auf der Notenskala mehr an den größeren Zahlen und hatte das Glück, das erste Schuljahr zu wiederholen und so mit seinem Bruder Karl-Friedrich in der gleichen Klasse das große *„ Einmalzwei"* zu erlernen.

Nur die öfter wechselnden Lehrer machten ihnen keinen Spaß, da sich der Unterrichtsstoff immer und immer wieder wiederholte, was, abgesehen von dem späteren neuen Fach Sexualkunde, sehr lästig war. Ihre Mutter war keine große Hilfe bei der Bewältigung ihrer Hausaufgaben, und Amandus kümmerte sich mehr um sein Hobby als Primitivpoet.

Lehrer Schlümmel musste gleich in der zweiten Klasse die Schule verlassen, da er mit der ostdeutschen Religionslehrerin Sieglinde Borschcykowski nach einer Elternsprechstunde in der Turnhalle auf der Sprossenwand die Theorie der Sexualkunde in die Praxis umsetzte. Etwas ungeschickt, da das Lehrerzimmer nur durch eine Fensterscheibe von der Turnhalle getrennt war.

Die neue Lehrerin Undine Kräuter kam aufgrund des Lehrermangels direkt aus Flensburg, wo sie in der Führerscheinstelle für den „Idiotentest" zuständig war. Undine war eine ältere, unscheinbare, etwa 50jährige graue Maus. Ihr Haardutt trug nicht gerade dazu bei, ihre Attraktivität zu erhöhen. Sie war sehr streng und konnte bei Nichtabgabe der Hausarbeiten durchaus auch mal den Rohrstock sprechen lassen. Aber auch Undine konnte die Stellung nicht lange halten. Sie starb nach einem Vierteljahr, kurz nach den Sommerferien, an „Kuru". Das ist die „tödlichste" Krankheit überhaupt und wird auch als Lachkrankheit definiert. Die Viernheimer Ärzte standen vor einem Rätsel, hatten sie bisher nur Masern und Mumps auf ihren Krankheitsberichten stehen.

Es stellte sich später heraus, dass Fräulein Undine diese tödliche Krankheit von ihrem letzten Urlaub in Papua Neuguinea mitgebracht hatte.

Die Beerdigung war für die Bestattungsfirma „Gut Liegen" die größte Herausforderung in ihrer 25jährigen Firmenchronik. Das Lachen aus dem Gesicht zu entfernen war schier unmöglich. Es konnte nur mittels diverser Klammern und Tackernadeln in die Ursprungsform zurückgesetzt werden.

Die Aushilfslehrkraft Barbara Schleckerstand übernahm die nächsten Tage, bis zur Einführung des neuen Lehrers, den Unterricht. Sie stand vor ihrem sechsten Staatsexamen und musste allerdings kurz darauf, aufgrund ihres Lebenswandels, den Schuldienst verlassen. Sie arbeitete nachts in der Gaststätte *„Zum roten Plural"* - nur mit einer Sonnenbrille bekleidet - und bediente die Gäste. Pech für sie, dass das Sommernachtsfest der Lehrer und Erzieher in dieser Gaststätte ihr Ende fand und sie an ihrem *„Randfichten-Tattoo"* an der rechten Hinterbacke erkannt wurde.

Der Heidelberger Lehrer Olaf Pissel wurde daraufhin als Nachfolger in die Klasse integriert und blieb bis zur Abschlussprüfung. Die Schüler waren ganz zufrieden mit ihm, ließ er doch vor einer Prüfung die Aufgaben inklusive der Lösungen offen auf dem Lehrerpult liegen, so dass jeder ein Auge darauf werfen konnte. So war gewährleistet, dass die beiden Brüder fast die gleichen Noten und den späteren Abschluss sicher in der Tasche hatten. Die übrigen Lehrer waren sich einig, dass es an dieser Schule nicht mit rechten Dingen zugehen konnte. Warum die beiden Linsenblums ihren Abschluss erreichten, war nur mit dem Begriff *„Wunder"* zu erklären.

Bei der darauffolgenden Informationsveranstaltung zur Berufswahl gaben beide als Berufswunsch *„Rentner"* an. Es dauerte relativ lange, bis Lehrer Pissel die Beiden überzeugen konnte, dass bei der Ausbildung zum Rentner ein *„Numerus Clausus"* herrschte. Deshalb wäre es ratsam, es erst einmal mit einem anderen Beruf zu versuchen. Ein Medizinstudium kam für beide nicht in Frage, genauso wenig eine Lehre als Metzger, da sie unter einer Blutphobie litten. Die Ausbildung zu einem Bäckerhandwerk scheiterte an einer *„Frühaufsteher-Allergie"*. Wedekind liebäugelte mit einer Karriere als Zirkusartist, während sich Karl-Friedrich als Modellbauer für Legosteine bewarb. Aber entweder reichte der Notendurchschnitt nicht, oder sie fielen durch die Aufnahmeprüfung.

Letztendlich machten sie beide eine Lehre als Kaufmann. Karl-Friedrich hatte das Glück, bei der Rimbacher Gummiwaren-Fabrik GmbH eine Lehre als Kaufmännischer Angestellter zu bekommen. Da kam er auch das erste Mal mit Präservativen und deren Herstellung in Berührung. Seine Erfahrungen sollte er in einem Berichtsheft niederschreiben. Das las sich dann so:

„Gummis heißen Gummis, weil sie aus Gummi gemacht werden. Genauer gesagt aus Naturkautschuk. Naturkautschuk ist das Ejakulat aus der Rinde von Gummibäumen. Allerdings sind die Bäume nicht in der Lage, von sich aus die Gefäße zu füllen. Man muss ihnen schon Hilfestellung leisten, indem man die Rinde einschnitzt, also sozusagen eine Beschneidung durchführt. In Deutschland wird der Naturkautschuk dann in technisch aufwendigen Verfahren weiter verarbeitet. Glaskolben werden mehrmals in die Mischung, die in mehrtägiger Reifung und nach stundenlangem Rühren aufbereitet wurde, eingetaucht und zwischendurch getrocknet. Das Kondom entsteht. Ähnlichkeiten mit der Herstellung von Bubble-Gums und deren Tests für die Widerstandsfähigkeit wären jetzt rein zufällig. "

Für diese Feststellung wurde Karl-Friedrich mit einem zusätzlichen Urlaubstag ausgezeichnet.

Wedekind dagegen kam im Rathaus Viernheim als Archivar-Lehrling unter. Er fand das gut, da sich im Rathaus noch keiner totgearbeitet hatte und somit auch die Unfallquote sehr gering war, außer man stieß im Flur mit einem anderen Mitarbeiter zusammen.

Alwines Wunsch, dass ihr Sohn später einmal als Bürgermeister tätig wird, wurde leider weder von ihm noch von ihrem Enkel Wedekind erfüllt.

Maria und Amandus zeigten sich sehr zufrieden, waren ihre Kinder doch von der Straße weg und hatten eine Berufsausbildung. Die Berufsschule befand sich in Lampertheim, und es waren auch viele Mädchen in der Klasse. Da Karl-Friedrich nicht schlecht aussah, war eine Ähnlichkeit mit Heinz Rühmann nicht von der Hand zu weisen. Er war immer der *„Hahn im Korb"*. Wedekind konnte da nicht mithalten. Er war ja schließlich kein Hahn.

Karl-Friedrich hatte auch schnell eine Freundin. Karin hieß sie und war die Tochter des Imkers Berthold Schmeiss und dessen Frau Ute, die jahrelang als Verkehrspolizistin ihren Dienst verrichtete und jetzt bei der Bienenzucht ihres Mannes für den Honigverkauf zuständig war. Karin war blond, etwas übergewichtig und hatte Sommersprossen. Sie verbrachten oft ihre Freizeit zusammen, angeblich um zu lernen, was beider Eltern erfreute. Allerdings lernten sie nicht nur für das Kaufmännische Handwerk, was irgendwann von Esmeralda, Karins älterer Schwester, beobachtet wurde. Die hatte nichts anderes zu tun, als den Eltern von den *„unanständigen"* Gesprächen der Beiden zu erzählen. Diese sorgten natürlich für ein sofortiges Ende der Beziehung, was Esmeralda sehr erfreute, wollte sie doch selbst mit Karl-Friedrich etwas tun, was sonst nur die Erwachsenen machen.

Karl-Friedrich hatte aber genug von der *„Honig-Familie"* und den immer wiederkehrenden Reibereien der Schwestern. Er widmete sich stattdessen seinem neuen Hobby - Zahnarztbestecke sammeln. Die bekam er aus der ganzen Bundesrepublik zugesandt, so dass er kurze Zeit später eine der größten Sammlungen sein Eigen nennen konnte. Irgendwann wurde es ihm zu viel und er beschloss, sein Sammelsurium zu veräußern. Er fand zum Glück, mittels Anzeige im Tageblatt, einen neuen Interessenten, dem er den reichhaltigen Bestand gewinnbringend verkaufte. Die etwa 200 ausgestellten Zähne in einer kleinen Glasvitrine bekam der Käufer kostenlos dazu.

Die Anzeige im Tageblatt musste er allerdings mehrmals schalten, da einige Fehler den Verkauf zuerst hemmten. Folgendes war zu lesen:

„Große Sammlung von Hähnen mit Besteckmotiv zu verkaufen."

Die Veröffentlichung der zweiten Anzeige sorgte im Rathaus, aufgrund der Nachfrage von der Ärztekammer, für Verwunderung:

67

„Mehrere gebrauchte Zahnärzte, gut erhalten,
günstig abzugeben. "

Die letzte Anzeige brachte es endlich auf den Punkt:

„Zahnbohrer, spitze Nadeln, Mundspiegel und
Wattebällchen zu verkaufen. "

Wedekind hatte diesbezüglich kein Problem. Die Frauenwelt ließ ihn, bis auf eine, in Ruhe, so dass er sich ganz auf seine Lehrzeit konzentrieren konnte. Birgit war eine Schulkollegin und schaute ihn immer mit verträumten Augen an. Sie sah nicht schlecht aus, war aber mit 1,93 m über 25 cm größer als Wedekind. Er wusste lange Zeit nicht, warum sie ihn so anschaute, war er doch zuerst der Meinung, dass sie es auf seinen Regenbogen- Pullover abgesehen hatte. Sie hatte ihn einmal zum Kaffee bei ihren Eltern eingeladen und ihn als ihren Freund vorgestellt. Ihre Eltern Wiltrud und Wolfram Seifenrohr waren noch relativ jung. Wolfram verdiente sein Geld mit der Herstellung von Tier-Prothesen, und beide waren Mitglieder bei den Zeugen Jehovas. Birgit hatte damit weniger zu tun, nur ab und zu half sie ihren Eltern bei dem Verkauf der Zeitschriften *„ Wachturm"* und *„ Erwachet"*.

Später fand auch Wedekind Gefallen an einer Freundschaft mit Birgit, die hoffte, dass sich die Schüchternheit von ihm doch endlich legen würde. Aber erst mussten sich die Beiden, so wie Karl-Friedrich, der mittlerweile eine neue Freundin namens Erna hatte, auf die Prüfung vorbereiten.

Erna war in der gleichen Schule und belegte das Fach *„Humoralpathologie"*. Karl-Friedrich war der Meinung, das ist die Frau fürs Leben. Auch Alwine meinte zu Maria: *„ Die passt"*. Amandus fand ihre behaarten Beine ganz okay. Sie sah ja auch ganz gut aus. Lange Haare, was Karl-Friedrich mochte, eine gute Figur, einen schönen Busen, den er allerdings nur erahnen konnte, sowie die großartige Fähigkeit, ihm ohne Worte nichts zu sagen.

Aber zuerst musste die Prüfung abgelegt werden. Und sie wurde abgelegt und von beiden bestanden. Allerdings sank ihre Abschlussnote, bedingt durch den Alkoholmissbrauch des vorigen Abends, um einige Punkte.

Karl-Friedrich wurde trotzdem von der Rimbacher Gummiwaren Fabrik GmbH übernommen, arbeitete im Versuchslabor und beschäftigte sich mit der Herstellung von farblichen Geschmackspräservativen, um den Umsatzeinbußen entgegen zu wirken. Auf seine Initiative hin konnte bei den roten Überziehern mit Erdbeergeschmack eine leichte Erhöhung der Verkaufszahlen festgestellt werden, während die Verhütungsgummis mit Basilikumgeschmack mangels Umsatz aus dem Verkaufsrepertoire entfernt wurden.

Madame Claire, die mit bürgerlichen Namen Panja Roßbach hieß, und ihre 15 Mädchen vom Salon *„Red House"* aus Mörlenbach-Vöckelsbach mussten einmal im Monat mit Karl-Friedrich die Widerstandsfähigkeit der Präservative testen. Nicht umsonst konnten die Gummis bei Stiftung Warentest mit der Note 1,7 abschneiden. Durchaus auch ein Verdienst von Karl-Friedrich.

Wedekind blieb vorerst im Rathaus. Wo könnte man sonst mit einer 20-Stundenwoche bei vollem Lohnausgleich die Zeiten zwischen Frühstück und Feierabend mit geistreichen Gesprächen unter den Kollegen, wie z.B. über *„Die Entstehung des Urknalls"* oder über das Thema *„Mein Rathaus, das unbekannte Wesen"* überbrücken.

Allerdings nahm der Wunsch, sich selbständig zu machen, immer mehr Gestalt an. Wedekind liebäugelte damit, seine Zwei- bzw. Vierzeiler kommerziell zu vermarkten. Schon lange stand er mit Amandus im poetischen Wettstreit. Sein erfolgreichster Reim lautete:

> *„Siehst du eine Tupperschüssel fliegen,*
> *kann es an dem Inhalt liegen."*

Wedekind konnte bei der Firma *„Sweet & Food"*, Hersteller der beliebten Glückskekse, mit seinem Reim für Aufmerksamkeit sorgen. Er bekam dafür 5 DM, und dieses Honorar bestärkte ihn in dem Entschluss, in Zukunft mit dieser Kunst seinen Unterhalt zu verdienen.

Irgendwann lagen dann die Einberufungsbefehle im Briefkasten. Die Bundeswehr rief, aber keiner wollte hin. Alwine meinte: *„Sagt doch ganz einfach, dass ihr keinen Briefkasten besitzt und ihr das Schreiben somit nicht bekommen habt."* Amandus war der Meinung, sie sollten sich als italienische Gastarbeiter ausgeben, da die ja nicht zum Bund müssten. Wedekind sagte jedoch: *„ Was soll es, 18 Monate sind schnell vorbei".*

Birgit filmreif, mit Tränen überströmten Wangen: *„Ich wart auf dich".* Erna war da schon etwas praktischer veranlagt. Sie sagte zu ihrem Karl-Friedrich: *„ Wenn wir das Geld vom Bund sparen, können wir anschließend heiraten".*

Amandus, der mit Alwine dabei saß, ließ seinen altbekannten Spruch los: *„Wir hatten ja früher gar nix."* Darauf hörte man von Alwine: *„Schön ist es hier."* Keiner reagierte, da man diese oft ausgesprochenen Sätze gar nicht mehr wahrnahm.

Karl-Friedrichs Gedanken waren von zwiespältiger Natur. Einerseits war die Eheschließung für ihn ganz okay, andererseits verlor er seine Freiheit. Allerdings hatte er ja erst einmal 18 Monate Zeit zum Überlegen.

Mit einer kleinen Abschiedsfeier wurde der neue Lebensabschnitt eingeläutet. Alwine hatte zwei *„Care-Pakete"* mit etlichen Flachmännern gefüllt, damit die Jungs unterwegs keinen Durst zu leiden hatten.

Wedekind musste nach Hamburg, während Karl-Friedrich in Büchel/Rheinland-Pfalz stationiert wurde. *„Hamburg ist scharf",* meinte Wedekind. Karl-Friedrich war voller Neid: *„ In Büchel gibt es ja gar nichts, außer einer Tankstelle mit Ausschank."*

Die Grundausbildung war angereichert von dümmlichen Übungen, nächtlichen Reinigungsaktionen, stramm stehen vor Karnevalisten mit silbernen Sternchen auf den Schultern, sowie Gewehre kaputt machen, indem man sie auseinander baute und nicht wieder zusammen bekam.

Ab und zu gab es auch Freizeit. Wedekind erfüllte sie mit dem Erstellen von poetischen Zeilen. Eine weitere Inspiration zu diesem Beruf als Glückskeksautor erhielt er von einem Pfarrer, den er in St. Pauli bei einem katholischen Frühschoppen kennengelernt hatte. Der 60-jährige Konrad Menthal aus Reit im Winkl war bei einem dreiwöchigen Lehrgang zwecks Weiterbildung zum Thema *„Erotische Kampfkunst für Diabetiker"*. Beide saßen abends in der *„Hasenschaukel"* auf der Reeperbahn und unterhielten sich. Nach einigen Bierchen und den dazu gereichten Glückskeksen kamen sie zu der Überlegung, dass es möglich wäre, selbst solche klugen Sprüche zu entwerfen. Die Texte in den Keksen fanden sie doof und waren der Meinung, dass sie es besser konnten. Wedekind hatte auch schon einen Spruch parat:

*„Der Baum hat Äste, das ist das Beste.
Denn wäre er kahl, dann wär's ein Pfahl."*

Konrad applaudierte.

Wedekind: *„Ich hab noch einen.*

*Der Thunfisch wird heute sehr vermisst,
weil er gut zu essen ist."*

Die kreative Runde musste beendet werden, da Konrad nur bis 23.00 Uhr Ausgang hatte, und der Bischof dies kontrollierte. Man verabschiedete sich herzlich und versprach, sich wieder mal über den Weg zu laufen.

Wedekind war gleich wieder in Gedanken und am Überlegen, ob er denn überhaupt Glückskeksautor werden sollte. Dabei schlief er an der Theke ein und träumte von singenden, tanzenden und kopulierenden Glückskeksen.

Karl-Friedrich mangelte es, im Gegensatz zu Wedekind, an Kommunikationsmöglichkeiten. Die meisten Kameraden kamen aus dem Saarland und waren schlecht verständlich. Sie beherrschten zwar die deutsche Sprache, die aber erst in die geläufige Form übersetzt werden musste. Die anderen Jungs aus Bayern waren nur am Saufen, was sie wirklich gut konnten. So ging Karl-Friedrich viel wandern, was für die Gesundheit ja auch nicht schlecht war. Ab und zu konnte er am Wochenende nach Hause fahren, wobei sich Erna freute, aber Alwine nicht verstand, wieso ein Soldat mehr Zeit zu Hause verbrachte, als zur Verteidigung seines Landes.

Wedekind lernte während der Grundausbildung einen Kameraden kennen, der später sein Leben total verändern sollte. Freddy Schruppe hieß er und kam aus Heddesheim. Von Beruf war er Sohn, d.h. er musste nicht arbeiten, da er von seinen Eltern ein kleines Vermögen geerbt hatte.

Sein Vater Beppo Schruppe war Inhaber einer kleinen Klangschalengießerei, die er mittlerweile schon in der dritten Generation betrieb. Seine Mutter Salina arbeitete ab und zu in der Firma als Botenfrau mit. Freizeit hatte sie genug, da sich einige Angestellte um den Haushalt und den Garten kümmerten. Also musste ein Haustier her. Zuerst wurde ein Hund angeschafft, aber das Gassigehen war nicht so ihr Ding. Zu ihrem nächsten Geburtstag bekam sie ein Pferd von ihrem Mann. Wenn die neureiche Esmeralda, die Frau des Intimschmuckgießers Vlad Kegocitz, ein Pferd hatte, kann sie schon lange eins haben. Sie wunderte sich aber, dass der Gaul nicht schwanger wurde, obwohl sie ihn jede Woche zum Decken brachte. Es dauerte einige Zeit, bis sie bemerkte, dass sie einen Hengst besaß. Der wurde letztendlich an einen Ölmagnaten verkauft.

Zu Weihnachten bekam Salina ein Aquarium mit Goldfischen. War ihr auch zu langweilig, denn die konnte man nicht dressieren. Bis sie bei einer Fischbörse einen Axolotl sah. Sie verkaufte ihre

Goldfische an die „*Nordsee*" und erwarb von dem Erlös diesen seltenen Fisch. Sie nannte ihn Heinz-Günter. Das Besondere an diesem Fisch war, dass er gehen konnte. Schon Peterle Summseblum, der berühmte Viernheimer Kinderlieder-Autor, brachte seine Begeisterung über dieses Tierchen zu Papier.

Auf den ersten Blick wusste man wirklich nicht, wo man den Axolotl einordnen sollte. Ein bisschen sah er aus wie ein Molch, ein bisschen wie eine zu groß geratene Kaulquappe. Der Axolotl hatte einen Körper wie etwa ein Salamander, einen seitlich abgeflachten Schwanz, ein großes Maul und war etwa 20 bis 25 Zentimeter lang. Salina konnte während ihrer Yogaübung stundenlang auf dem Kopf stehend Heinz-Günter beobachten, wie sich seine Lippen bewegten, so, als hätte es den Anschein, dass er singen würde. Er sang ja auch. Allerdings lautlos.

Für Salina der richtige Ausgleich zu den Klangschalen. So verbrachte sie Tage um Tage, und ihr Interesse an den Klangschalen wurde immer geringer. Sie konnte schließlich ihren Mann Beppo überzeugen, die Firma in jüngere Hände zu geben, d.h. ihrem Sohn die Firma zu überschreiben. Dies ging recht schnell von statten. Allerdings berücksichtigte man dabei nicht, dass dieser ebenfalls kein Interesse an diesem Geschäft hatte. Freddy dachte bei sich: „*Da wird sich schon eine Lösung finden.*" Er wollte die Firma verkaufen und hatte auch schon eine Idee.

Wedekind konnte mit dem Begriff „*Klangschalen*" erst einmal nichts anfangen, bis auf den Zeitpunkt, als er eine von Freddy geschenkt bekam. Wedekind bedankte sich und war doch sehr überrascht über die Tonvielfalt, die der Klöppel aus der Schale holte. So einen Klöppel wünschte er sich schon immer. Er konnte sich gut vorstellen, damit sein Geld zu verdienen. Denn abgesehen davon, dass seine Reime niemanden interessierten, brachten sie natürlich auch fast keinen Pfennig ein.

Der Hauptfeldwebel Willy bzw. der „*Spieß*" hatte eine Aversion zu den Reimen von Wedekind entwickelt. Er hatte es auch mal versucht, um bei seiner neuen Freundin Gundel zu punkten. Das hörte sich dann so an:

„Liebst du mich, oh meine Gundel,
genau so stark wie mein Hundel,
oder mehr als meine Katze,
dann leg dich zu mir auf meine Matratze. "

Gundel bekam aber einen nicht heilbaren Lachkrampf und wurde ins künstliche Koma versetzt. Da der Spieß Wedekind dafür die Schuld gab, durfte dieser dann die sanitären Anlagen mit der Zahnbürste reinigen.

Karl-Friedrich hatte mittlerweile etwa 200 Präservative an die Kameraden verteilt, die er als Bonus vor seiner Bundeswehrzeit in der Firma erhalten hatte. Die Frauenwelt in Büchel war überrascht über die Geschmacksvielfalt der Verhütungsgummis, was ja auch zur Verminderung des Mundgeruches beitrug. Allerdings musste der praktische Test mit den Kondomen verschoben werden. Karl-Friedrichs Gruppe hatte beim Orientierungsmarsch nach Kompass und Karte leider die übliche Dauer um 2 Wochen überschritten und das Ziel um etwa 40 km verpasst. Da wurde natürlich der Urlaub gestrichen.

Neben den kleinen militärischen Misserfolgen gab es durchaus auch positive private Nachrichten. So konnte Alwine am Telefon mitteilen, dass der eingewachsene Zehennagel der Nachbarin Wiebke Trödel erfolgreich operativ entfernt wurde, und dass die OEG am Samstag vor vierzehn Tagen nur 10 Minuten Verspätung hatte. Wedekind bedankte sich ganz herzlich. Das waren die Nachrichten, die in Hamburg bei der Bundeswehr dringend gebraucht wurden.

So verging ein Tag nach dem anderen. Den Urlaub, den ja auch Soldaten bekommen, verbrachte Karl-Friedrich zu Hause bei Erna, um mit ihr Zukunftspläne zu schmieden. Es war auch vorgesehen, dass er nach dem Wehrdienst die weiterführende Schule besuchen sollte, um die hohe Kunst der Präservativ-Herstellung zu vervollständigen. Wedekind blieb erst einmal eine Woche in Hamburg, um die Sehenswürdigkeiten von St. Pauli zu erkunden. Den restlichen Urlaub verbrachte er mit Birgit, die dafür sorgte, dass sie sich doch ein kleines bisschen näher kamen, was Alwine zu der Bemerkung hinreißen ließ: *„Ich glaube, ich könnte bald Uroma werden, wenn ihr endlich aufhören würdet, nur Händchen zu halten. "*

Winald: *„Da waren wir damals nicht so schüchtern. "*

Alwine: *„Du schon, aber du hattest ja mich. "*

Der Urlaub ging zu Ende, und auch die restliche Bundeswehrzeit näherte sich dem Finale. Wedekind hatte mit seinen Glückskeks-Zweizeilern, wie z.B.

> *„Mischt der Opa Gift zur Butter,*
> *ist sie für die Schwiegermutter. "*

überhaupt keine Erfolge. Auch wartete er vergeblich auf Interessenten für seine noch im Abseits stehende Experimentallyrik, getreu dem Motto:

> *„Was zu lange gärt, ist bald verjährt. "*

Übrigens hatte sich Karl-Friedrich, um keine Zeit zu verlieren, schon zur weiterführenden Schule angemeldet.

Erna machte nicht nur Pläne für eine Vermählung, sondern auch für eine Doppelhochzeit, was für Karl-Friedrich akzeptabel war. Wedekind fand das auch nicht so schlecht, und Birgit wartete schon lange darauf. Allein Maria war traurig. *„Die Kinder verlassen die schützende Burg. Jetzt sind wir bald alleine. "* Dazu Amandus: *„Dann kann ich meine Pfefferkekse endlich alleine essen. "* Auch Alwine gab auf der ihr eigenen Art ihren Senf dazu: *„Schön ist es hier. "*

Endlich war der Wehrdienst vorbei, und nach der üblichen Abschiedszeremonie ging es Richtung Heimat. Nochmal einen Blick zurück, nochmal den Vorgesetzten die Zunge gezeigt, wobei einige sogar dem Spieß ihr nacktes Hinterteil präsentierten. Kurzum, alles wie gehabt, nur konnte man niemanden mehr mit Stubenarrest bestrafen. Nach einer kleinen Odyssee, die bestückt war von heimtückischen Schnapsfallen und fiesen Biermonstern, trafen sich Wedekind und Karl-Friedrich in Mannheim am Bahnhof, um ihrer neugewonnenen Freiheit die nötige alkoholische Unterstützung zu gewähren.

Maria und Amandus bereiteten den Empfang vor und holten die Beiden mit einer Kutsche am Bahnhof ab. Nach einer lautstarken Begrüßung und unter Absingen frivoler Lieder ging es Richtung Viernheim. In Käfertal säumten einige Leute den Weg, die sich mit der Frage: *„Ist denn jetzt schon Fasching?"* beschäftigten. Die Feierlichkeiten zur Bundeswehr-Entlassung waren wieder einmal ein Highlight der familiären Festlichkeiten. Es hatte aber den Anschein, dass, statt der Kinder, Amandus das militärische Ende seiner Soldatenlaufbahn feierte, da der Bierkonsum von ihm rekordverdächtige Höhen anstrebte. Auch die übrigen Gäste waren dem Alkohol nicht abgeneigt.

Birgit und Erna labten sich auch an den Getränken und planten dabei die Vermählung. Unterstützt wurden sie von Alwine und Maria, die sich schon Gedanken um die Sitzordnung machten. Da es eine Doppelhochzeit gab, würde wohl die Feier etwas größer ausfallen.

Mittlerweile war das Haus an der Grenze der Aufnahmekapazität, die Toilette war verstopft, und die beiden Ableser der Stadtwerke, die gekommen waren, um die Wasseruhren abzulesen, waren so betrunken, dass gemäß ihrer Messung eine Rückzahlung der Stadtwerke in Höhe von 15.000 DM zu erwarten wäre. Die beiden Versicherungsvertreter, die versuchten, bei den Linsenblums eine Lebensversicherung abzuschließen, wurden so stark unter Alkoholeinfluss gesetzt, dass sie sich gegenseitig als Berechtigte in mehrere Lebensversicherungen eintrugen. Anschließend bekamen sie von Amandus die Haare geschnitten und wurden zum Spielen in den Garten geschickt. Auch einige Ex-Soldaten, die auf der Durchreise waren, konnten bei den Linsenblums eine kleine Rast einlegen und so der Feier einige Höhepunkte verpassen. Sie spielten mit großem Eifer und immer wieder leeren Gläsern das Spiel „Sarg-Vermessen". Ein Spiel, das man schon bei der Bundeswehr gerne spielte, und das ging folgendermaßen:

Für den zukünftigen Tod eines Freiwilligen, in diesem Fall war es Amandus, soll vorsorglich schon mal ein Sarg angefertigt werden. Um diesen in der richtigen Größe bauen zu können, muss man die Maße des Betroffenen nehmen. Es wird alles vermessen, was nötig und unnötig ist. Der Sargbauer misst und der Assistent hilft z.B. beim Heben der Arme usw. Als letztes kommen die Beine an die Reihe. Nachdem der Assistent das Bein zum Vermessen angehoben hat, gießt der Sargbauer Wasser in das Hosenbein. Amandus dachte aufgrund seines Alkoholspiegels, er hätte in die Hose gepinkelt. Alwine lachte herzhaft und meinte: „Wenn ich mal sterbe nehmt ihr aber kein Wasser." Maria: „Wer macht denn nun die Sauerei weg?"

Auch Freddy Schruppe, der Klangschalensohn, wie ihn Wedekind nannte, war da und bemerkte unter Alkoholeinfluss so am Rande, dass er eventuell die Klangschalen-Firma verkaufen wollte. Alwine spitzte die Ohren und Wedekind wurde fast wieder nüchtern. Gerade hatte er zwei neue Glückskekspoeme entworfen:

„Wenn Amandus wie Ekel Alfred singt,
Maria im Takt den Hintern schwingt."

und

„Haben Omas Beine einen Knick,
war Opa wohl zu dick."

Trotz riesig vorhandener Zweizeiler-Kreativität stellte er sich die Frage: „Reicht das aus, um eine Familie zu ernähren?" Da käme das Angebot, eine Klangschalen-Firma zu erwerben, gerade richtig. Etwas Eigenes, das wäre doch was. Er hatte zwar keine Ahnung von Klangschalen und deren Herstellung, aber Carl Benz hatte bei seiner Geburt auch keine Ahnung von Autos gehabt. Je mehr sich die Feierlichkeiten dem alkoholischen Höhepunkt näherten, desto mehr konnte sich Wedekind mit dem Gedanken anfreunden. Aber zuerst musste gefeiert werden.

Mittlerweile hatte Amandus Hüttenfeld den alkoholischen Krieg erklärt. Ein Freund von Karl-Friedrich, der 34jährige Sonderschullehrer Ramon Leberhahn aus Hüttenfeld, rühmte sich seiner Trinkfestigkeit und duellierte sich auf höchstem alkoholischen Niveau mit Amandus, der leider eindeutig nach Promille verlor. Karl-Friedrich schaute dem Treiben zu, war aber mit den Gedanken schon wieder bei seiner Arbeitsstelle, der Rimbacher Gummiwarenfabrik. Die Überlegung, sein ganzes Berufsleben in die Hände von Präservativen zu legen, befriedigte ihn nicht so, wie die Benutzer der Kautschukhüllen. Darüber musste er sich wohl noch ein paar Gedanken machen.

Die Feierlichkeiten neigten sich dem Ende zu, und die Wohnung wurde nach und nach wieder begehbar.

Die Zeit danach war angefüllt mit der unbändigen Energie Wedekinds. Er schüttelte die Glückskeksverse gerade so aus dem Ärmel, konnte aber, sehr zum Leidwesen von Birgit, keinen einzigen verkaufen. Sein Meisterwerk

„Wär' das Ei nicht rund, doch eckig,
ging es den Hühnern ganz schön dreckig. "

war allerdings nicht gerade der poetische Reißer. Der zweite Reim zeichnete sich durch noch schlechtere Qualität aus:

„Alwine springt hoch, Alwine springt weit,
warum auch nicht, sie hat ja Zeit. "

Und so könnte man noch einige aufzählen, die nicht gerade das Prädikat *„Sehr wertvoll"* erhalten würden.

Zwischenzeitlich gab es bei Karl-Friedrich einige Probleme mit den Präservativen, genauer mit den Geschmacksverhüterlis. Eine Rückrufaktion größeren Ausmaßes, bedingt durch das häufige Auftreten von Sodbrennen bei den Gummis mit Erdbeergeschmack, und der damit verbundene Ärger ließ sein Verhältnis zur Geschäftsleitung deutlich abkühlen. Nur eine von ihm organisierte Einladung der betroffenen 400 Frauen ins Bürgerhaus konnte den Umsatzeinbußen entgegen wirken, wie der nächste Geschäftsbericht zeigte. Es wurde eine Erdbeerparty mit Tombola geboten, und jede Frau erhielt dazu noch 100 Verhütungsgummis mit Kirschgeschmack. Die Party war ein voller Erfolg, sorgte aber nicht für das gewünschte Umsatzplus.

Wedekind und Karl-Friedrich waren unzufrieden, was auch Birgit und Erna nicht verborgen blieb. Sie wollten ihre Männer etwas aufheitern und begaben sich in das Erotik-Center in Hüttenfeld. Birgit besorgte mehrere Busen-Badeschwämme für ihren Wedekind, während Erna eine strippende Gartenzwergin für ihren Karl-Friedrich erwarb. Die Lacher blieben allerdings aus. Die Beiden waren mit ihren Gedanken ganz woanders. Ein Berufswechsel sollte her, wobei ihnen Alwine mit ihren Worten: *„War da nicht mal was mit diesen Klangdingern?"*, den richtigen Weg wies.

Wedekind fiel es wie Schuppen von den Augen. Freddy Schruppe wollte doch seine Firma verkaufen. Alwine meinte so am Rande zu ihren Enkeln: *„Nehmt sie"*, während sich Amandus großzügigerweise bereit erklärte, für die Getränke zur Eröffnung zu sorgen. Ein von Alwine arrangiertes Treffen mit Freddy ließ die Gesichter der Beiden wieder aufhellen.

Freddy wollte immer noch verkaufen. Seine Eltern beabsichtigten, sich zur Ruhe zu setzen. Sie hatten in Lampertheim-Neuschloss eine Finca mit Blick auf den eigenen Swimmingpool gekauft. Freddy hatte auch keine Lust mehr zu arbeiten und konnte einen Bunker im Viernheimer Wald erwerben, den er zu einem Wochenendhaus ausbauen wollte, das man dann für einen Kurzurlaub mieten konnte. Alwine lud zur Kaffeerunde ein, und so nahmen die ersten Verkaufsgespräche ihren Lauf. Amandus, stark unter Alkoholeinfluss stehend, lallte: *„Freunde, lassss esss unsss kurz machen. 100 Euro für die Firma sowie 3% bei Barzahlung und die Sssache ist gegessssen."*

Alwine: *„So viel?"* Die folgenden Lacher waren etwas kurz geraten. Alwine: *„Schön ist es hier."*

Freddy: *„Ich hatte eigentlich an einen sechsstelligen Betrag gedacht."*

Amandus meinte mit seiner unwiderstehlichen Art: *„Ssso viele Ssstellen hinterm Komma, komisssch."*

Weitere Gläser wurden gefüllt; der Kaffee war kalt; die Chips waren gegessen.

Winald war in dieser Verhandlungsrunde nicht dabei. Er zog es vor, der Magd Selina im Stall, hinter dem Traktor auf dem Boden liegend, die Grundlagen der deutschen Sprache noch näher zu bringen.

Die Verkaufsgespräche waren zwar im Augenblick nicht von Erfolg gekrönt, dafür lagen die Preisvorstellungen doch noch zu weit auseinander, aber man näherte sich. Amandus war dabei eine große Hilfe, da er nicht müde wurde, phantasievolle Getränke zu kredenzen. Ein Außenstehender hätte dieser Kommunikation nicht folgen können, da sie in einer sehr Alkohol geschwängerten Sprache verlief. Inzwischen forderte Freddy nur noch einen fünfstelligen Betrag. Dazu Amandus in seiner eigenen Art: *„Weiter ssso Kinder"*. Die nächsten Getränke waren Cola-frei, d.h. der Cognac wurde pur getrunken. Letztendlich konnte man sich für eine beidseitig zufriedenstellende Lösung entscheiden.

Alwine, Maria, Birgit und Erna legten ihre Ersparnisse zusammen, um Freddy eine Anzahlung zu leisten. Danach sollte er am

Umsatz solange beteiligt werden, bis die restliche Forderung erfüllt ist. Über die Verkaufssumme wurde striktes Stillschweigen vereinbart. Alwine ganz zufrieden: *„Schön ist es hier."*

Die Vertragspartner hatten diese Vereinbarung noch recht lange gefeiert, wobei Winald, der mittlerweile wieder zu dieser Runde zurückgekehrt ist, und Alwine vor lauter Übermut einen *„Paso Doble"* hinlegten, so dass Freddy nochmals 3% vom Verkaufspreis runter ging.

Amandus meinte: *„Tanzt noch eine Ssstunde, und wir kriegen neben der Firma auch noch Geld."*

Alwine: *„Spasss musss sssein, schöön issess hier."*

Winald, nun voll in seinem Element: *„Ich bin dabei. Wir machen bei den Klangschalen die Räder weg und schon haben wir was Neues."*

Freddy etwas überrascht: *„Die Klangschalen haben doch keine Räder?"*

Darauf reagierte Winald nur mit seinem obligatorischen Spruch: *„Wir hatten ja früher gar nichts."*

Die Firmenübergabe sollte in einem halben Jahr stattfinden. Der Standort Neuzenlache wurde erst mal beibehalten. So hatte man Gelegenheit, sich darauf vorzubereiten, und Winald hätte Zeit, sich mit der Welt der Schalen vertraut zu machen.

Karl-Friedrich war schon Feuer und Flamme, und auch die Frauen waren von der neuen Aufgabe begeistert. Jetzt konnte man sich auf die geplante Doppelhochzeit konzentrieren. Und man hatte ja Alwine, die versprach, sich um alles zu kümmern.

Erna und Birgit wollten nur ins Standesamt, wobei für Alwine und Winald, ebenso für Maria und Amandus, eine kirchliche Trauung ein absolutes Muss war.

„Ohne Segen unseres Pfarrers geht gar nichts." meinte Alwine. *„Man stelle sich vor, die liegen zusammen im Bett, und der Pfarrer weiß nichts davon. Die kämen ja aus dem Beichtstuhl nicht mehr raus. Die Kinder sollten unbedingt in Weiß heiraten, zumindest die Frauen. Weiß ist doch die Farbe der Unschuld."*

Maria: *„Die sind genauso unschuldig wie Al Capone."*

Winald erklärte nun, was noch keiner wusste: *„Eine Braut ist eine Frau, die ganz in weiß gekleidet ist und die gerade noch ja sagen kann, bevor sie zu heulen anfängt. Deshalb hat sie ihr durchsichtiges Taschentuch, manche sagen auch Schleier dazu, gleich vors Gesicht gehängt. Sie heißt Braut, weil bei der Hochzeit sich etwas zusammenbraut. Neun Monate später hat man dann oft die Bescherung. Dann heißt die Braut aber schon längst Ehefrau."*

Alwine: *„Du Klugscheißer."*

Winald: *„Ich liebe dich auch, mein Harzer Roller."*

Es herrschte mal wieder absolute Harmonie, wie man sie nur von den Bildstörungen bei Heimatfilmen her kennt.

Und Winald weiter: *„Jetzt sollten auch mal die Kinder zu Wort kommen"*, wobei Alwine einwarf: *„Die braucht man doch bei den Vorbereitungen nicht. Nur bei der Trauung wäre es sehr hilfreich, wenn sie dabei wären."*

Karl-Friedrich und Wedekind hatten sich die letzten Tage ergebnislos auf ihre Klangschalen-Karriere vorbereitet. Ihre ersten Versuche ähnelten mehr Bratpfannen mit innen liegenden Haltegriffen oder misslungenen Blumenvasen im Kunstbereich Symbolismus. Freddy beruhigte die beiden Brüder: *„Ihr seid ja noch am Lernen"*.

Alwine gab mit ihrer kriegerischen Parole: *„Jedem Viernheimer, Heddesheimer und Weinheimer seine zwei Klangschalen"*, die Richtung vor, was für den Anfang reichen musste. Schließlich sollte es ja mal ein Weltunternehmen werden.

Erna und Birgit übten schon tagelang vor dem Spiegel für das fehlerfreie „Ja". Winald unterstützte die beiden mit dem wiederholten Absingen von „Herzilein", um für eine romantische Stimmung während der Generalprobe zu sorgen.

Die Zeit verging wie im Fluge, der Hochzeitstag stand plötzlich vor den Brautpaaren, und beinahe wäre dieser wichtige Termin zeitlich in die Hose gegangen. Schuld war wieder einmal Winald. Die Hochzeitsgesellschaft stand vor dem Trauzimmer und wartete darauf, dass der Standesbeamte sie in das Zimmer rief. Es kam aber nichts. Man hatte es schließlich mit den Linsenblums zu tun. Da läuft nicht alles reibungslos. Alwine schaute nach und fand den Standesbeamten Waldemar Sägemehl und ihren Winald im Trauungszimmer beim „Würfelpasch". Er bat Alwine um äußerste Ruhe, um seinen Einsatz von 120 DM nicht zu gefährden. Alwine und Maria waren sauer, Erna und Birgit weinten und Amandus brüllte: „Jetzt wird aber getraut."

Drei Zimmer weiter bemerkte der Bürgermeister zu seiner Mitarbeiterin: „Ach ja, die Linsenblums."

Die Trauung ging letztendlich, bis auf die Bemerkung des Standesbeamten: „Wer gibt mir ein Ja?", ohne weitere Auffälligkeiten über die Bühne. Als Trauzeugen fungierte man gegenseitig, was einen schnellen Ablauf gewährleistete. Alwine fand das „Ja" der Frauen so romantisch, dass sich einige Tränen auf ihren Wangen zeigten. Auch die weißen Hochzeitskleider waren einen doppelten Blick wert. „Die sind so schön, für einen Tag viel zu schade. Kann man die auch bei Beerdigungen anziehen?", sprudelte es aus Birgit heraus. „Nicht in Viernheim Birgit, nur in Mexiko", antwortete Alwine.

Die beiden Paare waren froh, dass die Theorie des Heiratens endlich beendet war und wollten sich auf den Weg zum „Storchen" machen, um den Tag ausklingen zu lassen. Maria sah sich im Geiste schon als Großmutter, und Winald wollte auf jeden Fall seinen „Würfelpasch" weiterspielen.

Beim Verlassen des Standesamtes mussten sie aber erst einmal ein Riesenherz aus lauter Präservativen durchschreiten. Freddy Schruppe und mehrere Bundeswehrkameraden, Nachbarn, einige Mitarbeiter vom Rathaus und auch der Fotograf des Tageblattes nutzten die Gelegenheit, den Brautpaaren zu gratulieren. Einige Fotos dieser Feierlichkeit konnten für die Nachwelt dauerhaft gespeichert werden. Die meisten Bilder jedoch zeichneten sich, wie bei diesem Fotografen nicht anders zu erwarten, durch eine größere Unschärfe aus.

Statt wie üblich Reiskörner, wurden Nudeln - hauptsächlich Spaghetti - auf die Vermählten geworfen. Winald überlegte laut: *„Wenn die jetzt noch Tomatensauce werfen würden, hätten wir ein Abendessen".*

Amandus: *„Gott sei Dank wirft keiner Klangschalen."*

„Noch einmal mache ich das nicht mit", klagte Birgit, wobei sie von Erna unterstützt wurde.

„Wir lassen das mit der kirchlichen Trauung erst mal sein", meinte Karl-Friedrich.

Man ließ in dieser gemütlichen Familienrunde die letzten Jahre Revue passieren und wunderte sich über die Vielfalt des bisher Erlebten. Alwine erinnerte sich an ihre Kindheit auf dem gewonnenen Bauernhof, an ihre Eltern, an die vielen Apfelernten, an ihre Schulzeit und an ihre Hochzeit mit Winald. Für ihn war das allerdings alles Schnee von gestern. Er lallte: *„War ich da dabei?"*

Alwine: *"Tagsüber ja."*

Amandus lachte, und Maria schaute ihn grinsend an: *„Du brauchst nicht so zu lachen, war doch wie bei uns".*

Wedekind und Karl-Friedrich hatten genug und verabschiedeten sich mit den Worten: *„Wir gehen jetzt nach Hause, haben noch zu tun".*

Amandus: *„Hähähä."*

Winald meinte scherzhaft: „*Macht aber keine Dummheiten.*"

Alwine: „*Och je, ich wäre gerne auch nochmal jung.*"

Maria: „*Wir trinken noch was.*"

Amandus: „*Ja, wir können denen doch nicht helfen, hohoho.*"

Alwine: „*Schön ist es hier.*"

Amandus: „*Wir hatten ja früher gar nichts.*"

Und so feierte man, auch ohne die Brautpaare, bis in den frühen Morgen.

Der Weihnachtsbummel

Alwine und ihre Schwiegertochter Maria saßen am Kaffeetisch und zerkleinerten eine Schwarzwälder Kirschtorte. Sie hatten sich zum Kaffee verabredet, wobei natürlich der selbstgemachte Apfelkorn nicht fehlen durfte.

Es ist bis zum heutigen Tag ein Rätsel geblieben, wie es Alwine gelang, durch Mischen einer Flasche Apfelsaft und einer Flasche Korn den Alkoholgehalt dieses Getränkes auf etwa 70% zu bekommen. Aber wie überall, wenn es um erfolgreiche Rezepte geht, bleibt die Mischung das Geheimnis des Urhebers.

Maria war überrascht über die Geschmacksintensität dieser Gesundheitsvorsorge, von der Alwine immer behauptete: *„Ist gut gegen Schimmelbildung".*

Allerdings stellte sich trotzdem keine richtige Freude ein, und beide hatten mittlerweile denselben Gemütszustand wie eine in Essig eingelegte Zitrone. Sie waren sauer. Zwei *„lange Samstage"* in der Adventszeit waren vorbei und konnten von ihnen zwecks Umtausch ihrer Ersparnisse gegen Weihnachtsgeschenke, wie Alwine scherzhaft bemerkte, nicht wahrgenommen werden.

Alwine: *„Bis wir ins Rhein-Neckar-Zentrum kommen, ist schon wieder Ostern."*

Maria: *„Wenn es das nächste Wochenende mit Karl-Friedrich nicht klappt, nehmen wir halt den Bus."*

Ernest Sven, der gerade bei Uroma heimlich seine Sendung *„Winnie Puuh"* schaute, meinte: *„Da geh ich mit."* Warum er die Kindersendung bei Alwine schaute, war ja klar. Ein erwachsener junger 12jähriger Mann schaut keine Kindersendungen, sondern etwas Anspruchsvolleres, wie z.B. *„Godzilla"* oder *„Hein blöd".* Wäre nicht so gut, wenn sich das herumsprechen würde. Dieses

Geheimnis teilte er auch mit seiner Schwester Marlies Erna Chantal, die gerade in ihrem Zimmer mit Schminken beschäftigt war, um als Doppelgängerin von Helene Fischer Karriere zu machen. Alwine durfte alle zehn Minuten nachschauen, ob sich die Gesichtserneuerung gelohnt hatte. Die roten Haare und das starke Übergewicht waren noch einige Punkte, die der Änderung bedurften.

Alwine und Maria waren immer noch sauer. Marias Sohn Karl-Friedrich, ihr Fahrer und Begleiter, hatte an den vergangenen Samstagen je einen vierzehnstündigen Arbeitstag. Er konnte in der gut gehenden Klangschalen-Gießerei aufgrund hoher Auftragslage keine Auszeit nehmen, da sein Bruder Wedekind unter arteriovenösen Gefäßpolstern - kurz Hämorrhoiden - litt. Als Teilhaber sorgte er dafür, dass die Brennöfen 24 Stunden und länger unter Strom standen, so dass die Geburtenrate der Klangschalen nicht unterbrochen wurde. Denn damit wurde Geld verdient.

Die hergestellten Klangschalen, speziell zu Weihnachten sehr angesagt, entstehen aus Bronze. Durch Anschlagen können unterschiedliche Töne erzeugt werden. Sie weichen doch etwas von den üblichen Geschenken, wie Weinbrandbohnen, Socken oder Tofu-Schokolade ab und geben uns eine gewisse harmonische Monotonie. Aus Kostengründen werden Klangschalen heutzutage jedoch meist aus einer wesentlich günstigeren Messinglegierung hergestellt. In einem großen amerikanischen Kaufhaus bekommt man eine Messingschale mit 12 cm Durchmesser schon für ein volles Rabattmarkenheftchen. Allerdings keine Linsenblum-Schale, sondern die billige chinesische Nachahmung.

Um die vegetarische Käuferschicht zu befriedigen, wurden etliche Versuche in Auftrag gegeben, bei denen Klangschalen aus Biomüll hergestellt werden sollten. Leider bisher ohne Erfolg.

In den Gebieten mit starker Intelligenz, wie Hessen oder dem Hessischen Ried, sind Klangschalen ein beliebtes Utensil in der mystischen und übergewichtigen Meditations-Szene. Auch werden sie bei den Volkshochschulen zur supplementären Klangtherapie und Klangmassage verwendet. Dem Klang der Schalen werden zahllose präventive und sexuell heilende Wirkungen zugeschrieben, für die es jedoch keine wissenschaftlichen Belege gibt.

Bei einer Therapie werden die Klangschalen auf den Körper aufgesetzt und mit einem deutschen Klöppel angeschlagen. Dazu reicht man gefüllte Teigtaschen oder Mousse au Chocolat.

Wedekind hatte die Firma „*Klonk*" vor einigen Jahren von seinem früheren Bundeswehrkameraden Felix Schruppe übernommen und wurde mit der Klangtonmanufaktur Linsenblum, kurz KTML genannt, weit über die Grenzen Viernheims bekannt.

Alwine und Maria interessierte das recht wenig, waren sie in diesem Jahr mit ihrem Wunsch, das Rhein-Neckar-Zentrum (kurz RNZ) weihnachtsmäßig zu nutzen, spät dran. Eigentlich wie jedes Jahr.

Alwines Mann Winald, mit dem sie 65 Jahre verheiratet war, segnete erst vor einem halben Jahr durch einen mysteriösen Unfall das Zeitliche. Und zwar bei einem Versuch, das 2 x 3 Meter große Bild „*Schwarzhaarige barbusige Zigeunerin in einem roten Anemonenfeld*" von Lisa Schwarz, nicht zu verwechseln mit dem Bild „*Blonde barbusige Zigeunerin in einem roten Anemonenfeld*", ebenfalls von Lisa Schwarz, an der Schlafzimmerwand zu befestigen. Dieses Bild war das Geschenk von Alwine zur Eisernen Hochzeit. Sie ließ es sogar von Pfarrer Paul Schnödel beim Gottesdienst segnen, nicht ohne den nackten Busen der Zigeunerin, aus Rücksichtnahme gegenüber den anderen Kirchenbesuchern, mit einem Handtuch zu verdecken.

Leider wusste die dumme Bohrmaschine, bei Elektro-Lenny für 49,99 Euro inklusive 200 Payback-Punkten gekauft, nichts von der mit Strom vollbesetzten 220-Volt-Leitung, die sich direkt in der

Bohrebene befand. Das Aufeinandertreffen war vorprogrammiert. Die Maschine konnte dies verkraften, nicht so Winald. Nach der schmerzhaften Begegnung mit deutschem Strom stürzte er von der Leiter und schlug mit dem Kopf auf die Marmorplatte des Waschtisches auf, der schon seit einhundert Jahren im Besitz der Familie Linsenblum war. Dem wertvollen Waschtisch passierte nichts, während die Sektflasche und die zwei Gläsern, die noch vom Vorabend auf dem Tisch ausharrten, in tausend Einzelteile zersprangen. Dies fand Alwine nicht so schlimm, obwohl die Sektgläser ein Präsent der hiesigen CDU für die 500-malige Leerung der parteieigenen Bio-Tonne waren.

In einem zwei Monate später erschienenen Artikel im Volksblatt war zu lesen:

„Tragischer Unglücksfall im Hause Linsenblum

Wie unser Redakteur O.H. nach tagelanger Recherche feststellte, war dieser Unfall eine Verkettung tragischer Umstände. Hätte der Verunglückte einen Taucheranzug aus Gummi getragen sowie Gummisandaletten und Gummistrümpfe, hätte ein tödlicher Stromunfall durchaus vermieden werden können."

Die Überlegung von Marlies Erna Chantal, ein Kreuz in die Oberfläche des Waschtisches zu ritzen, und zwar an der Stelle des Aufeinandertreffens von Kopf und Tisch, wurde von Alwine abgelehnt. Auch der Vorschlag von Ernest Sven, den Tisch mit zu bestatten, war in der Familie ohne positive Resonanz.

Die Beerdigung fand auf dem Waldfriedhof statt. Da Winald in Viernheim ziemlich bekannt war, konnte die Beisetzung einen Besucherrekord verzeichnen. Viernheims Prominenz gab sich die Ehre. Die hohen Politiker der einzelnen Parteien nutzten die Beisetzung, um für die bevorstehende Wahl auf Kundenfang zu gehen, während der Gesangsverein die Gelegenheit beim Schopfe packte, die säumigen Mitgliedsbeiträge einiger zahlungsunwilliger Sangesbrüder einzusammeln. Natürlich wurde darauf hingewiesen, dass der letzte Beitrag von Winald seiner Witwe erlassen wurde.

Der ortsansässige Karnevalsclub bat Alwine um die Rückgabe der Narrenkappe, da sie Winald nur für die Karnevalskampagne geliehen gewesen wäre, worauf Alwine ganz erschrocken äußerte: *„Das geht doch gar nicht, die hat er doch auf."*

Ein arbeitsloser Zahnradgießer mit seinem hellbraunen Cordanzug und seinem schwarzen Zylinder störte allerdings die Trauerfeier, indem er mit seiner Trompete ein Ständchen zum Besten gab, bis er bemerkte, dass er nicht auf dem 70. Geburtstag von Trudelheid Schnöpff war. Der belgische Losverkäufer Sirius Lachstremel, der mit zwei Papptafeln umhängend Werbung für ein Waschmittel lief, wurde kurz vor der Beerdigung an der Friedhofskapelle von der Polizei abgeführt. Sein Gewerbeschein war nicht für Werbung auf einem Friedhof genehmigt, zumal auch seine Bekleidung unter den Werbeschildern nicht den hohen Ansprüchen eines Friedhofes gerecht wurde.

Als wenn dies nicht ausreichen würde, rannte ein *„Havaneser"* Hündchen bellend um die Trauergesellschaft.

Die Beisetzung stand unter der Schirmherrschaft des Gesangvereins *„Der lustige Kreisel 1899"*, dessen Mitglieder lauthals das Lied: *„Ging ein Weiblein Nüsse schütteln"* sangen. Weiter unterstützte die Cheerleader-Truppe *„Füllige Schwestern"*, die von Winald in der Vergangenheit großzügig finanziell bedacht wurde, mit musikalischen und tänzerischen Darbietungen die Sangeskunst.

Böse Zungen, die selbst am Grabe nicht verstummten, sagten dem Verstorbenen ein Verhältnis mit der übergewichtigen Cheerleader-Chefin Heather Lulu Köhlerrohr nach, nur weil er einmal mit ihr für zwei Tage in Heidelberg weilte, um ihr dabei zu helfen, die schweren Dessous der Truppe von der letzten Aufführung abzutransportieren. Da sein Auto einen Plattfuß hatte und er den Wagenheber zufälligerweise einem rumänischen Karussellbetreiber ausgeliehen hatte, mussten sie in Heidelberg übernachten. Leider war im Hotel *„Parasit Weekend"* aufgrund des Vortrages *„Der* *laktosefreie Beischlaf"* nur noch ein Einzelzimmer frei, so dass Winald wohl oder übel mit Heather Lulu in einem Bett schlafen musste.

„Glaub ja nicht, dass mir das gefallen hatte, nackt mit einer Frau im Bett zu liegen", meinte Winald damals etwas vorwurfsvoll zu seiner Gattin. Es wäre ja nicht seine Schuld gewesen, dass der Rumäne das Werkzeug nicht zurück gab und ihn in diese missliche Lage brachte. Und dass sich gerade sämtliche Abschleppdienste im Streik befanden, könnte man ihm auch nicht zur Last legen. Auch die Belastung seiner Kreditkarte in Höhe von 350 Euro für eine vegane Korsage, die bei seiner Frau etwas Verwunderung auslöste, wäre ein Abbuchungsfehler der Bank. Er konnte ja schlecht Alwine gegenüber zugeben, dass er mit Frau Köhlerrohr nicht nur dem Vortrag beiwohnte, sondern ihr auch eine dort angebotene Korsage kaufte. *„Wenn's mal nicht läuft, dann läuft es"*, so sein damaliger Spruch.

Trotz allem meisterte Alwine die Trauerfeier mit einer Gelassenheit, die in Viernheim ihresgleichen suchte und ließ jeden mit fester Stimme wissen: *„Sofort nach dem Tod meines Mannes bin ich Witwe geworden. Das ging schnell."*

Während die Trauergäste schon beim sogenannten Leichenschmaus waren, stand Alwine immer noch am offenen Grab und ließ einige Erlebnisse mit Winald Revue passieren. Sie dachte dabei an Halloween vor etwa 20 Jahren, als sie von ihrem Hula-Hoop-Lehrgang bei der Volkshochschule nach Hause kam und Winald auf dem Küchenboden lag und keinen Mucks mehr von sich gab. Sie kannte aber seine makabren Eigenarten. Er inszenierte gerne, zum Erschrecken anderer, seinen vermeintlichen Suizid, ähnlich wie in dem Film *„Harald und Maude"*.

Einmal lag er in der Küche auf dem Fußboden - seinen Kopf im Backofen des Gasherdes. Um dem Ganzen einen entsprechenden Anstrich zu verpassen, standen alle Gasschalter auf volle Pulle. Allerdings hatten die Linsenblums seit kurzem einen Elektroherd, und der Gasofen stand nur noch zur Zierde da. Er saß auch mal auf einer rotierenden Kreissäge, deren Zacken allerdings aus Gummibärchen bestanden. Damals sagte sie zu ihm: *„Wenn du tot bist, dann steh auf. Was sollen denn die Leute denken? Und wenn du wieder mal stirbst, dann lege eine Decke auf den Fußboden. Ich habe erst sauber gemacht.“* Mit diesen kleinen hintergründigen Dialogen konnte die sogenannte *„Heiterkeitsproblematik“* in der Familie immer wieder etwas entschärft werden.

Auch die goldene Hochzeit fiel ihr wieder ein. Sie hätten sie ja beide vergessen, wenn nicht acht Tage vorher das Rathaus angerufen hätte und der Bürgermeister zur obligatorischen Gratulation angekündigt worden wäre. Auch an den Dialog damals konnte sie sich noch gut erinnern.

Winald: *„Was, erst 50 Jahre verheiratet? Mir kommt das viel länger vor.“*

Alwine: *„Und was machen wir an diesem historischen Tag?“*

Winald: *„Erst mal schauen, was da im Fernseher kommt.“*

Alwine: *„Wir könnten ja bei uns eine kleine Feier machen, ich meine nur für die Familie.“*

Es wurde dann doch etwas Größeres. Der Bürgermeister kam, gefolgt von einigen Mitgliedern der hiesigen Parteien. Auch die Tanzgruppe der pensionierten Abstinenzler machte ihre Aufwartung. Die Vertreter der Kirche sowie die Mitglieder des Karnevalvereins hatten ein Ballettstück einstudiert, das es so in Viernheim noch nie gegeben hatte. Es nannte sich *„Tanz der Zuckerfee“* aus dem Ballett *„Die Nussknacker-Suite“*.

Das Jubelpaar war begeistert. Aber auch der Fotograf des Tageblattes wurde mit Lob überschüttet, obwohl er mit seinen Ballettschuhen etwas lächerlich wirkte. Hörbi nahm das gerne in Kauf, konnte er doch durch sein Mittanzen seine Fotos viel authentischer gestalten. Leider waren die Bilder trotz allem Bemühen etwas unscharf, was aber der Feier keinesfalls schadete.

Dies alles ging Alwine am offenen Grab durch den Kopf, und sie verabschiedete sich von ihrem Winald mit den Worten: *„Mach's gut, ich gehe jetzt einen trinken auf dich."*

Sie beeilte sich, zu den anderen Trauernden zu kommen, um ihren alkoholischen Rückstand aufzuholen. Dabei wurde sie von einem in schwarz gekleideten, verärgerten Herrn angesprochen: *„Ich war ja schon auf vielen Bestattungen, aber auf keiner wurde mein Hintern so oft betatscht, wie hier".* Wie es sich später herausstellte, war es der Pfarrer der Nachbargemeinde, der sich auf der falschen Beerdigung befand.

Er musste schnellstens zurück, da die Bestattung des 95jährigen Konrad Samenwolf, für die er zuständig war, schon dreimal wegen eines vom Viernheimer Tageblatt falsch veröffentlichten Datums verschoben wurde.

Da auch die Polizei ein Interesse an Konrads Ableben bekundete, verzögerte sich die Beisetzung nochmals um drei Tage. Endlich wurde auch den Ordnungshütern klar, dass das ewige Grinsen der Ehefrau nichts mit dem Tode ihres Mannes zu tun hatte. Es gab eine ganz einfache Erklärung, und die hieß Gesichtsmuskellähmung. Konrads Ehefrau, die 78-jährige Eva, war froh, dass es jetzt endlich so weit war. Sie ließ wissen, dass sie sich nicht noch einmal umgezogen hätte.

Da dem Viernheimer Tageblatt auch bei der Todesanzeige von Winald ein Fehler unterlief, indem sie in der Anzeige anstatt

„In stiller Trauer" den Text *„Wir gratulieren"* druckten,

bekam Alwine als Wiedergutmachung ein Jahres-Abonnement der größten Viernheimer Zeitung sowie zwei Seiten mit Bildimpressionen von der Beerdigung ihres Mannes in der Samstagausgabe. Fotografiert wurde die Beerdigung von Hörbi, liebevoll auch *„Bettnässer"* genannt, der es wieder mal verstand, so zu fotografieren, dass man beim Betrachten nicht mehr wusste, um welche Veranstaltung es sich eigentlich handelte. Auf der nächsten Seite waren etwa 100 unscharfe Bilder der *„Motorradsegnung"* vor der

Apostelkirche zu sehen, allerdings mit dem Artikel, der die Problematik des Mitgliederschwundes bei dem Männerballett eines hiesigen Karnevalvereins behandelte.

Einige Tage später, nach dem Abklingen der obligatorischen Trauerzeit, saß Alwine zufrieden mit sich und der Welt beim Nachmittagskaffee bei ihren Kindern. Ihr Sohn Amandus und die Schwiegertochter Maria waren mit ihr der Meinung, das gemeinsame Erbe in ein Vier-Generationen-Haus zu investieren. Der Bauernhof bzw. das Geburtshaus von Alwine wurde ja nach dem Tod ihrer Eltern an eine Dessous-Stickerei aus Hamburg-Bergedorf übergeben, die das landwirtschaftliche Gut schon vorher gekauft hatte, und ihre jetzige Wohnung wirkte aufgrund der früheren Klistierspritzen-Sammelleidenschaft von Winald doch etwas beengt. Nun ging es darum, etwas Neues zu finden.

In der Vielfalt der Immobilienangebote im Viernheimer Tageblatt konnte man, neben der Anzeige: *„Hühnerstall zu vermieten"*, das Angebot zum Erwerb eines Hauses lesen, das bei Alwine für große Aufmerksamkeit sorgte. Allerdings war, wie in dieser Zeitung üblich, der Druckfehlerteufel am Werk. Der Kaufpreis von 250 Millionen Euro stellte sich als kleiner Fehler heraus, nicht aber die zusätzlichen 2500 Payback-Punkte. Man nahm Verbindung mit der Immobilienfirma auf und konnte bei einem Gespräch den Preis nach unten korrigieren.

Das Anwesen befand sich in der Lindenstrasse und erlangte später als das *„Viernheimer Linsenblum-Haus"* einen gewissen Bekanntheitsgrad.

Dieses Gebäude war seit einem halben Jahr leerstehend. Die vorhergehende Besitzerin Betty Maria Riemenstil-Blasschneider lebte dort alleine, nachdem ihr Mann Alois Blasschneider bei der Kürbisernte ums Leben kam. Er spielte mit den polnischen Aushilfskräften in einer Mittagspause Korbball. Ein Arbeiter wollte sich einen Spaß erlauben und wechselte den Lederball gegen den Winter-Kürbis *„Celebration"* aus, der dann Alois in einem unglücklichen Augenblick auf den Kopf fiel. Da er eine nie diagnostizierte, schwerwiegende Kürbisallergie hatte, kam jede Hilfe zu spät. Die nachfolgende Beerdigung verzögerte sich allerdings um einige Tage, da der Pathologie-Praktikant Piotr van Hussel den Leichnam von Alois aus Versehen als „Dummy" an die Automobilindustrie verkaufte, und er so erst nach 14 Tagen seiner eigentlichen Bestimmung, einer Feuerbestattung, zugeführt werden konnte. Der Kürbis überlebte das Zusammentreffen und stand noch einige Tage als Zierde mit aufgemaltem, lachenden Mund und blinzelnden Augen neben der Eingangstür.

Adam Jean und Esther Blue, die beiden Kinder von Betty Maria, lebten nach ihrem Schulabschluss an der Sonderschule für Minderbegabte in Österreich. Adam Jean machte Karriere als Medizinalrat, während Esther Blue einem Burgenländischen Fallensteller in der Alpenrepublik ihr Jawort gab und als Hausfrau mit 2 Kindern, 3 Katzen sowie einem Hund und einem PEZ-Automat einen kleinen Bauernhof bewohnte.

Betty Maria dachte gerade mal wieder an ihre Flucht aus der ehemaligen DDR. Es war damals eine kleine Sensation, fuhren sie doch mit einem Lada ganz normal über den Grenzübergang „Checkpoint Charlie." Am Steuer Betty Maria, die ein Visum besaß, das ihr erlaubte, an einer Beerdigung im Westen der Stadt teilzunehmen. Ihr Lada hatte breitere Reifen als üblich, wurde aber akzeptiert, da sie ab und zu an einem Formel-Lada-Rennen teilnahm. Diese Rennen waren als Konkurrenz zu der westlichen Formel 1 gedacht und fanden hauptsächlich in Albanien statt.

Allerdings waren diesmal in den Reifen Alois, sowie die Kinder Adam Jean und Esther Blue versteckt. In dem vierten Reifen befanden sich einige Habseligkeiten, darunter eine Strickliesel, ein Spargelschäler, vier Tuben Haftcreme und eine Tafel Trabi-Puffreis. Die nötige Atemluft bezogen sie durch die Reifenventile. Die Zwischenräume wurden mit rosa Marshmallows, die sie mit einem „Westpaket" erhalten hatten, ausgefüllt. Das Versteck blieb trotz der intensiven Suchaktion der damaligen DDR-Grenzer unentdeckt, allerdings bemängelten sie das fehlende Profil der Reifen. Sie seien glatt wie manch Opas Glatze, meinte eine unter Bulimie erkrankte Grenzsicherungskraft. Aber da es russische Reifen waren, drückten alle Grenzer ein Auge zu.

Ein kleiner Zwischenfall beendete allerdings die abenteuerliche Flucht. Der rechte Vorderreifen, in dem Alois steckte, löste sich, rollte unkontrolliert in eine naheliegende Bäckerei und kollidierte dort mit dem riesigen Werbeplakat eines gefüllten Streusels, das den Reifen zum Stehen brachte. Gott sei Dank war man da schon im Westteil der Stadt, so dass man den Reifen - ohne Alois und ohne Probleme - wieder am Auto festschrauben konnte. Den Ersatzreifen hätte man nicht nehmen können, da Oma Sieghilde, die sich darin befand, an einer Drehallergie litt und auch noch alle Marshmallows gegessen hatte. Die ganze Befreiungsaktion wurde exklusiv an die Zeitschrift „YPS" verkauft, die dafür extra einen kleinen Lada-Bastelsatz mit anbot. Mit dem Verkaufserlös, die Auflage schnellte um 500 % in die Höhe, konnte sich die Familie Riemenstil-Blasschneider das Haus in der Lindenstrasse kaufen. Sie wohnten dann einige Jahre in diesem Anwesen, ohne jemals die Viernheimer Mentalität und deren Sprache verstanden zu haben. Einige Monate nach dem Tod ihres Mannes zog es Betty Maria nach Österreich zu ihren Kindern, so dass das Anwesen über „Abseits-Immobilien" zum Verkauf angeboten wurde.

Winald hatte ja laut seinem Testament einige Ersparnisse auf dem Konto, darunter auch den Erlös aus einigen Verkäufen. So veräußerte er z.B. eine antike Singer-Tretnähmaschine an einen Saunaclub und einen funktionsfähigen Vorderlader, der mit zwei Kisten Rundkugeln an eine nicht katholische Glaubensgemeinschaft ging. Das noch fehlende Kleingeld wurde den Linsenblums freundlicherweise von einem bekannten Viernheimer Geldinstitut, allerdings zu einem überhöhten Zinssatz, geliehen. Um diesen Kredit zu erhalten, musste Alwine als Sicherheit erst einmal nachweisen, dass sie keinen brauchte.

Natürlich hatte das Haus noch einige Mängel, die aber mit etwas Farbe und ein wenig Heftpflaster sicherlich behoben werden könnten, so Maria.

Alwine meinte: „*Das guckt sich weg.*"

Darauf Amandus: „*Das krieg ich hin.*"

Karl-Friedrich überlegte indessen, wo und vor allen Dingen wie er den neu erworbenen Schlafzimmerschrank „*Nofretete*" eines bekannten schwedischen Kaufhauses aufstellen sollte, da Erna aus Versehen die mitgelieferten Holzschrauben in den Biomüll geworfen hatte.

Marlies Erna Chantal und Ernest Sven schauten sich derweil die Räumlichkeiten an: „*krass*", hörte man aus der einen, „*geil*", aus der anderen Ecke. Herr Schröder gab mit seinem „*WauWau*" auch seinen Kommentar dazu.

Alwine: „*Schön ist es hier*", und alle waren der Meinung: „*Das nächste Jahr hat auch noch Tage, und was du heute kannst besorgen, war gestern schon für morgen.*"

Das neu erworbene Haus hatte auch einen kleinen Garten, der im Augenblick etwas verwahrlost aussah, aber durchaus für kleinere Gemüsebeete geeignet wäre. Störend wirkten hier nur etwa 50 verschiedene, originalverpackte, rote Toilettendeckel und die 25 lebensgroßen Schaufensterpuppen mit Wildlederstiefel an den bestrumpften Beinen. Welche Aufgaben die 10 Gartenzwerge hatten, die sich zwischen den Puppen versteckten, ist bis zum heutigen Tage nicht geklärt. Das Wesen der possierlichen Gartengnome wurde ja auch noch nicht wissenschaftlich untersucht.

Das kleine Feld mit den Hanfpflanzen ließ Alwines Herz höher schlagen. Sie hatte früher schon einige Erfahrungen mit dieser Pflanze gesammelt und freute sich schon darauf, ihre Geschmacksnerven wieder einmal zu verwöhnen. Sie erinnerte sich an die lauen Sommernächte, in denen sie mit Winald auf dem Boden im Wohnzimmer auf einer Decke lag, wo sie sich einen riesigen Joint genehmigten und im Hintergrund die Musik von „*Bobbejaan*" mit dem Welthit „*Ich stehe an der Bar und habe kein Geld*" lief. Dies alles ging ihr durch den Kopf, als sie die Pflanzen im Garten sah. Die waren schon recht groß, und die Blüten waren bereit zur Ernte. Der Einwand von Amandus: „*Das ist doch verboten*", konterte Alwine mit den Worten: „*Weiß ich, welche Blumensorte das ist? Ich stelle mich dumm, wenn mich jemand danach fragt*".

Amandus: „*Da brauchst du dich nicht groß verstellen. Ich sehe uns schon im Knast*".

Damit die große Menge im Garten nicht so auffiel, entnahm er einige Gewächse und setzte sie nachts und ohne Wissen von Alwine hinter dem Rathaus ein. Sehr zur Freude der Mitarbeiter des Bürgerbüros, die plötzlich unter Absingen diverser Volkslieder und Schunkeln am Arbeitsplatz den 1. Preis für die freundlichsten Rathaus-Mitarbeiter in Hessen bekamen. Natürlich behielt er einen Teil dieser Pflanzen in seinem Besitz, so dass er immer ein kleines Mitbringsel hatte.

Die Puppen wurden in einer Nacht- und Nebelaktion an einen französischen Dummy-Hersteller verkauft, während man die roten Klodeckel für die Tombola zum Herbstfest der SPD spendete. Die Gartenzwerge blieben erst mal im Garten und wurden nach und nach an Geburtstagen, Hochzeiten und diversen Jubiläen als außergewöhnliches Geschenk mitgebracht.

Alwine hatte auch schon den ersten Kontakt mit den Nachbarn gegenüber geknüpft, die schon sehr lange, aus dem Fenster lehnend, die Straße einer eingehenden Untersuchung unterzogen. Galina und Vladimir Sokolow, russische Auswanderer aus der Nähe von Omsk, wohnten schon seit über 8 Jahren gegenüber dem jetzigen Linsenblum-Haus in der Lindenstraße. Sie kamen damals aus der UDSSR und konnten die 5100 km in 8 Monaten bewältigen. Bis auf die letzten 20 Kilometer, die sie auf dem Wagen eines italienischen Speiseeisverkäufers mitgenommen wurden, waren sie zu Fuß unterwegs. Fedora, die Mutter von Galina, brauchte aufgrund ihres Alters etwa ein Jahr länger, zumal das Einrad, ein Erbstück ihres Großvaters, kurz nach Omsk einen Plattfuß hatte. Es kam das Gerücht auf, dass der Gummireifen der Messerattacke eines deutschen Kriegsveteranen zum Opfer fiel.

Galina und Vladimir waren Rentner und sprachen beide sehr gut Deutsch, bis auf Oma Fedora, die sich weigerte, bis auf einige Worte, wie *„Geld"*, *„Rente"*, *„nix gut"*, diese Sprache zu erlernen. Ihr Sohn Andrej musste leider in Omsk bleiben, da man als Ortsoffizier des KGB ein 25jähriges Ausreiseverbot hatte.

Einmal im Monat verließ Fedora ihre schützende Umgebung, um sich beim Stammtisch *„Burjaten und Kumyken in Deutschland"* mit Gleichgesinnten zu treffen, bei dem geheimnisvolle Pläne geschmiedet wurden. Unter anderem, wie man dem wachsenden Heer von Versicherungsvertretern entgegen wirken kann. Diverse Selbstverteidigungskurse sowie ein Kurs über verschiedene Fangtechniken von aufdringlichen Vermögensberatern waren ebenfalls an der Tagesordnung. Die Öffentlichkeit wurde am Anfang erst mal ausgeschlossen, genauso, wie man es von der Heimat her kannte. Allerdings stellte man mit der Zeit eine Lockerung der Aufnahmebedingungen fest. Einige auserwählte Viernheimer, darunter auch ein *„Russisch-Lampertheimer Patriarch"*, konnte man inzwischen zu dem Stammtisch begrüßen.

Die Sokolows waren eine sehr saubere Familie. Selbst die Toilettenschüssel wurde mittels eines groben Schmirgelpapiers ein über den anderen Tag gereinigt. Sogar die Blätter der Balkonpflanzen erfreuten sich einer wöchentlichen Glanzkur. Schließlich wollte man den Viernheimern keinen Grund zur üblen Nachrede geben.

Vladimir war neben seiner Putzleidenschaft auch noch Vorsitzender des *„Hüttenfelder FKK Drachenbau- und Flugvereins"*, der in der zweiten Liga den dritten Platz erreichte und somit in der Relegation durchaus die Möglichkeit zum Aufstieg hätte, was er aber mangels fehlender finanzieller Mittel nicht wahrnehmen konnte. Übrigens war dieser Verein der erste in der Bundesrepublik, der das Drachensteigen ohne störende Bekleidung revolutionierte.

Mittlerweile gab es schon mehr als 1200 Mitglieder aus 24 Vereinen. Tendenz steigend. Beim Drachendoppel, d.h. eng hintereinander stehend, waren Vladimir und die 40jährige zweite Vorsitzende Elsbeth Klammer die absoluten Vereinsmeister. Ihre harmonischen Bewegungen konnten selbst bei Windstille die Drachen in die Höhe bringen. Es war schon bewundernswert zu sehen, an wie vielen Stellen des nackten Körpers man eine Drachenschnur befestigen konnte, wenn die Hände einer anderen Tätigkeit zugeführt wurden. Um kälteempfindlichen Drachenliebhabern die Mitgliedschaft schmackhaft zu machen, wich man in den Wintermonaten in die Hüttenfelder Schulsporthalle aus.

Galina begrüßte Alwine: *„Sind sie neu?"*

Alwine: *„Hää."*

Galina: *„Du neu?"*

Alwine: *„Nix neu, bald 90."*

Galina: *„Wir jeden Samstag putzen die Straße, alles sauber bei uns. Du können auch bei uns auf Toilette, nur Probe sitzen, aber nix machen."* Anschließend sang sie, begleitet von den zittrigen Klängen der Balalaika, das Lied: *„Katjuscha". (Übrigens geht die russische Bezeichnung des Mehrfach-Raketenwerfers Katjuscha, in Deutschland unter dem Begriff Stalinorgel bekannt, auf dieses Lied zurück.)* Oma Fedora erfreute sich sichtbar an dieser Melodie, machte sie doch mit ihren Lippen das Pfeifen der Raketen nach. Vladimir, immer um neue Mitglieder für seinen Verein bemüht, fragte Alwine: *„Du wollen Drachen?"*

Alwine: *„Wir haben Drachen genug im Haus".* Sie drehte sich um und rief: *„Erna, Maria, zeigt euch mal."*

Galina wedelte mit einer Zeitung in der Hand und bemerkte treffend: *„Bald Weihnacht"*. Bei der am ersten Adventssamstag im Farbfehldruck erschienenen, rotbraunen Weihnachts-Sonderbeilage einer Viernheimer Tageszeitung konnte sich direkt neben der schwarz umrandeten Todesanzeige einer bekannten CDU-Größe, die sich aber noch bester Gesundheit erfreute, und der Anzeige *„Austräger gesucht"* eine weitere platzieren, die bei Oma Maria eine gewisse Sehnsucht nach Familie, Weihnachten und Harmonie wach werden ließ:

„Weihnachtswunderland

Das Viernheimer Rhein-Neckar-Zentrum erstrahlt im Lichterglanz und lädt große und kleine Besucher ein, sich beim Bummeln auf die bevorstehenden Festtage einzustimmen. "

Ein Anruf bei Ihrem Sohn, und sein Versprechen, am kommenden Samstag mit der ganzen Familie einen langen Tag in dem weihnachtlich geschmückten Einkaufscenter zu verbringen, brachten ihre Wangen wieder zum Glühen. Sie musste nur kurz überlegen, was sie dort wollte, litt sie doch unter einer leichten Vergesslichkeit, die in diesem Alter zur Grundausstattung gehörte, aber Gott sei Dank nicht lange anhielt. Das einzige Problem dieser Vergesslichkeit bestand darin, dass Maria nicht mehr wusste, ob sie schon auf der Toilette war oder nicht.

Allein schon der Gedanke, mit ihrem neuen, selbstgehäkelten Maxirock über ihrem *„Stars-and-Stripes-Petticoat"* die *„Einkaufsszene"* im RNZ aufzumischen, ließ ihren Blutdruck vor lauter Freude drastisch ansteigen. Auch der Wunsch zu tanzen nahm von ihr Besitz, wie so oft, wenn sie sich freute.

Maria war nämlich lange Zeit Mitglied eines Viernheimer Tanz-sportvereines. Allerdings wurde sie bei den Rock'n-Roll-Meister-schaften im griechisch-römischen Stil mit offenem Überschlag disqualifiziert, da sie ohne Höschen tanzte. Ihr Tanzpartner Egon Lecker beendete daraufhin auch seine tänzerische Laufbahn und wurde im Dr. Müller-Sex-Shop als Spezialist für die „Knaus-Ogino"-Verhütungsmethode weit über die Grenzen Viernheims bekannt.

Maria blieb weiterhin Mitglied im Verein und konnte mit ihrem neuen Tanzpartner Egetürk Sulfi bei der hessischen Meisterschaft in der „Kreuz-Hacke-Spitze-Polka" immerhin den zweiten Platz in der Gesamtwertung belegen. Beim „Biedermeier Walzer" wurde sie disqualifiziert, da ihr der von den Wertungsrichtern zu-gewiesene Tanzpartner, der einarmige Bolivianer Aucapoma Quispe aus Oberschönmattenwaag, mit einem Tanzverbot belegt wurde. Grund: Er verschaffte sich mit dem Verzehr eines überba-ckenen „Hanfsamensoufflés" einen tänzerischen Vorteil, der erst in der sechsten Runde an den schwankenden, ballettartigen Bewe-gungen von der Jury bemerkt wurde. Ein Punkteabzug war die Folge, und Maria wurde für 25 weitere „Biedermeier Walzer" ge-sperrt. Ihre Tanzkarriere war damit beendet.

Das kam ihr aber nicht ungelegen. Sie widmete sich dann end-lich ihrer sportlichen unerfüllten Leidenschaft, dem Sumpfschnor-cheln. Maria liebäugelte schon lange damit. Die Vorliebe für au-ßergewöhnliche Sportarten hatte sie von ihrem Ururgroßvater Moritz geerbt. Ob Toilettensitz-Weitwurf, Achselfurzen, Schwei-nefußbeißen oder der Schlammloch-Bauchklatsch-Wettbewerb, alles Sportarten, die Moritz mit Hingabe ausführte. Fußball, Rin-gen, Boxen und Leichtathletik kamen für ihn nicht in Frage. Das wären ausländische Krankheiten. Auf Maria, die mit dem Sumpf-schnorcheln fast in seine Fußstapfen trat, wäre er mit Sicherheit sehr stolz gewesen.

Beim Sumpfschnorcheln gehen die Teilnehmer mit Schnorchel, Taucherbrille und Schwimmflossen an den Start. Das Outfit ist jedem Mitwirkenden selbst überlassen, allerdings treten die meisten Sumpfschnorchler in Taucheranzügen an, da die Temperaturen des Sumpfes in der Regel alles andere als angenehm sind.

Bei dieser Sportart gibt es keine Unterscheidung in Sachen Geschlecht, Arthrose-Verträglichkeit, Alter oder Gewichtsklasse. Alle treten gemeinsam gegeneinander an. Jeder muss einen 55 Meter langen, glutenfreien Sumpfgraben im Viernheimer Wald zweimal durchschnorcheln. Wer als erster ins Ziel gelangt, hat gewonnen.

Der derzeitige Rekord mit einer Minute und 35 Sekunden hält eine 63-jährige rothaarige Rathausmitarbeiterin, die gerade Diät macht. Über 5 Minuten beläuft sich der derzeit höchste Negativ-Rekord, aufgestellt von einer über 40jährigen kinderlosen, unter chronischem Durchfall leidenden Lampertheimerin.

Der Bürgermeister, der als Gastschwimmer dabei war, hatte der geballten Kondition der Teilnehmer nichts entgegen zu setzen, so dass er sich mit dem zweitletzten Platz begnügen musste, zumal er sich auch noch verschwommen hatte.

Maria konnte aufgrund ihrer Sumpfschnorchelerfahrung manche Verstopfungen in der Kläranlage und in verschiedenen kinderreichen Haushalten beheben. Diese Hilfe wurde mit dem „Goldenen Klär- und Gülle-Orden am Bande" während der 60-Jahr-Feier des Abwasserverbandes belohnt.

Amandus hatte mit der Leidenschaft seiner Frau nichts am Hut, liebäugelte eher mit der Sportart „Frettchen in der Hose". Die Idee, diese Sportart auszuüben bekam er, als der englische Metzgerlehrling John, der gerade seine Ausbildung in dem Fleischereigeschäft Mehlwurm in Viernheim absolvierte, darüber berichtete. Er nahm schon seit 3 Jahren bei diesem Wettbewerb immer den ersten Platz ein.

John kam aus Yorkshire, wo diese Sportart erfunden wurde. Die Regeln sind durchaus simpel: Das Frettchen wird in die Hose des Besitzers gesteckt und diese zugebunden. Wer es am längsten mit dem bissigen Tierchen in der Hose aushält, hat gewonnen - die Schmerzen sind inklusive.

Die hohen Fahrtkosten nach England sowie der Einwand des Tierschutzvereins, der eine starke Tierquälerei vermutete und Anzeige erstattete, beendeten seine Mitgliedschaft.

Marias Frage: *„Haben die Tiere was weggebissen, was man eventuell noch hätte gebrauchen können?"* wurde nicht beantwortet.

Amandus erinnerte Maria daran, dass Karl-Friedrich am kommenden Samstag ganz der Familie zur Verfügung stehen würde. Maria überlegte sich, nach der frohen Nachricht zwecks Besuchs des RNZ, ihren rosaroten Kaftan überzustreifen, der schon bei der letzten Hochzeit des evangelischen Pfarrers Ludewig Möselt für Aufsehen sorgte. War aber nicht möglich, da irgendein verhextes Waschmaschinenprogramm das Kleidungsstück in seiner Größe stark beeinträchtigte.

Mit Hilfe des Liedes *„Du"* (gespielt von einer bekannten Band aus Viernheim), das gerade in der Sendung *„Omas Hits 2013"* lief, setzte Maria die Musik in der viel zu kleinen Gästetoilette, unter Zuhilfenahme des Rollators von Alwine, ohne Kaftan und ohne größere Verletzungen, in tänzerische Bewegungen um. Amandus war der Meinung, dass diese Darbietung seiner Frau dem Paarungsverhalten eines nordkoreanischen Opossums ähnelte, was Maria mit dem Schimpfwort *„Arschhaarbartfratze"* beantwortete. Er konnte darüber nur lächeln, hatte er in seinem 40-jährigen Berufsleben als *„Destillateur"* bei der hiesigen Kläranlage und dem übergeordneten Abwasserverband ganz andere Schimpfwörter zu hören bekommen.

Die im Erdgeschoss wohnende, eigentlich noch sehr rüstige 89jährige, im Sternzeichen Steinbock geborene Uroma Alwine, öffnete in ihrem roten Stretchkleid Größe 50 den Briefkasten. Dies tat sie immer zur gleichen Zeit in der Hoffnung, dem gutaussehenden Briefträger Wolfgang M. ihre Aufwartung machen zu können, und um endlich die Autogrammkarte von „ *Lou van Burg* " in Empfang zu nehmen, die sie vor ungefähr vierzig Jahren aufgrund eines Preisausschreibens gewonnen hatte. Sie musste damals den Musiktitel von Lou vervollständigen:

„ Klei.er Gonzales "

Den fehlenden Buchstaben, in diesem Falle „n", sollte sie in der Geschäftsstelle des Viernheimer Tageblattes abgeben, und vierzehn Tage später käme dann das Autogramm, auf das sie aber immer noch wartet. „ *Gut Ding will Weile haben* ", sagte sie sich und gab sich mit dem jetzigen Inhalt des Briefkastens zufrieden. Sie fand darin, neben der Probe für künstlichen Zahnbelag auch eine Einladung zur *VENUS 2015*, der bekannten Sex-Messe, und überlegte, ob sie mit ihrem neuen Freund, dem unter Schuppenflechte leidenden Rentner Willibald Krumm, der seine starke Verbundenheit zu Alwine mit einem 5 Liter Container „ *4711* " zeigte, zu diesem Event gehen sollte.

Willibald lebte in dem neu gebauten Seniorenstift „ *Zum fröhlichen Stützstrumpf* ", da er im Forum der Senioren keinen Platz mehr bekam. Er gab dort mit Hilfe eines Super8-Projektors und etlichen Sexfilmchen von Beate Uhse den Tagen die nötige Würze. Willibald prahlte damit, dass er die Uhse persönlich kannte. Er hatte ihr vor etwa 25 Jahren bei einer Autogrammstunde im Lindenfelser Sex-Shop die Tür aufgehalten. Alwine hatte sich auch mal so einen Film angesehen mit dem Titel: „ *Blanke Busen unter Viernheims Blusen* ", fand ihn aber nicht so gut wie den 254. Teil der Serie: „ *Jim Knopf und die wilde Dreizehn* ", die gerade im ZDF wiederholt wurde. Trotz allem sei seine Beziehung zu Alwine rein freundschaftlicher Natur, wie Willibald immer wieder betonte.

Erna, die mit Karl-Friedrich im dritten Stock wohnte, informierte Alwine darüber, dass es am kommenden Samstag ins Rhein-Neckar-Zentrum zum lang ersehnten Weihnachtsbummel geht. Das Familienoberhaupt zeigte daraufhin ihren berühmten Schmollmund, der als Folge eines Autounfalles und ihrer Vorliebe für Riesenlutscher ihr Gesicht etwas verunstaltete und meinte: *„Ich gehe aber nur mit, wenn Herr Schröder auch mit geht."*

Herr Schröder, seines Zeichens Hund, genauer ein Mops, war ein Findling von ihr. Sie war der Meinung, dass es sich um das Haustier eines Viernheimer Millionärehepaares handeln musste. Das echt goldene Halsband sprach Bände. Wahrscheinlich, so Amandus, litt das Ehepaar aufgrund einer Nachzahlungsaufforderung des hiesigen Finanzamtes kurzzeitig unter einer finanziellen Notlage und musste den Hund aussetzen.

Am südlichen Ende der Viernheimer Mülldeponie fand Alwine, während der Beseitigung ihrer vielen Bettpfannen, die sich im Lauf der Jahre angesammelt hatten, den armen Vierbeiner. Sie hatte sich sofort in ihn verliebt. Nicht nur in den Hund, obwohl beide sich sofort sympathisch fanden, sondern auch in das Halsband. Herr Schröder, der später eine anale Muskellähmung bekommen sollte, blieb trotzdem immer ein Teil der Familie Linsenblum. Die vorherigen Besitzer wurden, trotz keinerlei Suche, nie ermittelt. Die anale Lähmung war übrigens das Resultat des gleichen Unfalles mit Alwine, den Karl-Friedrich verursacht hatte. Sein Auto fuhr einfach geradeaus, was in einer Kurve allgemein zum Verlassen der Straße führt. Beim folgenden abrupten Bremsvorgang bohrte sich der Wackel-Elvis, der auf der hinteren Hutablage seinem ungefährlichen Hüftschwung nachging, mit sehr großer Geschwindigkeit in den After von Herrn Schröder, der gerade auf dem Beifahrersitz seinen *„Schniedel"* ableckte. Und so wurde der Schließmuskel des Haustieres unwiderruflich beschädigt. Im gleichen Moment, kurz nach der Bemerkung: *„Schön ist es hier"*, rutschte bei Alwine, die auf der Rückbank saß, ein Riesenlutscher quer in die Zahnleiste, was eine kurzfristige *„Lippenlähmung"* auslöste, die allerdings nicht so stark ins Gewicht fiel. Die fehlenden Zähne wurden mit Hilfe der Prothesen-Industrie mehrmals erneuert, was allerdings immer wieder beim Sprechen von einem Pfeifen begleitet wurde. Deshalb sah man Alwine nicht gerne bei den Fußballern der Amicitia.

Neben dieser körperlichen Beeinträchtigung erfreute sich die Familie an dem Totalschaden und dem damit verbundenen Wunsch, einen neuen fahrbaren Untersatz zu erwerben.

Alwine wollte unbedingt etwas Außergewöhnliches. Etwas, was es in Viernheim kein zweites Mal gäbe. Sie hatte mal in der *„Bäckerblume"* von der Versteigerung einer Papst-Kutsche gelesen. Obwohl ihre Kirchenbesuche sehr zu wünschen übrig ließen, konnte sie sich vorstellen, jeden Sonntag mit dem Papamobil von der Marienkirche zur Apostelkirche zu fahren, um die gläubigen Viernheimer Fußgänger zu segnen. Karl-Friedrich lehnte dies aus finanziellen sowie aus religiösen Gründen ab. Das sei ganz alleine Sache der Kirche und deren Vertreter, zumal der Preis von 50 000 Euro nicht gerade als Sonderangebot zu bezeichnen wäre.

Maria schlug einen gelben Honda mit rotem Lenkrad vor. Erna fände eine BMW-Isetta mit Anhängerkupplung geil. Amandus meinte, dass ein überdachter Kastenwagen die richtige Wahl wäre. Für die Kinder käme jedoch nur ein roter Porsche mit Rennreifen und einer iPod-Halterung in Frage.

Die Kinder. Das waren der 12jährige Ernest Sven und die neunjährige Marlies Erna Chantal.

Die Geburt von Ernest Sven sollte auf jeden Fall in der Chronik der Linsenblums erwähnt werden. Just in dem Augenblick, in dem der Nachwuchs von Karl-Friedrich und seiner Erna das Licht der Welt erblickte, fiel in Viernheim die Stromversorgung aus. Natürlich auch im Krankenhaus. Einige Operationen mussten verschoben werden, wobei die angefangene Fettabsaugung von Ludwig

Schrummel nach der Umschaltung auf Notstrom fortgesetzt werden konnte.

Alwine war der Meinung, das sei kein gutes Zeichen, während Winald darauf bestand, dass Außerirdische ihre Finger mit im Spiel hätten. Laut Mitteilung der Stadtwerke war es aber nur ein liebestoller Marder, der während des Liebesaktes in höchster Erregung eine Hauptleitung durchgebissen hatte. Winald war sich aber sicher, dass der Marder nicht von dieser Welt gewesen sein konnte.

Trotz allem verlief die Geburt ganz normal, und der Junge begrüßte alle Anwesenden mit einem lauten Gebrüll.

Der Bub entwickelte sich, auch mit Hilfe von Alwine, die ja durch den Knaben zur Urgroßmutter wurde, prächtig. Alwine verwöhnte Ernest Sven, wo sie nur konnte. Schimpfte seine Mutter über die vollen Windeln, belohnte ihn Alwine mit den Worten: *„Brav mein Junge, schönes Kaka hast du gemacht und so viel. Das zeigen wir Uropa. Der freut sich auch darüber. "* Der Kleine lachte und machte Oma zuliebe noch viele Häufchen in die Windeln. Nachdem er später im Kindergarten wegen den Windeln immer ausgelacht wurde, lernte er doch, die Toilette aufzusuchen.

Den Namen Ernest Sven hatte Alwine vorgeschlagen, nachdem sie der Kalender auf den Jahrestag von Ernest Sven Gabelbart hinwies, der um 965 König von Dänemark war. Kannte keiner, aber der Name hatte so etwas *„Sauberes "* an sich.

Anders die Geburt von Marlies Erna Chantal. Erna war lange Zeit der Meinung, dass sie aufgrund ihrer Vorliebe für Schokolade zugenommen hätte. Dass sie schwanger war, wurde zufällig bei einer Routineuntersuchung von ihrem Hausarzt festgestellt. Da war sie aber schon im vierten Monat.

Hier gab es bei der Niederkunft keinen Stromausfall, was bei Winald den Verdacht aufkommen ließ, dass es sich hier um eine ganz normale Geburt handelte.

Erna wollte ihrer Tochter auch den Namen „*Erna*" geben, Karl-Friedrich jedoch meinte, dass etwas Moderneres angebracht wäre, wie z.B. „*Marlies*". Winald gefiel der Name „*Chantal*", der so nach Parfum klänge. Und so entschied man sich für Marlies Erna Chantal.

Die Kindheit der Beiden konnte man durchaus als „*linsenblummäßig*" bezeichnen. Sie bekamen je ein Zimmer im Dachgeschoß des Familienhauses in der Lindenstrasse. Die Wände der beiden Zimmer hatte Karl-Friedrich liebevoll mit älteren Bravo-Starschnitten verschönert, um seinen beiden Sprösslingen eine Freude zu bereiten. Darunter auch Roberto Blanco als Beifahrer im Müllwagen, Roberto Blanco bei der Grundsteinlegung des neuen Finanzamtes und Roberto Blanco bei den Anonymen Alkoholikern. Hätte er die Decke weiss gehalten und nicht mit dem Aktposter von Heino versehen, hätte man diverse Schreikrämpfe und die dazugehörigen Anzeigen wegen Ruhstörung vermeiden können.

Marlies Erna Chantal hatte eine Vorliebe für rote Lippenstifte entwickelt, die mittlerweile ihren Bettkasten bis zum Rande füllten, während sich Ernest Sven lieber mit verschiedenen Zerstörungsmechanismen für Weinbrandbohnen beschäftigte. Er hatte sich extra dafür eine kleine Guillotine gebaut. Dafür verwendete er eine Schublade aus Omas teurer Kommode, bei der er den Holzboden entfernte, ein Rasiermesser von Opa als Fallbeil, die Latex-Leggings von Marlies Erna Chantal, kleingeschnitten und daraus ein Zugseil erstellt, sowie den vorderen Teil von Opas Pfeife, der als Bock fungierte. Die Weinbrandbohnen und dergleichen wurden auf dem kleinen Bock festgeschnallt, wobei im Hintergrund eine Kassette mit verschieden Angstschreien lief. Nach dem Auslösen des Fallbeils fällt die Schokoladenhülle in den Korb darunter, und der Inhalt läuft in einer Rinne direkt in eine Tasse. Den Korb bekam Marlies Erna Chantal, der Inhalt der Tasse war sein Betthupferl. Für den Bau der Guillotine bekam er den „*Hessischen Dorfpreis*" inklusive einem Gutschein für eine „*Weinbrandbohnen-Entwöhnungskur*". Die Anfrage aus dem Viernheimer Rathaus, ob man das Gerät auch etwas größer bauen könne und was es kosten würde, wurde von Ernest Sven mangels Interesse nicht beantwortet.

Erneut wurde eine Diskussionsrunde zum Thema Autokauf einberufen, in der man auch die Kinder zu Wort kommen ließ, deren Meinung jedoch nicht so stark ins Gewicht fiel. Man diskutierte stundenlang über die Vor- und Nachteile verschiedener Automarken in der Hoffnung, ein Auto zu finden, das allen, vor allem Alwine gerecht wurde. Schließlich bezahlte sie das Gefährt. Einziger Wunsch von Alwine - es sollte etwas Deutsches sein. Und so wurde ein Siebensitzer VW-Sharan gekauft, natürlich mit Nässe abweisenden Schutzbezügen, da Herr Schröder Probleme hatte, rechtzeitige Informationen zur Erledigung seines Stuhlganges weiter zu geben. So sorgte er des Öfteren mit der großzügigen Verteilung seiner Ausscheidungen für Unmut, die aber nicht so störend wirkten als die ab und zu verrutschten Inkontinenzhosen von Willibald.

Alle freuten sich auf den kommenden Samstag, gab es doch von Uroma und Oma bei solchen Gelegenheiten immer wieder kleine Geschenke, wie z.B. die obligatorische Haftcreme für Willibald oder Eis und Pommes für Marlies Erna Chantal und Ernest Sven.

Trotz der Vorfreude schlich sich auch ein mulmiges Gefühl in die Gefühlswelt der Kinder. Sie konnten sich noch an die Abende erinnern, die sie bei Alwine verbrachten, während ihre Eltern dem Genuss kinderfreier Vergnügungen nachgingen. Alwine erzählte ihnen immer wieder das Märchen des verwunschenen Rhein-Neckar-Zentrums, das in Wirklichkeit das dunkle Schloss des Popopuschels war. Dies war ein hessisch sprechendes, rothaariges Monster mit einer Knubbelnase und einer gelben Warze über dem rechten Auge. Dieses Ungeheuer entführte nicht artige und dumme Viernheimer Kinder und verwandelte sie in Gartenzwerge mit weißen Rauschebärten und roten Zipfelmützen. Die mussten dann in den Viernheimer Kleingärten zur Abschreckung ihren monotonen Dienst verrichten. Erlöst werden konnten die Kinder nur, wenn eine Viernheimer Jungfrau während ihrer Vermählung auf Stelzen zum Altar schritt. Da dies so gut wie gar nicht vorkam, obwohl genug Stelzen vorhanden, stehen heute noch jede Menge Gartenzwerge in der Laubenkolonie. Ernest Sven meinte, in den Gesichtern verschiedener Zwerge einige Kindergartenkinder zu erkennen. Nichts desto trotz verdrängten er und Marlies Erna Chantal, allerdings mit einer leichten Hintergrundangst, diese unangenehme Geschichte. Man war schließlich schon *„erwachsen"*.

Bei Karl-Friedrich konnte sich keine Vorweihnachtsstimmung einstellen. Er wusste, was auf ihn zukam. Schon Wochen vorher erfasste ihn ein grauenvoller Alptraum - Weihnachtsbummel. Die Symptome eines solchen Bummels, wie schmerzende Füße, eine Heiserkeit, die in den Schreien *„haben will"* ihren Ursprung fand, auch leere Geldbeutel und ein zufrieden hämisches Grinsen auf den Gesichtern der Händler, kamen ihm wieder in den Sinn. Aber es war doch auch schön, in engen Verkaufsräumen, zusammengepfercht mit hustenden Menschen, gierig darauf zu hoffen, auf dem Wühltisch noch einen geschmacklosen trällernden Weihnachtsmann zu finden. Von den Socken- und Unterhemden-Verkäufern ganz zu schweigen. Mit denen war man ja schon *„per Du"*, kaufte man doch jedes Jahr die gleichen Kleidungsstücke. Jedenfalls Alwine und Maria.

Haben viele von uns zwei Wochen vor dem Heiligen Abend die Geschenke für unsere Lieben bereits zusammengetragen (der Rest kauft sie am Heiligabend im Mannheimer Hauptbahnhof), gilt es nun darum, den Bestand von Spritz- und Buttergebäck aufzustocken. Auf den Ladentheken häufen sich Berge von meterlangen Lakritzstangen, Schokoladenweihnachtsmännern und Dominosteinen. Im Hintergrund bekommt man schon die ersten gefärbten Eier zu sehen, um uns schon in der Weihnachtszeit auf Ostern einzustimmen. Das Ende vom Lied - Magengeschwüre, Marzipanobst, das einem bis zum 26. regelrecht aus den Ohren kommt und ein Verkaufsanstieg von Frauenzeitschriften, in denen die neuesten Zwiebeldiäten und die Schokokuss-Fastenkur beschrieben werden. So wie jedes Jahr.

Am Vorabend des Familienausfluges saß man noch in gemütlicher Runde im Wohnzimmer von Maria und Amandus zusammen, um nähere Einzelheiten des Weihnachtseinkaufes zu besprechen. Es war schön, mit der Familie am Tisch zu sitzen, ohne die lästigen Unterbrechungen, wie Gassi gehen usw., denn Herr Schröder machte sein Geschäft ja niemals im Freien, sondern immer in der Wohnung.

Alwine brachte ihre Katze Frau Suhrbier mit, die sich gut mit Herrn Schröder verstand, da sie beide das gleiche Hobby hatten. Mit Hilfe ihrer Krallen verstanden sie es, die glamourös geschmacklose Auslegeware in Sekundenschnelle in ihre Einzelteile zu zerlegen, neu anzuordnen und mit ihren Ausscheidungen zu verschönern. Auch einige kunstvolle Kratzer zierten die Schränke.

Alwine, Maria und Erna waren derweil schon beim dritten *„Eierschniedel"* angelangt, einem Lieblingsgetränk von Maria. Sie hatte das Rezept von einer Großnichte väterlicherseits, die 1942, neben der Verleihung des Ehrenkreuzes der deutschen Mutter, auch noch das Getränkehandbuch *„Adolf's Mischgetränke"* verliehen bekam. Darin war zu lesen:

„Man nehme ungefähr fünf gut gefüllte Suppenlöffel Eierlikör und ergänze dies mit etwa fünf Esslöffel Jakobi 1880 sowie zwei Teelöffel Meerrettich und einem Biskuit........"

„...... und fertig ist der hessische Bunsenbrenner", gab Maria mit lockerer Zunge zum Besten. Sollte kein Meerrettich zur Verfügung stehen, ginge es auch mit Absinth, meinte Alwine.

Mittlerweile gesellten sich Opa Amandus und Karl-Friedrich dazu. Amandus trug die rosaroten Leggins seiner Gattin und seine Schmetterlingskrawatte, die er bei jeder sich bietenden Gelegenheit umband - also immer. Böse Stimmen behaupteten, dass er sie auch unter der Dusche trug, weshalb er im Lindenstrassen-Viertel auch den Spitznamen *„Nasser Hänger"* innehatte. Ob er sie auch beim jährlichen Liebesspiel mit seiner Gattin trug, ist nicht bekannt.

Der neu erworbene Sharan war in dem viel zu kleinen Garagenanbau untergebracht. Gebaut wurde dieser nach einem nicht genehmigten Plan von Amandus selbst, dessen Sparmaßnahmen in diesem Fall nicht so sinnvoll waren. Bei der täglichen Putzaktion, der Wagen war ja schließlich neu, konnte man aufgrund der Enge nur vorne auf Hochglanz polieren. Seitlich hatte man nur einige Zentimeter, die gerade so reichten, um ein- bzw. auszusteigen. Hinten stand die alte Wohnzimmercouch, die schon längst zum Sperrmüll sollte, war aber ab und zu das Nachtlager von Frau Suhrbier. Um nun eine komplette Reinigungsaktion durchführen zu können, musste man deshalb immer in die nächste Seitenstraße fahren. Natürlich mit einigen Flaschen Bier, um die Nachbarschaft gnädig zu stimmen.

Manchmal half ihnen bei der Putzaktion die 50- oder 60-jährige, ledige, übergewichtige Nachbarin Ruth Dödelkern, die nicht müde wurde, ihre Bewunderung für Karl-Friedrichs Klangschalenformung kund zu tun. Die Schalen wären durchaus eine Alternative für die langweiligen BH's, meinte sie. Karl-Friedrich gab allerdings zu bedenken, dass die Formung einer Übergröße, wie bei Ruth notwendig, sehr problemhaft sei und in keinem Preis-Leistungsverhältnis stünde. Es würde sich auch die Frage stellen, ob da noch irgendwelche musikalischen Töne zu erwarten wären. Der BH als Klangkörper? Karl-Friedrich wollte diese Idee später weiter verfolgen.

Ruth hatte außerdem die seltsame Eigenart, bei jeder sich bietenden Gelegenheit High-Heels zu tragen, die allerdings, aufgrund ihres Übergewichtes, mit kleinen Stahlträgern verstärkt waren. Bei diesem kolossalen Vorbau, der Bayer spricht von *„Holz vor der Hütt'n"*, stellte sich Karl-Friedrich die Frage: *„Warum kippt Ruth* *mit diesen riesigen 'Fruchtzwergen' nicht vornüber?*" In der Zeitschrift „*Gleichgewicht pro und kontra*" wurde darüber schon des Öfteren berichtet: „*Dass eine Frau mit großer Oberweite nicht vornüberkippt, liegt an ihrer Evolution. Im Laufe der Zeit hat sich bei dem weiblichen Geschlecht eine starke S-Krümmung in der Lendenwirbelsäule entwickelt. Durch diese Krümmung wird der Schwerpunkt weiter nach hinten verlagert, weshalb Frauen in der Lage sind, sich trotz extremer Oberweite gerade halten zu können.*"

Amandus meinte, er könne dies viel besser erklären:

> „*Hast du vorne viel zu viel,*
> *wird es nichts mit dem Glockenspiel.*
> *Und wenn der Busen dann noch hängt,*
> *will ihn auch Papi nicht geschenkt*".

Ruth konnte darüber nicht lachen. Auch nicht, wenn sich jemand über die Zusammenstellung ihres Outfits aufregte. Sie fand es vollkommen in Ordnung. Ihre Haarfarbe, die einem gelbgrünen, ins blau gehende Rot entsprach, war für sie der letzte Schrei. Sie passte sehr gut zu ihrer Schürze, deren Fleckenvielfalt ihre Speisekarte der letzten vier Wochen reflektierte. Unter der Schürze verbarg sich noch ein geschmackloses T-Shirt mit der Aufschrift „*Ich bremse auch für Schnecken.*"

Karl-Friedrich bemerkte ihre große Erregung, der Lateiner würde sagen „*Im 'valde corneum*", war aber ihr gegenüber sexuell total emotionslos, was auch seiner Erna nicht verborgen blieb. Somit konnte er einige Pluspunkte bei ihr verzeichnen, die er auch dringend nötig hatte, da seine lüsternen Blicke zu anderen weiblichen Geschöpfen sie immer wieder verärgerten.

Opa Amandus könnte sich eine kurze Liaison mit Ruth durchaus vorstellen. Was ihn jedoch davon abhielt, waren ihre Krampfadern, die nicht gerade dem Schönheitsideal entsprachen und die sie bei jeder denkbaren Gelegenheit, mit Hilfe ihrer Miniröcke, der Öffentlichkeit preisgab, und ihre fehlenden Vorderzähne die ihrem ungewöhnlichen Aussehen zusätzlich noch ein zweites i-Tüpfelchen verliehen.

Karl-Friedrich war froh, dass sie sich schnell wieder verabschiedete, da im Fernsehen die Sendung „*Bauer sucht Frau*" gezeigt wurde, bei der sie sich als „*Frau*" bewerben wollte.

Zu fortgeschrittener Stunde gaben die Klangschalen, die Karl-Friedrich statt der Klingel an das Stromnetz angeschlossen hatte, die ersten Töne des Ententanzes von sich, um Besuch anzukündigen. Vor der der Tür stand Erdal Gülelül.

Erdal, ein alleinstehender, türkischer Gastarbeiter und seit 20 Jahren in Viernheim beheimatet, war vor seiner Zeit bei der Klangschalen-Manufaktur Wachszieher in Heppenheim. Wachszieher entwerfen koschere Gebrauchs- und Schmuckgegenstände aus Wachs für den häuslichen und sakralen Gebrauch. Als strenggläubiger Moslem trinkt er aus religiösen Gründen grundsätzlich keinen Alkohol außer Doornkaat. Schweinefleisch isst er nur, wenn ein Mufti, also ein türkischer Geistlicher, in Nord-Nordwest-Richtung die Pfanne segnete. Für einen Türken ist er mit 168 cm doch recht groß und mit seinen pechschwarzen Achselhaaren auch schon eine stattliche Erscheinung.

Oma Alwine gab ihm den Spitznamen „*Der schwarze Gockel vom Bosporus*", während Maria ihm eine Bruderschaft mit den Inhabern des gleichnamigen Schuhputzmittels unterstellte.

Erdal, obwohl der deutschen Sprache mächtig, verstand nicht viel. Das Auffälligste an ihm war die Tätowierung auf seinem Bauch, die bis zum Knie reichte. Sie zeigte den Gründer und ersten Präsidenten der Türkischen Republik, Mustafa Kemal Atatürk, während sein Rücken mit dem Bildnis einer Dönerplatte auf türkischem Halbmond verschönert wurde. Wenn Erdal nun aß und seine Bauchmuskeln sich entsprechend bewegten, entstand der Eindruck, dass Atatürk mit ihm sprach.

Seine Lebensgefährtin Rebekka Ann, eine Polin mit andalusischen Wurzeln, die er bei einem vierwöchigen Kurzurlaub in Side während eines Bauchtanzturniers kennenlernte, hatte sich vor kurzem von ihm getrennt. Sie konnte die alle zwei Tage stattfindende Aktion mit den etwa 6 bis 8 nahestehenden Verwandten von Erdal, die im heimischen Schlafzimmer ihrer Pokémon-Sammelkarten-Leidenschaft nachgingen, nicht leiden. Die darauf folgenden Fußwaschungen gaben ihr den Rest. So kündigte sie ihm die Freundschaft und die Wohnung.

Da im Linsenblum-Haus die Souterrain-Wohnung noch frei war, konnte ihm Karl-Friedrich sofort weiterhelfen, zumal Erdal auch ein Angestellter in der Klangschalengießerei war.

Rebekka lebte jetzt, unbestätigten Informationen zufolge, mit einem kenianischen Truthahnzüchter auf der Insel Langeoog, wo sie einen Zubehörshop für Hähne aller Art betrieb.

Erdal wollte bei seinem Besuch eigentlich nur seinen neuen Gebetsteppich mit dem eingewebten Bildnis der Jakob-Sisters zeigen, den er bei Aldi für 9,90 Euro ergatterte. Die Kinder fanden das geil und krass, genau wie Herr Schröder, der sofort den Teppich nach Hundeart markierte.

Aufgrund seiner öfter auftretenden Gleichgewichtsstörungen, kniete Erdal zum Beten unwissentlich nicht Richtung Mekka, südöstlich von Deutschland, sondern nach Westen, wo sich das Dürkheimer Weinfass befand. Auf die Frage nach der richtigen Richtung bestätigte ihm Alwine, dass die Jakob-Sisters Richtung Dresden ausgerichtet sein müssten, während Oma Maria der Meinung war, dass dies doch egal sei, da der Prophet Mohammed bestimmt neben seinem Geburtsort in Mekka noch mehrere Wochenendhäuser in der Bundesrepublik gehabt hätte.

Die Frage, ob er einen „*Eierschniedel*" mittrinken würde, bejahte Erdal, da Allah nachts schläft und so auch nichts sieht. Natürlich blieb es nicht bei dem einen. Und so tanzten die Männer den Halay, wobei der Rollator von Alwine des Öfteren als Tanzpartner herhalten musste, während die Frauen sich im vegetarischen Bauchtanz übten.

Mittlerweile stießen Ernest Sven und Marlies Erna Chantal zu diesem kleinen Familientreffen. Marlies Erna Chantal hatte ein neues Smartphone und konnte von gruseligen Familienfotos nicht genug bekommen, hatte sie doch erst 650 Bilder in Facebook eingestellt. So eine schräge Familie gab schon etwas her, vor allem noch ganz, ganz viel Bildmaterial.

Das beste Foto war von Maria, als sie am FKK-Strand bei Ketsch ihren türkisfarbenen Bikini trug. Ihr Badeanzug hing auf einer Leine und Maria stand mit einem automatischen Fön daneben. In Facebook gab es eine riesige Nachfrage nach diesem Fön.

Alwine konnte über den Kleidergeschmack ihrer Urenkelin nur den Kopf schütteln: *„Diese Hot-Pants hätte es beim Adolf nicht gegeben, hätten ihm auch nicht gepasst. Und er hatte auch nicht so fette Oberschenkel. Das weiß ich genau, denn ich habe ihn schon in Natur gesehen. Ich war 1940 in Begleitung meiner Mutter bei einem Maskenball auf der Vogelstang. Adolf war allerdings schwer zu erkennen, da er mit Hermann als 'Doppeltes Lottchen' ging und beide eine rote Pappnase im Gesicht hatten."*

Gegen die Hot-Pants von Marlies Erna Chantal fand Alwine den rot gefärbten Irokesen-Haarschnitt von Ernest Sven schon wieder gut. *„Ein echter Linsenblum eben"*, bemerkte sie.

Ernest Sven hatte auch schon eine Freundin, eine rothaarige, etwas dickliche Pupertätskeule, wie er seinen *„laufenden Meter"* liebevoll nannte. Eva-Larissa kam mit ihren Eltern letztes Jahr aus Österreich. Angeblich wegen eines Arbeitsplatzwechsels seines Vaters. Tatsächlich ging es um Steuerhinterziehung, was aber außer dem übermalten Klebebild eines *„Kuckucks"* hinter dem Fernseher nicht weiter zu erkennen war. Eva-Larissa konnte hier ihre

Schulausbildung sowie ihren Ballettunterricht für übergewichtige Österreicherinnen fortsetzen.

Schon nach kurzer Zeit zog Eva-Larissa, nach einem Auftritt als „*Pippi Langstrumpf*" bei den österreichischen Kleintierzüchtern, mit dem Vorsitzenden Fritzl Haider nach Lichtenstein, genannt Taka-Tuka-Land. Ernest Sven war darüber nicht unglücklich, wollte er doch als Partnerin etwas mehr „*Godzilla Ähnliches*".

Zu später Stunde beendete Karl-Friedrich die fröhliche Runde mit der Bemerkung, dass man ja am nächsten Tag ins Rhein-Neckar-Zentrum gehen wolle.

Die Nacht endete relativ schnell, dafür blieben die Kopfschmerzen etwas länger. Auf dem Wohnzimmerboden lag Erdal, der nach sechzehn „*Eierschniedel*" vergessen hatte, die eigene Wohnung aufzusuchen, sich aber dafür mit einem nicht gerade vorteilhaften Bild in Facebook wiederfand. Allah sei Dank hatte Marlies Erna Chantal das Gesicht zur Vermeidung eines politischen Konfliktes mit einem Preisschild für Bio-Döner unkenntlich gemacht.

Nach einem kurzen, alkoholfreien Frühstück mit Diätmüsli für die Frauen und gefüllten Bratwürstchen für die Männer war man für das Abenteuer „*Weihnachtseinkauf*" bereit. Karl-Friedrich hatte noch schnell seine flügellosen, ungiftigen Achatschnecken gefüttert, die direkt neben der Souterrain-Wohnung in einem Terrarium ihr Zuhause hatten.

Was Karl-Friedrich an seinem außergewöhnlichen Hobby am meisten gefiel war die Tatsache, dass Achatschnecken Zwitter sind, d.h. sie haben sowohl männliche als auch weibliche Geschlechtsorgane. Amandus sorgte mit seiner immer wiederkehrenden Bemerkung: „*Die könnten sich ja selbst....*", für eine unnötige und überflüssige Weisheit. Natürlich gab es auch ein theoretisches Alpha-Tierchen, also einen Rudelboss. Gekennzeichnet mit einem weißen Kreuz auf dem Rücken, nannte ihn Karl-Friedrich „*Sche-wardnadse* ". Der oder die sollte für Ordnung im Terrarium sorgen, konnte aber nicht für die Befriedigung der anderen Schnecken gerade stehen.

Hält man also mehrere Schnecken zusammen, was immer zu empfehlen ist, so wird es früher oder später zu einer Paarung kommen, unabhängig vom Alphatierchen. Man kann sie streicheln, sie sind nicht laut, sie haaren nicht und ihre Ausscheidungen kann man ganz leicht mit einer Achatschneckenkotzange entfernen. Allerdings reagieren sie nicht auf „*Sitz*" oder „*Platz*", und wenn man sie ruft, kommen sie nicht. Aber sie sind der Gegenpol der hektisch lauten Familie und bieten Karl-Friedrich die notwendige Ruhe, obwohl sie sich in der letzten Zeit drastisch vermehrt hatten. Mittlerweile zählte das Terrarium schon 46 Tiere.

Aber solange seine 8 Castroviejo-Hasen im Souterrain noch genug Platz hatten, war Karl-Friedrich zufrieden. Da fiel der Taubenschlag im Keller des Anwesens mit 32 Vögeln von Ernest Sven überhaupt nicht ins Gewicht. Der Vorschlag von Alwine: „*Wir könnten uns doch noch ein paar Hühner zulegen, Platz wäre da, und wir hätten immer frische Eier*", wurde diskutiert.

„*Die kommen doch aus dem Kaka-Loch, die ess ich nicht*", zierte sich Marlies Erna Chantal, „*Das ist ja ekelhaft.*"

Ernest Sven: „*Du darfst natürlich die Schale nicht mitessen.*"

Amandus: „*Muss man mit denen auch Gassi gehen?*"

Maria: „*Dummerle.*"

Alwine: „*Schön ist es hier.*"

Nach einigen Stunden, wie bei den Linsenblums üblich, hatten alle in dem Sharan Platz genommen, da es nun endlich losgehen sollte. Herr Schröder saß wie immer vorne im Handschuhfach, während Alwine überlegte, ob sie ihr blondes Haarteil aus der Waschmaschine genommen hatte. Oma Maria erwähnte kurz, dass ihre Toilettentür nicht mehr abzuschließen sei und meinte, dass es wahrscheinlich am Schloss liege. Karl-Friedrich bemerkte daraufhin: *„Egal, es kommt ja doch niemand Fremdes in deine Wohnung."*

„So ist das nicht richtig", stieß sie mit aufgeblasenen Backen hervor. *„Angenommen es käme plötzlich Rex Gildo in meine Wohnung und müsste auf meine Toilette, um sich untenherum frisch zu machen, dazu noch viele Kameraleute, weil sie gerade ‚Versteckte Kamera' drehen. Wie stünde ich dann da, und dazu noch ohne feuchtes Toilettenpapier? Die Fernsehleute kennen doch keine Skrupel, die filmen alles. Stell dir vor, wir wären im Abendprogramm und ganz Viernheim würde sehen, dass man unsere Toilettentür nicht abschließen kann."*

„Rex Gildo ist tot", ließ Karl-Friedrich sie wissen.

„Es könnte ja auch Harald Juhnke sein oder Trude Herr, sei doch nicht so kleinlich", meinte sie. *„Man sollte auf jeden Fall für eine abschließbare Toilette sorgen. Kannst du mir ein neues Schloss anbringen?"*

Karl-Friedrich versprach, sich darum zu kümmern, während Marlies Erna Chantal fragte, wer denn Rex Gildo sei. Ihre Mutter beantwortete die Frage mit dem Hinweis: *„Rex Gildo war der frühe Wendler des deutschen Schlagers."*

Marlies Erna Chantal: *„Oh je, das tut mir aber leid."*

Alwine hörte man *„Hossa, Hossa"* singen, während Opa Amandus unter Zuhilfenahme seiner Blähungen das Lied *„Ich hab' noch einen Koffer in Berlin"* zum Besten gab.

Erna verschaffte sich Gehör: *„Fahr langsamer, der Wagen ist fast neu."*

Karl-Friedrich: *„Wer fährt, du oder ich?"*, und hielt damit die Diskussion für beendet, befand er sich doch mittlerweile auf dem überfüllten Parkplatz des Zentrums. Nach dem Zeigen seines Stinkefingers gegenüber eines rabiaten Opel-Fahrers, natürlich mit

Fuchsschwanz an der Antenne, und der Einparkhilfe eines unterbezahlten Parkhelfers gelang es Karl-Friedrich, einen Parkplatz sein Eigen zu nennen. Was für ein Glück. Immerhin zog sich der Stau bis Weinheim. So wie jedes Jahr.

Ein leichter Schneeregen ließ ein kleines Vorweihnachtsgefühl aufkommen, wobei Alwine und Maria mit der ersten Strophe von *„Advent, Advent, ein Bäumchen brennt"* der romantischen Stimmung einen ersten Höhepunkt verliehen. Oma Alwine ließ wieder einmal ihren altbekannten Spruch *„Schön ist es hier"* hören, wobei Amandus sich fragte, was auf einem überfüllten Parkplatz bei Schneeregen und mit dieser Familie schön sein sollte.

Auf dem Vorplatz des Rhein-Neckar-Zentrums gab es einen kleinen Weihnachtsmarkt mit diversen Köstlichkeiten, wie Glühwein, Bratwürste, Lebkuchenherzen, Lutscher usw. *„Da müssen wir unbedingt später hin"*, sagte Maria. *„Wenn jeder hier etwas essen würde, bräuchte ich heute Abend nichts zu kochen."* Amandus: *„Das hier reicht mir nicht. Ich brauche mein Abendessen."*

Es gab auch einen Stand mit echter Hausmacher Wurst aus der Pfalz. Hinter der Theke stand ein schwarzhäutiger Verkäufer, der die *„Pfälzer Leberwurst"* in den höchsten Tönen lobte, unabhängig des aufgeklebten Schildes *„Made by der Waterkant."* Ein Weihnachtshäuschen weiter, direkt neben dem Stand mit der fettfreien Bratwurst und den Seetang-Pommes, war der diesjährige Verkaufsschlager für 45 Euro zu erwerben. Es war ein aufblasbarer Weihnachtsbaum, komplett mit Krippe, Lametta, Kerzen und einem schwarze Netzstrümpfe tragenden Engel auf der Spitze. Und das Besondere daran - er nadelt nicht und spielt das Lied *„Oh Tannenbaum"*.

Alwine ganz überwältigt: *„Schön ist es hier."*

Da der Schneeregen etwas stärker wurde, ging man endlich ins gut besuchte Center, wo Marlies Erna Chantal, Ernest Sven und Herr Schröder schon die ersten Geschäfte mit ihrer Anwesenheit beglückten. Das RNZ erstrahlte im weihnachtlichen Glanz. Tausende Lichter auf diversen Tannenbäumen leuchteten um die Wette. Die Bediensteten der einzelnen Geschäfte wurden mit ihren roten Nikolausmützen in ihrer weihnachtlichen Garderobe nur noch von den Tannennadeln auf den Fischbrötchen und den Lamettastreifen in den Pommes übertroffen.

Marlies Erna Chantal, auf der Suche nach einer Karte von Helene Fischer, schaute sich in dem Papierwarengeschäft die beiden Ständer mit den Duft-Postkarten an und verdrehte sie, physikalisch eigentlich unmöglich, so ineinander, dass keine Kraft sie wieder entzweien konnte. Die Postkarten fielen alle auf den Boden, und die von Helene Fischer lag glücklicherweise obenauf. Ein lieblicher Duft von Vanille und Lavendel durchströmte die Räumlichkeit. Durch die erfolglose Hilfe von Ernest Sven, der dabei unglücklicherweise die Vitrine mit den Glücksschweinchen aus Glas dem Boden näher brachte, war die Lautstärke etwas *„fortissimo"*. Die mit rot blinkenden Lämpchen versehene, venezianische Glasgondel machte es den Schweinchen nach und zersprang in tausende von Glasbruchstückchen. Die Hintergrundmusik *„White Christmas"* wurde bei weitem übertönt. Der Ladeninhaber konnte seine ungesunde Blässe sofort in ein krasses Rot verwandeln. Sein verzerrter Gesichtsausdruck und sein Schreikrampf wurden mittels einer Traubenzuckerinfusion vom zufällig anwesenden DRK wieder normalisiert. Maria daraufhin zum Inhaber: *„Sei doch froh, du hast jetzt frei. In einem Laden, bei dem alles auf der Erde liegt, kann man ja nicht einkaufen, aber es riecht gut."* Alwine musste auch ihren Senf dazugeben und meinte: *„Scherben bringen Glück."*

Nachdem man sich etwas erwärmt hatte, bemerkte Amandus ganz allwissend: *„Hier sind wir nicht dem Regen und dem Schnee ausgesetzt. Ist ja überdacht und trocken."* Alwine konterte, dass die Indianer mit ihren Atombombenversuchen an dem Wetter schuld seien. *„Früher war es im Sommer heiß, und im Winter lag Schnee. Das gibt es heute nicht mehr".*

Karl-Friedrich ganz erstaunt: „*Und was haben die Indianer damit zu tun?*"

„*Also*", meinte Alwine belehrend: „*durch den starken Briefverkehr, d.h. die Rauchzeichen auf den Bergen des Wilden Westens, kam zu viel Rauch in die Atmosphäre. Zusätzlich das Pupsgas von den vielen Bisons. Dann kam noch der Dampf von den Friedenspfeifen dazu, und das alles zusammen ist schuld an diesem komischen Wetter. Und dann noch die Atombomben. Kein Wunder, dass das Klima verrücktspielt. Durch den vielen Rauch entstehen Wolken. Wenn es stark bewölkt ist, regnet es. Wenn es zu lange regnet, gibt es Überschwemmungen. Und was ist das Ende vom Lied? Die Keller stehen unter Wasser.*"

Marlies Erna Chantal verwundert: „*Also, wenn bei uns im Keller Wasser steht, kommt das von den Indianern und den Bisons? Es gibt doch in Viernheim keine.*"

Alwine: „*Wer weiß.*"

„*Aber die Indianer hatten doch keine Atombomben*", gab Karl-Friedrich zu bedenken.

„*Wie kann man nur so dumm sein*", sagte Alwine. „*Natürlich hatten die Atombomben. Fast in jedem Winnetou-Film gibt es riesige Explosionen. Was meinst du, wo die herkommen. Hää?*"

Karl-Friedrich schluckte und meinte: „*Das sind Pyrotechniker, die sind für die Effekte zuständig.*"

Alwine: „*Und wo haben die die Atombomben her?*"

Karl-Friedrich: „*Das waren doch keine Atombomben.*"

Alwine: „*Und wieso ist Lex Barker, der den Old Shatterhand spielte, an Krebs verstorben? Der war doch total verstrahlt.*"

Karl Friedrich: „*Der hatte zuviel geraucht, deshalb hatte der Krebs.*"

Alwine: „*Der Mann von Renate Kudunk in der Nelkenstrasse raucht auch wie ein Schlot, ist 80 Jahre alt und hat kein Krebs.*"

Karl Friedrich: *„Und wieso hatte der ein Raucherbein, und wieso musste man es ihm abnehmen?"*

Alwine: *„Das kam von seinem Beruf als Grillkohletester."*

Karl-Friedrich, inzwischen schon etwas genervt: *„Gut, dass wir mit Gas grillen".*

Alwine: *„Musst du immer das letzte Wort haben, du alter Besserwisser?"*

Karl-Friedrich: *„Lass uns einkaufen gehen."*

Amandus ließ seinen Blähungen freien Lauf und Herr Schröder bezeugte mit einem Haufen vor dem Feinschmeckerladen seine Sympathie. Ernest Sven entfernte die geruchsintensive Notdurft mit einem Kotbeutel, den er in der Handtasche von Maria entsorgte. Aus den Lautsprechern erklang zum xten Male die Melodie *„White Christmas".*

Im weihnachtlich geschmückten Center, dessen Besucherzahl zu diesem Zeitpunkt die zulässige Aufnahmekapazität weit überschritt, erblickte Alwine eine alte Schulfreundin, die sich am Brunnen in der Mitte des Centers auf einer Bank neben dem Riesen-Christstollen mit einem Donut vergnügte.

„Engeltrud - huhu - huhu", brüllte Alwine quer durch das Zentrum. *„Huhu."*

Die ältere, rothaarige Dame schaute verblüfft auf die Rufende und wie Schuppen fiel es ihr aus den Haaren. *„Alwine, Alwine - du altes Fickschnitzel, wie geht es dir?"*

„Hallo Keule. Mir geht es gut und dir? Hast du immer noch diesen Abszess am Hintern?"

„Nein, nach der Urin-Therapie war alles wie weggeblasen."

„Wer hat geblasen?", fragte Oma Maria, die gerade dazu kam.

Alwine stellte vor: *„Das ist meine alte Schulfreundin Engel-trud. Die ist zwar drei Jahre älter als ich, blieb aber zweimal sit-zen, weil sie mit den Buben lieber 'rüttle mich, schüttle mich' spie-len wollte, statt zu lernen. Ach Gott, was hatte die geschüttelt da-mals, und nicht nur das, die hat auch dem Sportlehrer immer auf den Hintern geklopft. Was hatte der gejault."*

Engeltrud: *„Der Lehrer konnte mich nicht leiden, weil ich nicht mit ihm baden wollte. Aber ich war doch gar nicht schmutzig."*

Alwine: *„Bist du eigentlich noch CSU-Mitglied?"*

Engeltrud: *„So lange Franz Josef Strauss noch Vorsitzender ist, bleibe ich auch dabei."*

Alwine: *„Aber der ist doch schon lange tot."*

Engeltrud: *„Ach so, deswegen hört man nichts mehr von ihm."*

Alwine lächelte und fragte süffisant: *„Was macht eigentlich dein gutaussehender Russe?"*

Engeltrud hatte ihren russischen Mann Igor bei einem Strick- und Häkelkurs in der Volkshochschule kennengelernt. Er verdiente seinen Unterhalt bei der Bundeswehr mit dem Erstellen von *„Ge-brauchsanweisungen"* für Gewehre, Panzer, Granaten usw., d.h. er beschrieb die Funktionsweise von allerlei Kriegsgeräten. Da lagen dann Granaten auf dem Wohnzimmertisch, Panzerfäuste im Schlafzimmer und Tellerminen in der Küche. Engeltrud half ihm bei der Übersetzung. Schließlich sollte der Export nicht an einer fehlerhaften Beschreibung scheitern. Sie war aber immer froh, wenn alles wieder aus der Wohnung abgeholt wurde. Ab und zu fuhr ihr Staubsauger über eine kleine vergessene Eierhandgranate unter der Couch, die sie dann in der Toilette entsorgte.

„Igor hatte einen schweren Verkehrsunfall und starb. Er wollte einem Kind ausweichen und fiel aus Versehen vom Sofa direkt in den Speer einer Fruchtbarkeitsstatue aus Kamerun", meinte Engeltrud verschmitzt. *„Jetzt bin ich schon seit 10 Jahren allein-stehende Witwe und feiere demnächst meinen 90. Geburtstag. Bin*

halt doch ein echtes Viernheimer Mädel. Fit, gutaussehend und in keinster Weise senil. Nur etwas klapprig. Beim 89. war irgendeine Vertretung des Bürgermeisters da, um mir zu gratulieren. War peinlich, denn der hatte den Hosenladen offen, und man sah seine braune Wollunterhose. Aber sieben Lachsschnittchen hat er gegessen und gewartet, bis der Fotograf vom Tageblatt da war, um wieder einmal seine Fratze in der Zeitung zu sehen. Bei meinem 90. darf nur der richtige Bürgermeister kommen, dafür werde ich schon sorgen". Sie redete sich richtig in Rage. *„Hast du eigentlich noch Kontakt zu den anderen Schülern?"*

Alwine: *„Selten. Fritz Kuwelke, der in der Klasse hinter mir saß und der scharf auf mich war, starb ja relativ früh. Der Ehemann eines seiner Liebschaften, ein gewisser Reiner Hasselhans, war der Meinung, dass er schon viel zu lange von seiner Frau Friedel betrogen wurde. Fritz war ein Liebhaber von vielen Frauen. Reiner konnte nachweisen, dass sich die Lebensdauer von Liebhabern seiner Frau stark verringerte. Auch Renate Klon, unsere Klassensprecherin, habe ich vor drei Jahren bei einer Blutspende das letzte Mal gesehen. Mein Gott ist die fett geworden. Ich schätze so etwa 180 kg. Die vom DRK mussten eine größere Nadel benutzen, da die Einheitsnadel nicht in den Arm ging. Sie kannte mich aber nicht mehr, oder wollte mich nicht kennen. Von ihrer Freundin hörte ich, dass ihr im Krankenhaus der Magen verkleinert wurde. Einige Monate später hatte sie 30 Kilo zugenommen."*

Engeltrud: *„Ich hatte vor einem halben Jahr kurz Luis Mokkel gesehen. Du weißt ja, das war der kleine Dicke in der letzten Reihe, der schon in der Schule immer gerne nackt herum lief, obwohl es nichts zu sehen gab. Er war im Heidelberger Zoo als Exhibitionist tätig und wurde deshalb verhaftet. Eine Schadensersatzklage aufgrund des Todes der Lachhyäne Ena, die sich im wahrsten Sinne des Wortes 'totgelacht' hatte, trieb Luis in den finanziellen Ruin. Er bat mich um 100 Euro, da er sich einen Mantel kaufen wollte. Und das im Sommer. Wenn du ihn jetzt mal sehen willst, er arbeitet inzwischen im Heidelberger Zoo als Tierunterhalter."*

Alwine: „*Nöö, ich habe noch von Schulzeiten genug von ihm.*"

Sie tauschte mit ihrer Schulfreundin noch einige Erinnerungen aus, darunter auch Details ihrer beiden Hochzeitsnächte, die aber aufgrund der „*Nichtigkeit*" und der Zeitabschnitte große Erinnerungslücken aufwiesen.

Engeltrud: „*Hast du eigentlich gewusst, dass eine nicht stattgefundene Sonnenfinsternis keinerlei Einfluss auf eine Hochzeitsnacht hat?*"

Alwine: „*Und tschüss.*"

Amandus wandte sich mit einem Grinsen im Gesicht an Maria: „*Hatte ich eigentlich eine Hochzeitsnacht?*" Alwine musste gleich wieder ihren Senf dazu geben: „*Ich glaube nicht, hätte ich gehört, war ja die ganze Nacht am Schlüsselloch.*"

Da sich mittlerweile die ganze Familie Linsenblum am Brunnen einfand, meinte Maria: „*Wir sollten eine Kleinigkeit zu uns nehmen.*" Sie dachte dabei an ein Fischbrötchen, Karl-Friedrich an ein großes Schnitzel mit Rindfleischsalat. Amandus wollte unbedingt gebratenes Sushi, während Erna mit einem gefüllten Hähnchen zufrieden wäre. Die Kinder hatten sich auf Pommes rot-weiß eingeschworen, und Herr Schröder wollte eigentlich nur in Ruhe seinen nächsten Haufen machen. Weihnachtsgeschenke hatte noch keiner.

Karl-Friedrich erinnerte sich mit Wehmut an den Heiligen Abend vor 30 Jahren, als er, noch Junggeselle, seine damalige Bekanntschaft Roswita Dinkelmus zum Abendessen in seine erste Zweizimmerwohnung einlud. Bei Kerzenlicht und der Musik von Mike Krüger „*Bodo mit dem Bagger*" zog eine romantische Stimmung in die kleine Wohnung ein, von der Roswita allerdings nichts bemerkte. Mit „*Miracoli*" und einer selbstgemachten Rotwein-Senf-Soße wollte er auch kulinarisch punkten. Geistreiche Gespräche über schwarze Löcher oder die Herstellung einer geruchsfreien Knoblauchmilch trugen jedoch nicht zu einem sexuellen Entgegenkommen von Roswita bei. Schließlich hatte er etwas ungeduldig wissen wollen, ob sich die erotische Stimmung denn nicht bei ihr breit mache. Roswita jedoch spürte nichts.

Nur bei dem Weihnachtsgeschenk von Karl-Friedrich erschien so etwas wie Glanz in ihren Augen. Ein Rabattmarkenheftchen, voll bestückt und in einem Dessous-Geschäft einzulösen. Dass dieses Geschäft wegen Insolvenz seit einem halben Jahr geschlossen war, sollte an diesem Abend keine Rolle spielen.

Roswita schenkte ihm einen tanzenden Weihnachtsbaum, der zudem noch das Lied „*Ich will 'nen Cowboy als Mann*" vor sich hin trällerte. „*Es war ein Sonderangebot, weil die Musikrollen bei der Montage verwechselt wurden*", sagte sie.

Man labte sich an Cola-Rotwein, zumindest so lange, bis sich der 3-Liter-Kanister Wein dem Ende neigte. Was Karl-Friedrich allerdings sehr nervte, war die Höflichkeit, mit der sie ihn aufforderte, ihr Glas zu füllen: „*Kriesch isch noch ä Schlückel, bitte, bitte, bitte. Mach voll, bitte, bitte.*"

Roswita kam aus gutem Hause. Ihr Vater war Physiker und arbeitete bei „*Konsum*", wo er einen Motor entwickelt hatte, der die Geschwindigkeit des Förderbandes mit dem Gewicht der Kunden regulierte. Das heißt, je schwerer ein Kunde und je schlechter die Beweglichkeit, desto schneller läuft das Band. Aufgrund der Geschwindigkeit purzelt die Ware herunter und wird zurück ins Lager transportiert. Der Kunde verliert aufgrund seiner hektischen Bewegungen an Gewicht. Somit leistet „*Konsum*" seinen Beitrag zur Gesundheit.

Ihre Mutter war als Zahnradfräserin bei der Bayerischen Zugspitzbahn in Garmisch angestellt und konnte zum großen Teil die meisten Zahnräder in Heimarbeit bearbeiten.

Beide waren gegen eine Verbindung ihrer Tochter mit Karl-Friedrich, so dass es nur bei diesem einen Treffen blieb. Sie waren der Meinung, dass er es nur auf ihre sexuelle Unversehrtheit abgesehen hatte, die sie aber schon vor einigen Jahren verlor.

Karl-Friedrich bemerkte mit einer nicht verständlichen Ausdrucksweise: „*Hauschuh schon ab? Salve noch trinken?*", was so viel hieß, wie: „*Gehst Du schon, oder wollen wir noch ein Glas trinken.*" Leider hatte Roswita für die Lall-Sprache kein Verständnis. Sie übergab sich, entschwand und war nie mehr gesehen.

Die Melodie „*Oh fröhliche mich, du Stille*", gespielt von einem Viernheimer Leierkasten-Orchester, beendete Karl-Friedrichs Träumerei abrupt.

Im Restaurant bei Karstadt bemerkte Alwine zu der Kassiererin, dass ihr das Dirndl sehr gut stehen würde, es aber nicht die richtige Bekleidung für die Weihnachtszeit sei, zumal ihr Minibusen darin verloren ging. Natürlich war die Kassiererin sauer und meinte süffisant: „*Wenn die Bauern in die Stadt kommen, bleibt der Anstand zu Hause.*"

Maria konterte: „*Sie können unseren Anstand nicht beleidigen, wir haben nämlich keinen.*"

Amandus unterstützte sie verbal: „*Jawohl, gib es ihr.*"

Alwine: „*Schön ist es hier.*"

Herr Schröder: „*Wauwau.*"

Alwine hatte inzwischen ihre sieben Würstchen bezahlt und verteilte sie, um dem ersten Hunger Einhalt zu gebieten. Man setzte sich an die Fensterfront des Restaurants, um so einen Überblick über das hektische Treiben rund um den Brunnen zu bekommen.

Alwine sah einige Bekannte aus der Lindenstrasse und wunderte sich darüber: „*Wieso gehen die Schnallers hier einkaufen? Die haben doch kein Geld, und einen Kredit bekommen die schon lange nicht.*"

Schon ließ Amandus verlauten: „*Die klauen bestimmt.*"

Alwine schaute sich weiter um: *„Da drüben ist ja Imelda. Das ist doch die älteste Tochter von den Dedovitcs. Erst ein halbes Jahr in Viernheim, und schon geht die ins Rhein-Neckar-Zentrum. Guck mal, wie die herausgeputzt ist. Sag nur, die geht zu Douglas. Bei der hilft doch kein Make-up mehr. "*

Amandus: *„Vielleicht putzt die ja dort. "*

Marlies Erna Chantal: *„ Da drüben steht die dicke dumme Doris von unserer Klasse. Die ist schon zweimal sitzen geblieben. Sitzenbleiber, Sitzenbleiber"*, schrie sie in Richtung Doris.

Alwine: *„Das sagt man nicht"*, und schrie: *„fette Kuh, fette Kuh."* Beide duckten sich fast gleichzeitig unter den Tisch, wobei Ernest Sven deutlich sichtbar mit dem Zeigefinger nach unten deutete.

Während dessen kaufte sich Karl-Friedrich eine Bildzeitung, um über das politische Geschehen informiert zu werden. Die nackten Damen auf der Rückseite hatten zwar nichts mit Politik zu tun, fanden aber seine besondere Beachtung.

Marlies Erna Chantal überraschte ihre Mutter Erna mit der Frage: *„Mama, was ist ein Vibrator? "*

Erna mit ganz erschrockener Miene: *„ Wo hast du dieses Wort her? "*

„Steht da bei Papa in der Zeitung. " Alle lasen sie interessiert den Artikel:

Stromschlag durch Vibrator

Bulgarische Sprechstundenhilfe starb durch ein Vibrator-Plagiat. Das warnende Knurren ihres deutschen Schäferhundes wurde ignoriert

Die bulgarische Sprechstundenhilfe Rumena Yordanow, die schon zwei Monate ihren Dienst bei dem Frauenarzt Dr. Uwe Sesselhut zu seiner vollsten Zufriedenheit nachging, wurde in den frühen

Morgenstunden Opfer eines fatalen Versehens. Der Wunsch, einen deutschen Vibrator auf seine Leistungsfähigkeit zu testen, scheiterte nur an den falschen Batterien. Ein Stromschlag setzte der herzkranken, mit Busenimplantaten versehenen, ledigen Sprechstundenhilfe ein jähes Ende. Das Knurren ihres deutschen Schäferhundes wurde fälschlicherweise als Zeichen von Hunger gedeutet. Ob der Hund eingeschläfert wurde, war bis Redaktionsschluss noch nicht bekannt.

Hinweis der Redaktion:
Kaufen sie Batterien nur mit „VDE"Zeichen.

„Vibrator, nööö, ist wohl ein Druckfehler, sollte wohl Vibraphon heißen. Da kann man Musik mit machen", bemerkte Maria.

Amandus meinte: „Da lernt man Jodeln."

Maria: „Dummschwätzer."

Ernest Sven: „Hahahah, Vibraphon, geil."

Herr Schröder: „Wauwau."

Alwine fragte in die Runde: „Tragen eigentlich türkische Frauen auch im Bett ein Kopftuch?" Allerdings bekam sie nur von Herrn Schröder eine Antwort.

Maria reihte sich in die Fragestunde mit ein: „Gibt es abends Beerdigungen?" Auch sie bekam nur von Herrn Schröder die Antwort: „Wauwau."

Karl-Friedrich: „Mir wird das zu blöd. Wir werden uns jetzt trennen, ist besser für den Einkauf."

Alwine gab zu Bedenken: „Wir müssen spätestens gegen 19.00 Uhr zu Hause sein, müssen ja noch die Straße kehren. Nicht dass wir uns von den Nachbarn fehlende Sauberkeit nachsagen lassen müssen. Frau Weißrübe erzählt sowieso immer, dass wir die Straße nicht kehren, obwohl sie am anderen Ende der Lindenstraße wohnt und unsere Ecke gar nicht sehen kann."

Amandus wollte seinen Senf auch dazugeben: *„ Die ist nur unzufrieden, weil ihr Mann mit der Dödelkern fremd geht, und ihr 16jähriger Sohn immer noch Bettnässer ist. Aber wir haben ja unsere Russen, die sorgen für genug Sauberkeit. "*

Karl-Friedrich beendete die Diskussion mit den Worten: *„ Wir treffen uns gegen 18.30 Uhr hier am großen Weihnachtsbaum ".*

Ernest Sven: *„ Ich gehe in den Media Markt. "*

Marlies Erna Chantal: *„ Ich nicht. "*

Alwine: *„ Vielleicht treffe ich noch einige Bekannte. "*

Amandus: *„ Geile Weihnachtsengel hier. "*

Herr Schröder: *„ Wauwau. "*

Amandus überlegte, ob er seiner Frau wieder das Parfüm *„ Todsünde plus "* zu Weihnachten schenken sollte, während Maria an eine Unterwäschegarnitur XXL für ihren Amandus dachte. Marlies Erna Chantal, obwohl eigentlich schon zu alt, wünschte sich eine High-Tech-Puppe, die Pipi machen kann und Migräne bekommt, wenn Männer in der Nähe sind. Karl-Friedrich war der Meinung, dass er seinem Schatzerl eine neue Fritteuse schenken könnte. In der alten konnte man das Fett nicht mehr richtig entfernen. Dazu noch eine Schachtel Mon Cherie - das würde dem Ganzen die Krönung aufsetzen, und Weihnachten wäre somit gerettet.

Erna konnte sich eine Akku-Bohrmaschine als Weihnachtsgeschenk für Karl-Friedrich vorstellen - dieses Jahr die Bohrmaschine und nächstes Jahr den Akku. Für Ernest Sven käme eventuell ein sogenanntes iPad in Frage, das er sich schon des Öfteren gewünscht hatte. Es könnte aber auch das Buch *„ War Godzilla ein weibliches oder männliches Ungeheuer? "* für eine frohe Weihnacht sorgen. Amandus bekäme den Bildband *„ Gräber selbst gestalten. "*

Somit waren alle Unklarheiten für Erna geregelt und sie konnte endlich etwas Gutes für sich selbst tun. Sie ging in die Parfümerie

Douglas, um sich in die Hände Make-up-kundiger Mitarbeiterinnen zu begeben. Sie hatte viel Zeit eingeplant, denn Schminken ist eine Tätigkeit, deren Zeitbedarf proportional zum Alter ansteigt. Sie bekam in der Parfümerie Besuch von Herr Schröder, dem allerdings der Duft diverser Gerüche so auf den Magen schlug, dass er sich tierisch übergeben musste. Erna war das peinlich, und sie bereinigte die Hinterlassenschaft, während der Hund für eine erneute sorgte, in dem er sein Bein hob.

Amandus saß bei Tchibo und trank einen Seniorenmokka - das ist ein Kaffee, schwarz, mit viel Grappa. Er hatte immer einen halben Liter in einem Flachmann dabei, so dass er für jede Gelegenheit gerüstet war. Ab und zu sah er Alwine vorbeilaufen, die nicht müde wurde, immer wieder zu betonen, wie schön es hier ist.

Plötzlich unterbrach ein Schrei die Hektik der Vorweihnachtszeit. Und noch einer. Ziemlich laut, also ganz laut. Einige Gläser in dem benachbarten Brillengeschäft verließen ihre schützenden Gestelle, die Fischstäbchen in dem naheliegenden Nordsee-Restaurant suchten Schutz beim Goldbarsch, und die Sahne auf der Waldobsttorte nahm eine ungesunde Farbe an.

Es war Alwine: *„Ansgar, bist du das? Bist du nicht Ansgar? Der Ansgar, der uns in der Handarbeitsstunde immer seinen Schniedel zeigen wollte, aber jedes Mal den kleinen Racker in den Reißverschluss der Hose einklemmte? Ich hoffe für dich, dass du dieses Problem gelöst hast."*

Einige hundert Besucher des Zentrums blickten schon mal in die gleiche Richtung. Wäre ein Bild für das Viernheimer Tageblatt mit dem Titel *„Augenblicke"* gewesen.

„Wenn man einen Fotografen braucht ist natürlich keiner da", ließ Amandus von sich hören. Er selbst war ja auch schon mal in der Zeitung. Beim letzten Unwetter wurde er von Hörbi fotografiert, wie er mit einem Rechen den Keller vom Wasser befreite. Leider war das Bild nicht ganz so scharf, da Hörbi zuvor auf einer

Weinprobe war und Schwierigkeiten hatte, die Kamera seinen Schwankungen anzupassen.

Der ältere weißhaarige Mann mit den hautengen Lederhosen, etwa 150 kg schwer, hinter Amandus sitzend und seinen Milchkaffee trinkend, schaute in Richtung Schrei und erblickte seine alte Schulfreundin Alwine, die bei C&A gerade einen Petticoat anprobiert hatte und sich in seine Richtung aufmachte.

„Alwine, du bist doch Alwine, die Apfelmus-Tussi von der Goetheschule?"

„Genau".

„Wir haben uns doch mindestens 60 Jahre nicht gesehen."

„Und gleich wiedererkannt", meine Alwine. *„Ich hab mich ja auch kaum verändert. Du hast ja immer noch die Narbe an der Oberlippe. Da war mein Strapsgummi schuld. Weißt du noch? Du wolltest mich damals vernaschen, aber ich wollte nicht. Und dann bist du mit dieser fetten katholischen Petra los und hast dich ihr im Wald nackt gezeigt. Ich habe gehört, die war deswegen über zehn Jahre in der Anstalt."*

„Ja, sie bekam einen Schock und sprach seither kein Wort mehr", erinnerte sich Ansgar *„Und was hast du so gemacht?"*

„Ich habe gleich nach der Hauswirtschaftsschule geheiratet bzw. ich musste. Die bei einem Preisausschreiben gewonnene Melkmaschine bekamen nämlich nur Eheleute", sagte Alwine. *„Also habe ich mich kurzfristig für Winald entschieden. Du weißt ja, das war der Sohn von Hebamme Guntraud und Melker Reginald Linsenblum. Er saß in der letzten Bank am Fenster und kratzte sich immer am Schniedel. Ich dachte, der wäre ständig erregt, dabei hatte er nur Flöhe."*

„Mhm", war von Ansgar zu hören.

„Und du?" fragte Alwine.

„Ich war katholischer Landpfarrer in Rammelsbach. Hatte mich von meiner Freundin getrennt und keinen Kontakt mehr zu ihr. Nur zu meinen Kindern. Bin seit 25 Jahren Rentner und lebe seit kurzem in Viernheim. Hast du eigentlich noch etwas von Ernesta gehört?"

Alwine: „Nein, seit sie im Knast war, nichts mehr."

Ansgar: „Zwei Jahre ohne Bewährung für eine Vergewaltigung finde ich etwas viel. Dabei stand ja Aussage gegen Aussage."

Alwine: „Ich glaube nicht, dass sie diesen Leopold missbraucht hatte. Der wollte es ja so. An seinem Grinsen, das übrigens nie mehr aus seinem Gesicht verschwand, hätte jeder Richter sehen müssen, dass Ernesta ihn nicht missbraucht hatte. Sie hätte ihn allerdings nicht bei -25°C nackt in die Kälte schicken dürfen. Man musste ihm das erfrorene 'Ding' amputieren. Deshalb bin ich der Meinung, dass Leopold gelogen hatte. Von wegen abgebissen, das hätte Ernesta nie gemacht, zumal sie ja auch keine Zähne mehr hatte. Aber Gott sei Dank bekommt er eine Beischlafsunfähigkeitsrente. Ernesta scheint es aber auch gut zu gehen. Ihr Buch 'Der vegane Beischlaf' soll ja ein Bestseller sein."

Ansgar: „Ja, das ist gut."

Alwine „Schön ist es hier."

„Man sieht sich", meinte Ansgar, dem die Lautstärke des Gespräches unangenehm war, da sich inzwischen so um die 200 RNZ-Besucher zum Zuhören ihres Dialoges entschlossen hatten.

Alwine hielt Ausschau nach ihrer Familie. Herrn Schröder erblickte sie bei Amandus im Kaffee, und Marlies Erna Chantal fuhr auf einem Einrad sitzend die Verkaufspassage entlang. Dieses Einrad hatte sie von Knecht Ruprecht, der zusammen mit seinem Kollegen St. Nikolaus Werbung für ein Viernheimer Fahrradgeschäft machte. Ihre Mutter Erna war mittlerweile, nach zwei Stunden in der Wiederherstellungsbranche - man gönnt sich ja sonst nichts - wieder auf freiem Fuß und bummelte durch die Passage Richtung

Tchibo, um sich nach der Verwandlung zu einem faltenfreien Klon ihrer selbst einen Kaffee zu genehmigen.

Karl-Friedrich, der Erna schon von weitem sah, fielen die Augen aus den Höhlen, und mit etwas Stolz in der Stimme begrüßte er sie mit: *„Hallo Gina Lollo. Mit so einem Verputz wäre die Außenfassade unseres Hauses der wahre Hingucker."* Und um seinem Kompliment die Krone aufzusetzen, bemerkte er noch: *„Du siehst jetzt älter und reifer aus."*

Erna war sauer: *„Du alte Kongolippe."*

Alwine kam aufgeregt herbei gelaufen und sagte: *„Ich weiß jetzt, was ich mir zu Weihnachten wünsche."* Ringsum fragende Blicke. *„Ein Tattoo, das ist jetzt modern."* Ihrer Familie fielen fast die Augen aus dem Kopf. *„Bei Toys"R"Us sitzt ein bulgarischer Tätowierer mit tollen Sonderangeboten. Es gibt gerade eins für Senioren. Heino mit Rammstein auf dem gelben Wagen, das man auf die Hinterbacken, oder Roberto Blanco, den man zwischen den Busen für sage und schreibe 20 Euro tätowieren lassen kann."*

Amandus: *„An meinen Busen käme kein Dunkelhäutiger und schon gar kein Roberto. Dann lieber was Unsichtbares."*

Alwine: *„Ein Pups oder sogar zwei?"*

Maria: *„Vom Geruch her würde es zu dir passen."*

Amandus: *„Du Dummdrüsel."*

Maria liebäugelte auch mit einem Tattoo. Sie könnte sich durchaus Hansi Hinterseer auf ihrem Bauchnabel vorstellen, wobei der aber seine volle Wirkung erst auf dem Hinterteil zeigen würde. Amandus war der Meinung, es erst mal mit einem Intimpiercing zu probieren. Er habe noch eine ältere Nietenzange und einige Nieten, was bei den Kosten durchaus relevant wäre.

Mittlerweile liefen viele Weihnachtsgeschenkekaufwillige zum Brunnen in der Mitte, um den feierlichen Anschnitt des 100 Meter langen Christstollens mit zu erleben. Natürlich war auch die Prominenz schon da, die eigentlich immer da war, wenn es darum ging, in die Zeitung zu kommen. Nicht zu vergessen die lukullischen Köstlichkeiten, nur darauf wartend, vernascht zu werden. Das Center-Management hatte keine Mühen und Kosten gescheut und begrüßte die Christstollen-Liebhaber, nicht ohne nebenher auf die lebendige Krippe aufmerksam zu machen, die aufgrund ihrer Größe schon für Aufsehen sorgte.

Der Bürgermeister, der Center-Manager sowie mehrere Kirchenoberhäupter, diverse Ratsmitglieder und das 37köpfige Männerballett eines Viernheimer Karnevalvereins schnitten nach der Segnung durch die kirchlichen Würdeträger endlich den Stollen an. Sie mussten allerdings etwa 20 Minuten in der gleichen Position ausharren, da der Zeitungsfotograf Probleme hatte, den Auslöser seiner neuen Digitalkamera zu finden, der irgendwo in dem Gedränge verloren ging.

Der Center-Manager, der dann endlich den Stollen verteilen konnte, freute sich über den enormen Zulauf der Viernheimer. Allerdings hatte er nicht bemerkt, dass es immer wieder dieselben Gesichter wie am Anfang waren. Familie Linsenblum stellte sich nach dem 5. Stück ganz selbstverständlich wieder in die Reihe, in der Hoffnung, nochmals von dem gut schmeckenden Stollen versuchen zu dürfen. Nur Oma Alwine fehlte noch.

In der Krippe wurden Lichter angezündet, so dass eine romantische Stimmung nicht zu vermeiden war. Der Haushandwerker hämmerte noch kurz drei Nägel in Wiege, da das Jesuskind - gespielt von der dreijährigen, 21,7 kg schweren Pamela Ester aus der Nordweststadt - aufgrund seines Übergewichtes nicht für diese Holzkonstruktion geeignet war. Das DRK-Rettungsteam hatte schon mal die Liege bereitgestellt. Doch die Wiege hielt.

Maria wurde von der 50jährigen Afrikanerin Ashanti dargestellt, während der jetzt schon betrunkene Josef von dem Rechtsanwalt Wojciech aus dem Überwald gespielt wurde. Der wusste nicht so recht, wo er war. Wunderte er sich doch über das Kindlein in der Grippe, das gerade einen riesigen Schokoriegel vernaschte.

Einige Mitarbeiter des Sicherheitsdienstes „Schlossdödel", die extra wegen dem lebendigen Krippenspiel ihren Arbeitstag unterbrachen, waren der Meinung, dass zwischen Weihnachten in ihrer Kindheit und Weihnachten in der Gegenwart große Unterschiede herrschten. Gut, man hatte keine glückliche Hand mit den Darstellern, aber so konnte man einigen Langzeitarbeitslosen auch eine Bühne geben.

Leider musste man aus Tierschutzgründen bzw. der Tierbiogasproblematik auf Kühe im Krippenstall verzichten. Man beschränkte sich auf Strauße, die noch nicht in der Grippenspielvorschriftsordnung für Einkaufszentren aufgeführt waren. Die Maxivögel kamen von einer Viernheimer Geflügelfarm und wurden mit Hilfe des THW's in die Krippe gebracht. Bei den beiden Eseln machte sich ein „Ia Ia" als kultureller Dialog breit, an dem sich aber keiner beteiligte. Der Stern am Firmament wurde von einem ehemaligen Politiker gespielt, der endlich auch mal hoch hinaus konnte, was ihm im Rathaus bisher verwehrt blieb. Pensionierte Mitglieder der Viernheimer SPD stellten die Heiligen drei Könige dar, deren Mitbringsel sich auf Gummibärchen und Amarena-Kirschen beschränkte, da Weihrauch und Myrrhe noch nicht zum Warenangebot von Aldi gehörten.

Ein kleiner Zwischenfall störte die heilige Feier. Von der AWP, der Anti-Weihnachtspartei, wurden während des Krippenspiels, unter den erstaunten Augen des Viernheimer Schutzdienstes, zwei riesige Plakate ausgerollt. Darauf stand geschrieben:

„Sperrt den Weg zum Jesuskind in der Krippe"

und

„Zum Toten Meer rechts in die Sackgasse einordnen".

Die Partei wollte so auf die Kommerzialisierung des Weihnachtsfestes aufmerksam machen. Kleinere Wasserwerfer beendeten kurze Zeit später diese Demo, bei der vier betrunkene Pastoralreferenten des Hauses verwiesen wurden.

Einige Bauern und Indianer saßen um das Feuer vor der Krippe, umrahmt von einigen Mitgliedern der örtlichen Feuerwehr mit großen Feuerlöschern, die zum Schutz in diese weihnachtliche Stimmung integriert wurden. Auch einige Spanferkel wärmten sich an den Flammen. Ein Bild zum Träumen, das von einigen Fotografen mittels digitaler Technik festgehalten wurde. Auch einige Hobbymaler hatten ihre Staffelei aufgebaut und fingen an, die heilige Szene unter Zuhilfenahme von Pinsel und Farbe auf die Leinwand zu bannen. Allerdings fanden die Kunstwerke beim nächsten Hobby-Künstlermarkt keine Käufer.

Karl-Friedrich meinte: *„Was für ein Aufwand"*, während Amandus mit *„Geil"* seine Meinung kundtat. Maria und Erna fanden es schade, dass Alwine nicht dabei war.

Marlies Erna Chantal hatte plötzlich große Bauchschmerzen, die von Eis, Lakritz und Apfelmus herrührten, und Ernest Sven ließ wissen, dass Godzilla eigentlich bald käme, um den Tannenbaum zu fressen. Godzilla ließ jedoch den Sängern des Gesangvereins *„Lustiger Kreisel 1899"* den Vortritt, die mit einer sakralen Version von *„Highway to Hell"* in C-Dur vielen *„Weihnachtswilligen"* den Nachmittag verschönerten.

Maria wollte unbedingt *„La Paloma"* hören, während Amandus mit *„Rote Dosen, roter Wein"* zufrieden gestellt werden könnte. Den Rap *„Schlaflos in Guantanamo"* hätte gerne Ernest Sven, bevor Godzilla käme, gehört. Leider konnte der Gesangverein, aufgrund einer zu hohen Glühwein-Dosis bei manchem Sänger, nicht auf die einzelnen Wünsche der Zuhörer eingehen. Auch der Dirigent war von dem eigentlichen Weihnachtsgedanken durch übermäßigen Alkoholgenuss sehr weit entfernt.

Da fiel der Bettler neben dem Weihnachtsbaum mit seinem Pappschild *„Bitte um eine Spende, saß unschuldig beim Finanzamt"* nicht besonders auf. Genauso wie die Werbung für XXL-

Kondome, die, hinter dem Bettler hängend, eigentlich von einem Tannenzweig mit roten Glocken verdeckt sein sollte. Amandus war der Meinung, den Bettler schon im Rathaus gesehen zu haben. *„Vielleicht hatte er ja da gearbeitet."*

Godzilla ließ immer noch auf sich warten.

Nachdem die Honoratioren dem Schaumwein den Garaus gemacht hatten, wurde das Krippenspiel beendet, so dass der Nikolaus und sein Kumpel Knecht Ruprecht endlich kleinere Weihnachtspäckchen aus ihren Säcken an die Kinder verteilen konnten. Der Ansturm war immens. Riesige Penny-Tüten reckten sich dem heiligen Mann entgegen, um ja keine Süßigkeiten zu verpassen, auch nicht die Schokoladenhasen, deren Haltbarkeitsdatum bereits seit einigen Jahren überschritten war. Jeder wollte so viel wie möglich einsäckeln. Es wurde geschubst und getreten. Es brach das reinste Chaos aus. Ja sogar der rote Mantel wurde dem Nikolaus vom Leib gerissen und mit einem Schweizer Taschenmesser in zwei Hälften zerschnitten.

Aus gut unterrichteten Kreisen wurde später bekannt, dass die beiden Rathaus-Mitarbeiter, die sich unter der Maske von Nikolaus und Knecht Ruprecht befanden, eine Krankmeldung für vier Monate mit anschließender Rehabilitation eingereicht hatten.

Da war es für die beiden blond gelockten, jungfräulichen Engel mit den goldenen Flügeln auf dem Rücken, ihren knappen Höschen und den durchsichtigen Blusen doch etwas leichter. Dargestellt wurden sie von zwei Mitgliedern der erotischen Tanzgruppe *„Winnie Puuh"*. Sie verteilten kleine Zettel mit einem Preisausschreiben an die Besucher. Hier sollte auf einer Zeichnung des Centers angekreuzt werden, wo sich das Christkind versteckt hält. Der erste Preis war ein kostenloses Wochenende auf Mallorca, das man durch einen Aufpreis von 800 Euro auf vier Tage ausdehnen konnte.

Amandus vermied es mitzuspielen. Ihm wäre ein Kurzurlaub in Bremen lieber, da es dort den besten Lachsersatz gäbe. Ernest Sven fand „*Malle*" geil und konnte sich einen kleinen Urlaub ohne Eltern durchaus vorstellen, während Marlies Erna Chantal lieber das Geld hätte, um so ihrer Lippenstift-Sammelleidenschaft weitere farbliche Höhepunkte zu verschaffen. Karl-Friedrich und Erna wären mit dem zweiten Preis auch zufrieden, einem romantischen Abend bei Mc Donald's.

Maria hatte zwischenzeitlich das Christkind entdeckt. Es befand sich etwa in der Mitte des riesigen Tannenbaumes in einem kleinen, fast unsichtbaren Baumhaus, wo es gerade die Bettwäsche aus dem Fenster ausschüttelte und so für einen romantischen Schneefall sorgte. Auch Rumpelstilzchen, gespielt von der arbeitslosen kleinwüchsigen Friseurin Oralie, freute sich über den winterlichen Aspekt.

Einige Kinder waren überrascht: Wenn das Christkind auf dem Baum die Bettwäsche ausschüttelt und somit für den Schnee sorgt, dann müsste ja Frau Holle in der Krippe liegen. Einige begleitende Lehrer überlegten, ob sie im nächsten Jahr das Weihnachtsspiel den neuen Gegebenheiten anpassen sollten.

Hektisches Treiben, die Hände voller Tüten, die Euro-Scheine in den Pupillen der Verkäufer, das alles waren Anzeichen eines erfolgreichen verkaufslangen Samstages im RNZ. Und das, obwohl Familie Linsenblum, außer Granufink für Oma Maria, noch kein einziges Weihnachtsgeschenk eingekauft hatte.

Auf dem Weihnachtsmarkt vor dem Zentrum war reges Bratwurst- und Glühweintreiben angesagt. „*Die Tannenbäume leuchteten im fahlen Licht der untergehenden Röte*", verewigte Amandus später diese Situation in seinem Tagebuch. Als Hobbydichter und Primitiv-Poet hatte er schon mehrmals versucht, seine gesammelten Werke einer breiten Öffentlichkeit zugänglich zu machen. Bisher leider ohne Erfolg.

Sein bekanntestes Gedicht hatte er seiner Mutter Alwine gewidmet:

Hundekot unterm Fuß,
in der Schüssel Apfelmus.
Das Glas gefüllt mit Apfelschnaps,
besoffen war er oft, mein Paps.

Leider hatte noch keiner diese Dramaturgie in dieser experimentalen dunklen Lyrik gewürdigt, was Amandus aber nicht hinderte, seinen Weg als Poet weiter zu gehen.

Karl-Friedrich und Ernest Sven drückten sich eine Bratwurst in den Kopf. Marlies Erna Chantal und Erna labten sich an einem Glühwein, und Herr Schröder bekam einige Marzipankartoffeln. Amandus hatte noch keinen Hunger, und Maria begnügte sich mit einem Wasabi-Croissant. Gerade wollte man den Familienrat zusammen rufen, um die weitere Vorgehensweise zu besprechen, da stellte man die erneute Abwesenheit von Alwine fest.

„Hat jemand unsere Alwine gesehen?", fragte Karl-Friedrich, *„wir wollen langsam zurück."*

„Nein", war die einschlägige Antwort.

„Suchen wir sie", meinte Maria.

„Amandus und Marlies Erna Chantal suchen in den Geschäften nach ihr, Ernest Sven und Maria in den Cafés und in den Fresstempeln. Wir treffen uns dann am Weihnachtsbaum in der Mitte", ordnete Karl-Friedrich an.

Alwine aber blieb verschwunden.

Karl-Friedrich schickte Marlies Erna Chantal zum Infostand, um Alwine ausrufen zu lassen. Die Dame am Schalter, Frau Steingummi, fragte trotz der Hektik im Rhein-Neckar-Zentrum sehr höflich: *„Hallo Kleines, was kann ich für dich tun?"*

„Wir suchen Uroma Alwine."

Und es entstand folgender Dialog:

„Wie sieht sie denn aus, deine Uroma?"

„Genau wie Uropa."

Die Dame am Infostand nun doch leicht genervt: *„Hää."*

„Die hat die gleichen Klamotten an wie Uropa."

„Ich kenne doch deinen Uropa nicht."

„Kannst du auch nicht, der ist ja schon lange tot."

„Nun gut, an was kann man sie sonst noch erkennen."

„Die hatten im Krieg nix zu essen."

Frau Steingummi genervt ins Mikrophon sprechend: *„Alwine, Alwine, bitte am Infostand melden"*, und zu Marlies Erna Chantal gewandt: *„Du kannst hier warten, deine Oma müsste gleich kommen."* Marlies Erna Chantal wollte noch wissen, wie man eigentlich Auskunftsfrau im RNZ wird, und ob da eine 5 in Mathe ausreicht. Sie bekam jedoch keine Antwort.

Plötzlich ertönte es aus dem Lautsprecher: *„Schön ist es hier."* Voller Freude, ihre Uroma endlich gefunden zu haben, drehte sich Marlies Erna Chantal um. Allerdings war von Alwine weit und breit nichts zu sehen.

Karl-Friedrich sorgte sich nun doch: *„Man sollte auch in den Umkleidekabinen nachschauen, vielleicht wurde sie ja bei der Anprobe von einer Jeans ohnmächtig und liegt irgendwo am Boden."*

„Alwine trägt keine Jeans", kommentierte Maria.

„Ich meinte ja nur. So, jetzt gehe ich einen Glühwein trinken. Wir treffen uns gegen 20.00 Uhr am Weihnachtsbaum. Aber bitte nicht ohne Alwine."

„Alles klar", kam es von Amandus.

„Sauf nicht so viel", bemerkte Erna.

„Wir gehen Uroma suchen", meinten Marlies Erna Chantal und Ernest Sven. Maria überlegte: „Ich glaube, sie ist im Kino. Sie wollte sich doch einmal den Film 'Blaue Schlümpfe in schwarzer Seide' anschauen. Am besten wir lassen sie nochmal ausrufen." Herr Schröder wollte sich auch dazu äußern und ließ sein „Wauwau" hören.

Karl-Friedrich war inzwischen auf dem kleinen Weihnachtsmarkt angekommen und bestellte sich einen Glühwein mit Schuss, d.h. ein halbes Glas Glühwein, aufgefüllt mit Rum, dazu noch zwei Weinbrandbohnen, und fertig war die „Viernheimer Weihnachtsglocke". Er trank die hochprozentige Mischung und seine Gedanken schweiften ab. Er dachte an seine Jugendzeit - wie schön war es doch, Regenwürmer zwischen die belegten Brote seiner Schulkollegen zu platzieren und denen beim Genuss zuzuschauen -, als er eine vertraute Stimme vernahm, die „Karl-Friedrich, Karl-Friedrich" rief. Es war sein Bruder Wedekind und seine Schwägerin LingLing, die gerade aus dem Bauhaus kamen, wo sie mehrere 65-Zoll Gummidichtungen erworben hatten, die gerade im Angebot waren.

„Hallo Karl-Friedrich, wie geht es dir?"

„Och, ganz gut. Wenn wir Alwine gefunden haben, geht es endlich nach Hause."

„Ist sie schon wieder unterwegs?", fragte Wedekind.

„Ja. Und bei euch, alles klar?", wollte Karl-Friedrich wissen.

„Soweit, war heute Morgen noch beim Doc, Spritze abholen gegen meine Hämorrhoiden."

LingLing meinte mit ihrer typisch hohen asiatischen Stimme: „Gloße Beule am Kaka, glößel als Buddha von Phuket, gloße Splitze in Kaka, Aua weg."

LingLing war die zweite Frau von Wedekind. Böse Stimmen behaupten, dass er sie gekauft hätte, während Wedekind immer und immer wieder betonte, dass es Liebe sei. Beim letzten Urlaub in Ranong vor sechs Jahren sei sie ihm bei der touristischen „*Tee-ernte mit Übernachtung*" aufgefallen. Sie unterhielt die Erntehelfer mit einem Talikipas, dem sogenannten Fächertanz, wobei ihr der Fächer des Öfteren aus der Hand fiel, was daran lag, dass sie zusätzlich noch mit einem 25-teiligen Teeservice jonglierte.

Wedekind erfreute das, obwohl er eigentlich keinen Tee trank. Die Tatsache, dass sie 15 Jahre jünger war als er und nur 149 cm maß hatte keinen Einfluss auf seine Entscheidung, LingLing sofort mitzunehmen, zumal Thaifrauen gerade aufgrund ihrer Größe viel weniger Platz benötigen. Ihre zusätzliche Vorliebe für Klangschalen und Glückskeks-Lyrik konnte sofort eine Sympathie herstellen, die die Eltern und Brüder von LingLing davon abhielten, Wedekind Buddha zu opfern.

Nur seine Noch-Ehefrau Birgit stand der Liaison etwas im Wege. Eine Scheidung musste her. Seine Ehe hatte ja schon einige Sprünge.

Birgit hatte ein Verhältnis mit einem Wollsocken-Hersteller, der auch noch Sitzungspräsident eines Karnevalvereins war. Da sie seine Sammelleidenschaft für alte Kaugummiautomaten teilte, lag das Ende der Ehe mit Wedekind in greifbarer Nähe. Aus Gutmütigkeit zahlte er eine Abfindung in Höhe von zwei Zentner dieser gummiartigen Masse mit Geschmacksstoffen, worüber Birgit und ihr neuer Lebensabschnittgefährte Bernd-Jean Narbel sehr erfreut waren.

Der Weg war nun frei, und Wedekind flog nach Thailand. Als Ablösesumme zahlte er LingLings Eltern 19.991 Thai-Baht, das waren umgerechnet 500 Euro. Auch die Großeltern wurden mit einer Zahlung von 10.000 Thai-Bath zufrieden gestellt. Die etwa 500 Verwandten von LingLing, die auch für Zahlungen aller Art sehr empfänglich waren, erfreute man mit einer Lieferung von 1000 Klangschalen. Die Buddha-Statue im naheliegenden Tempel wurde mit einer Schale Reis bedacht.

Sofort nach Ankunft in Viernheim wurden die ersten Stimmen in der Weststadt laut. Natürlich war in Viernheim die Verwunderung über die neue exotische Begleitung Wedekinds recht groß. Einige Ureinwohner waren erstaunt über den Größenunterschied.

„Die kann ja unter einer geschlossenen Schranke durchgehen", wunderte sich ein pensionierter Bahnschaffner.

Die wöchentliche Umfrage im Tageblatt zum Thema *„Männer mit asiatischen Partnerinnen"* brachte folgende Meinungen zu Papier:

Der arbeitslose Schlachter K.W. aus Viernheim: *„Deutsche Frauen sind ihm wohl nicht gut genug?"*

Die unter Diabetes leidende Unterwäsche-Verkäuferin XXXXX.X aus Hüttenfeld, mit der Bitte, ihren Namen unkenntlich zu machen: *„Aber die sind auch nicht schlauer als wir, die können nicht mal die mathematisch physikalische Formel für den Verlust der Gravitationskraft bei bestimmten Stoffen bei stetig sinkender Temperatur mit verbunden Augen aufsagen"*.

Der tätowierte Zuhälter Erwin, genannt *Erwin aus Mannheim*: *„Obwohl ich tätowiert bin, sind die im Bett auch nicht besser als unsere Frauen"*.

Pfarrer Luzifer aus Hüttenfeld: *„LingLing, was für ein unchristlicher Name für eine christliche Figur"*.

Rosalinde Dumpel, die 32 Jahre alte jungfräuliche Tochter von der Witwe Katharina Dumpel, die schon immer ganz wild auf Wedekind war, konnte ihre Unzufriedenheit nicht verbergen und äußerte verärgert: *„Was hat die, was ich nicht habe?"*

Dazu ihre Mutter Katharina: *„Du solltest endlich aufhören mit Puppen zu spielen"*.

„LingeLingeLing, da kommt die Eierfrau", sang sogar Alwine beim Durchlesen der Zeitung.

Doch mit der Zeit verstummten die bösartigen Bemerkungen, zumal LingLing beim letzten Straßenfest ihren Pool-Tanz gezeigt hatte. Daraufhin war ihr Kurs in der Volkshochschule „*Pool-Tanz für Übergewichtige*" auf Jahre hinaus ausgebucht. Die Männerwelt war begeistert, die Frauen weniger.

Mittlerweile konnte auch die Weihnachtsbeleuchtung auf dem kleinen Weihnachtsmarkt eine wildromantische Stimmung zaubern. Nur der betrunkene Hauselektriker, der beim Auswechseln einiger defekter Birnen von der Leiter fiel und im Weihnachtsbaum hängen blieb, sorgte für etwas Abwechslung.

„*Du auch Geschenk fül Weihnacht holen?*" fragte LingLing.

Karl-Friedrich: „*Später.*"

„*Dann Weihnacht volbei*", sagte LingLing, während sie ihren ersten Viernheimer Glühschnaps trank. „*Getlänk gut.*"

Wedekind korrigierte: „*Das heißt, Getrrränk gut. Noch eins, und Weihnachten ist für dich vorbei.*"

„*Noch eins fül Buddha*", lallte LingLing, und mit einem Blick auf Herrn Schröder, der gerade dazukam, meinte sie: „*Lömeltopf. Viel Stunden und Hund gut*".

Wedekind korrigierte leicht genervt: „*Das heißt Rrrrrömerrrr-topf und vierrrrr Stunden.*"

LingLing antwortete: „*Blödel Besselwissel*", und sank leise nach hinten in die deutsche Weihnachtskeramik des Aktionsbündnisses „*Kein Sauerkraut aus Jamaika*". Auf dem Boden liegend und mit ernster Miene meinte sie: „*Konfuzius sagen - auf alten Pfelden lelnt man leiten, auch mit spitzem Kaka.*"

Wedekind: „*Die trinken aber keinen Glühwein, und wer zum Teufel ist Konfuzius?*"

Durch einen plötzlich einsetzenden Tiefschlaf entzog sich LingLing der Antwort.

Herr Schröder knurrte. Ernest Sven und Marlies Erna Chantal kamen zur illustren Gesellschaft und bestätigten immer noch die Abwesenheit von Alwine.

„Spurlos verschwunden", meinte Erna mit einer Penny-Tüte im Arm. *„Was ist da in deiner Tüte drin?"*, wollten Ernest Sven und Marlies Erna Chantal wissen. *„Ich habe uns Kernseife und Ako Pads besorgt, wir wollten doch unsere Haare waschen"*, meinte Maria und sinnierte: *„Angenommen man hätte Alwine entführt und würde nun Lösegeld verlangen?"*

„Mehr als 50 Euro sind nicht drin", sagte Karl-Friedrich.

Daraufhin Erna: *„Ruf doch mal bei Erdal an, vielleicht ist sie ja schon zuhause."*

Karl-Friedrich griff sofort zu seinem Handy. Alwine sei nicht daheim, kam es von Erdal durch den Hörer. Er wäre gerade beim Kochen. Das Knoblauch-Nutella-Soufflé sei bereits fertig, jetzt käme Kadinbudu Köfte dran.

Karl-Friedrich: *„Häää?"*

„Die heißen Frauenschenkel-Frikadellen, weil so zart." Er bekäme heute Abend Besuch, und es könnte etwas lauter werden. Seine neue Freundin, die türkische Tuba-Testerin Tugba wollte ihm heute Abend ihre Blaskünste auf dem neuen Blechblasinstrument zu Gehör bringen. Er würde sich melden, wenn Alwine käme. *„Sokolows von über Straße haben gerufen an, sie haben heute geputzt Straße zweimal"*, erinnerte Erdal.

Erna ganz neugierig mit einem Ohr an Karl-Friedrichs Handy: *„Wenn die Nachts putzen würden, wäre es einfacher, da fahren nicht so viel Autos."*

„Haben die zufällig Alwine gesehen?", wollte Karl-Friedrich noch wissen, doch Erdal hatte schon aufgelegt. *„Vielleicht sollten wir die Polizei anrufen. Es kann ja sein, dass sie gefunden wurde, und keiner weiß, wo sie hingehört."*

Amandus: *„Ich rufe die Bullen mal an"*, was er dann auch tat. Die Polizei meldete sich mit einer Bandansage:

„Haben sie einen Ehestreit zu melden, drücken sie die 1.
Bei Feueralarm drücken sie die 2.
Bei Ruhestörung drücken sie die 3.
Wollen sie einen Mord melden, dann drücken sie die 4.
Einen Verkehrsunfall melden sie mit der 5.
Kein Tageblatt im Briefkasten, bitte die 6 drücken.
Wollen sie mit einem Beamten sprechen, wählen sie die Raute
und legen auf."

Amandus wusste, dass man hier nicht weiterkam. Karl-Friedrich meinte, es wäre besser, wenn Ernest Sven und Marlies Erna Chantal nach Hause gehen würden, um Alwine in Empfang zu nehmen, sofern sie denn kam. Sie könnten sich auch noch eine kleine Brotzeit vom Weihnachtsmarkt mitnehmen, um den anstrengenden Weg nach Hause unbeschadet zu überstehen, wobei sich Ernest Sven sofort für eine Riesenportion Pommes mit rot-weißer Deko begeistern konnte. Seine Schwester war da schon genügsamer. Sie dachte an einen Lippenstift, egal welcher Farbe, nur rot müsste er sein.

Karl-Friedrich, Maria, Erna, Amandus und Herr Schröder wollten nochmals alle Kräfte mobilisieren, um Alwine wieder dem heimischen Herd zurückzuführen. Die Schließung des Centers stand kurz bevor, und von Alwine war immer noch keine Spur. Amandus hatte die Idee, dass man sich unter die Putzkolonne schmuggeln könnte, um Alwine vielleicht irgendwo zusammenkehren zu können.

Nach einer längeren Suchaktion in beide Richtungen bemerkte Karl-Friedrich einen älteren Herrn mit einer roten Uniform, der suchend umherblickte, schnurstracks auf die Linsenblums zulief und sich mit weinerlicher Stimme vorstellte: *„Mein Name ist Henselklemm, Karlheinz Henselklemm. Bin Frührentner, verdiene etwas Geld nebenher und fahre den ganzen Tag mit der Bimmelbahn durch das Center. Vermissen sie eine ältere Dame?"*

Erna: „*Jaaaa.*"

Herr Henselklemm erleichtert: „*Bitte nehmen sie sie mit. Seit vier Stunden fährt die Dame mit der Bahn durch das RNZ. Im dritten Wagen, auf dem Boden liegend, dass sie keiner sieht und immer wieder betonend, dass es schön hier sei. Allerdings bekomme ich noch Geld von Ihnen. Bei 32 Fahrten, zwei sind gratis, wären das 60 Euro.*"

Karl-Friedrich zahlte zähneknirschend und meinte: „*Jetzt hat sie auch schon ihr Weihnachtsgeschenk.*"

Erna ging zu dem Wagen der Bimmelbahn und sah Alwine schlafend auf dem Boden liegen. „*Alwine, Alwine, die Merkel hat deine Rente gekürzt*", rief sie, und blitzschnell war Alwine wach.

„*Schön ist es hier*", meinte sie noch ganz verschlafen.

Herr Schröder freute sich über das Auftauchen von Alwine mit einem dreifachen „*Wauwauwau.*"

Nun mahnte Karl-Friedrich zum Aufbruch: „*Ich bin müde, habe Hunger und will auf meine Couch und Fernseh' gucken*".

Maria: „*Was guckst du?*"

Karl-Friedrich: „*Was guckst du.*"

Maria: „*Nein, ich meine was du gucken willst?*".

Karl-Friedrich: „*Was guckst du.*"

Maria leicht entnervt: „*Verstehst du mich nicht? Ich meine, was du sehen willst?*"

Karl-Friedrich: „*Das sage ich doch schon die ganze Zeit. Die Sendung heißt so. Was guckst du.*"

Amandus: „*Also, was guckst du?*"

Karl-Friedrich: „*Ist gut jetzt.*"

Erna: „*Ich würde aber lieber ‚Schwiegertochter gesucht' gucken.*"

Amandus: „*Ich gucke auf meinem kleinen Fernseher ‚Spiel mir am Glied bis zum Tod‘.*" Alwine ganz entrüstet: „*Das heißt ‚Spiel mir das Lied vom Tod‘.*"

Mittlerweile war man auf dem Parkplatz, ohne jedoch den Sharan zu sehen. Nach längerem Suchen stellte man schließlich fest, dass das Fahrzeug auf der anderen Seite des Rhein-Neckar-Zentrums stand.

Alwine schon wieder: „*Schön ist es hier.*"

Der Heimweg war einem Slalom ähnlich. Falsch geparkte Autos, Fußgänger mit einem künstlichen Tannenbaum unterm Arm, die es sich nicht nehmen ließen, die ganze Breite der Straße für sich in Anspruch zu nehmen, um dann eine wüste Schimpftirade los zu lassen, wenn man sie mit dem Auto anrempelte. Auch einige Alkoholgeschädigte, die die Autodächer mit einer Theke verwechselten, um ihre mitgenommenen Flaschen darauf abzustellen, waren etwas unwirsch, wenn dieses Auto dann unverschämter Weise losfuhr. Der Höhepunkt der Heimfahrt war allerdings die Alkoholkontrolle kurz vor der Haustür. Maria begrüßte als Fahrerin die grün gekleideten Kontrolleure der Staatsmacht mit einem: „*Und, wie geht's?*"

Der Polizist ging darauf nicht ein, sondern fragte gleich: „*Haben sie etwas getrunken?*"

Amandus: „*Hat sie.*"

„*Wären sie mit einer Kontrolle einverstanden?*", bekam Maria zu hören.

„*Nun, wenn es dem Gesetz dient.*"

„*Bitte blasen sie in das Röhrchen*", ließ der Uniformierte verlauten.

Erna wurde nun neugierig: „*Blasen?*"

Marlies Erna Chantal: „*Soll ich dir meinen Lippenstift ausleihen?*"

Erna wollte nun von dem Beamten wissen: „*Welches Waschmittel benutzen sie denn, um ihre Uniform zu reinigen? So ein leuchtendes Grün, einfach toll.* "

Nun schaltete sich auch noch Alwine ein: „*Wie unser Spinatauflauf letzte Woche.* "

Mittlerweile gesellten sich, da ja die Kontrolle in der Lindenstraße stattfand, auch Vladimir und Galina zu der kleinen Menschenansammlung. „*Wir nix strafbar, haben Straße geputzt* ", konnte Vladimir vermelden. Galina: „*Auch blasen will.* "

Einige weitere erregte Stimmen ließen die Stimmung etwas umschlagen. „*Die Mörder und Politiker lässt man laufen und unsereins, der sich nix zu Schulden kommen lässt, kontrolliert man. Sauerei.* " Die Menschenmenge wurde zunehmend größer. Auch ein Bratwurstverkäufer hatte inzwischen seinen Stand eröffnet, und der Duft einiger verbrannter Würstchen zog durch das ansonsten geruhsame Wohnviertel.

„*Das ist Polizeiwillkür; geht heim zu euren Frauen; Grünspanhänger* ", waren noch die harmlosesten Bemerkungen. Ein älterer Mann in der hintersten Reihe meinte mit weinerlicher Stimme: „*Will auch ein Eis.* "

„*Opa, das ist kein Eiswagen, sondern die Polizei.* "

„*Ach, dann haben die ja Waldmeister. Zwei Bällchen bitte.* "

Irgendjemand schrie durch die Menge: „*Opa, Opa, komm nach Hause, du darfst doch ‚Schlupp vom grünen Stern' gucken.* " Dies alles wurde sogar den Uniformträgern zu viel und so sagte der eine zu seinem Kollegen: „*Es ist besser, wenn wir uns jetzt zurückziehen* ".

Seit dieser Zeit ziert folgender Hinweis die Memo-Wand der Polizeiwache: „*Wichtig!!!! Lindenstraße meiden.* "

Nach dieser Unterbrechung konnten die Linsenblums endlich ihr Heim aufsuchen.

Amandus: „*Hat das Röhrchen jetzt was angezeigt?*"

Maria: „*Ich weiß es nicht, habe reingespuckt.*"

Der Fernseher war schon vorgeglüht. Die DVD „*Godzilla*" erfreute Ernest Sven, bevor Karl-Friedrich zur Tat schritt und die Silberscheibe entfernte. Ernest Sven blieb jedoch relativ cool, da er den Godzilla-Streifen schon 37 Mal gesehen hatte.

Mutter Erna stellte einige hausgemachte Weihnachtskekse vom RNZ-Bäcker auf den heimischen Wohnzimmertisch und kam zu der Erkenntnis, dass man so einen Tag unbedingt wiederholen sollte, was von allen, außer von Karl-Friedrich, bejaht wurde.

Ein leises türkisches Quietschen aus der Souterrainwohnung ließ einige wehmütig schmunzeln, wobei Erna mit einem entsprechenden Blick auf Karl-Friedrich bemerkte: „*Wenigstens bei denen bewegt sich noch was.*"

Marlies Erna Chantal: „*Was quietscht denn da?*"

Karl-Friedrich: „*Nix.*"

Maria: „*Ich hätte auch gerne Nix.*"

Das Telefon klingelte: „*Hier Galina und Vladimir Sokolow, wir Straße geputzt, Polizei machen viel Dreck, jetzt sauber.*"

Alwine: „*Schön ist es hier, wollten wir heute nicht ins Rhein-Neckar-Zentrum?*"

Maria: „*Wir gehen die nächste Woche.*"

Erna zu Karl-Friedrich: „*Denk bitte an die Weihnachtsfeier.*"

Karl-Friedrich: „*Ja, ja.*"

Herr Schröder: „*WauWau.*"

Es klingelte an der Tür. Karl-Friedrich fragte ganz erstaunt: „*Wer kommt denn jetzt noch?*"

Die Post gab sich die Ehre. „*Wir haben ein Paket für Alwine Linsenblum.*"

Alwine: *„Ich habe nichts bestellt. "*

Das Paket war riesig, aber Amandus half ihr. Sie mussten sich bis zum achten, jeweils kleineren Karton durchkämpfen, bevor sie einen goldenen Briefumschlag entdeckten. Gespannt wurde dieser geöffnet. Darin befand sich die Autogrammkarte von Lou van Burg, auf die Alwine schon weit über 40 Jahre wartete.

Alwine: *„Das ging aber zügig. "*

Die Weihnachtsfeier

Wie jedes Jahr luden Wedekind und Karl-Friedrich einige Tage vor Heilig Abend ihre Mitarbeiter zu einer Weihnachtsfeier ein. Es war an der Zeit, das vergangene Jahr Revue passieren zu lassen, und was eignet sich besser dazu, als ein gemütliches Beisammensein mit einem exzellenten Essen. Die Geschäfte liefen gut, und die Arbeitsplätze waren sicher. Mit anderen Worten - *Die Klangschalen ertönten -,* und zwar von den Bergvölkern an den Hängen von Helgoland bis weit über die Gemarkungen des Viernheimer Waldes hinaus.

Wedekind war dieses Jahr großzügig. Da die Firma zwischen den Feiertagen geschlossen war, bekamen die Mitarbeiter nicht nur bezahlten Urlaub, sondern auch noch ein kleines Geschenk, bestehend aus einer Klangschale mit Namensgravur, die mit Brausepulver *„made by Feinkost-Käfer"* gefüllt war.

Das Ehepaar Isolde und Wolfram Raumbus war beauftragt, die Gaststätte für die Weihnachtsfeier auszusuchen. Die beiden hatten jedoch, wie jedes Jahr um die Weihnachtszeit, ihre Ehestreitigkeiten. Ihre Differenzen beruhten auf ihrer unterschiedlichen Auffassung bei der Wahl der Geschenke. Damit Freude bereiten sollte ja an erster Stelle stehen. War aber nicht so einfach. Er wollte einfach keine Boris-Lecker-Unterhosen mit eingenähtem Namensetikett mehr und sie keine 4711-Alu-Edition. Trotzdem gingen sie zusammen auf die Suche nach einem Gourmet-Tempel mit dem Gedanken, dass man bei einem guten Essen den Streit ad Acta legen könnte.

Im nahegelegenen Odenwald wurden die Beiden fündig. Das Restaurant *„Zur goldenen Streckbank"* hatte noch einen freien Termin, was zur Weihnachtszeit ein überaus großer Glücksfall war. Allerdings war die Speisekarte sehr *„überwürzt",* d.h. die Preise waren ganz schön gepfeffert. Ein absoluter Renner war das Lambrusco-Fenchel-Süppchen, gefolgt von dem Hauptgericht Wiener

Schnitzel mit Blattgold und Trüffelstaub überzogen, serviert in einer Schale von Yves-Saint-Laurent auf einer Tischdecke von Karl Lagerfeld zum Preis von 150 Euro. Die Pommes inklusive. Selbst beim Straßenverkauf der Hausmacher Zwiebelmettwurst, jeden Freitag zum Sonnenaufgang, musste man sich rechtzeitig einen Platz in der endlosen Schlange sichern. Mit solchen lukullischen Genüssen zählte das Restaurant als Odenwälder Geheimtipp, was sich darin widerspiegelte, dass man normalerweise ein halbes Jahr vorher reservieren musste, um einen Platz zu bekommen.

Das Testessen, bestehend aus einer gedämpften Zwiebelmelone in einem Bett aus kandierten Roten Beten, konnte das Ehepaar Raumbus nicht überzeugen, da sich bei Isolde, aufgrund einer Zungenlappenentzündung, kein richtiges kulinarisches Erlebnis einstellen wollte. Wolfram ließ sich erst mal die Grappas vor dem Essen munden, während seine Geschmacksnerven bei dem Hauptgericht an die Grenze des Belastbaren stiegen. Gut, dass man auf die Vorspeise verzichtet hatte. Es hätte Pürierte Gelbwurz in Safrangelee gegeben. Der Rotwein zum Grappa war aber erste Sahne. Ein 78er gelber Lambrusco in der eleganten verschraubten zwei Liter Bauchflasche.

Leider hatte man bei der Hintergrundmusik kein so glückliches Händchen. Dass der Gefangenenchor aus Nabucco die Gäste zu einem überhöhten Alkoholverbrauch anregen würde, war leider ein Irrtum. Vielleicht hätte man auf die Version von den „Randfichten" verzichten sollen.

Die abschließende Rechnung passte sich hervorragend dem nicht vorhandenen Qualitätsstandard an, und man bekam bei dem Betrag den Eindruck, die ganze Firma wäre schon zu Gast gewesen. Der Wunsch von Wolfram, die Rechnung zu flambieren, wurde allerdings abgelehnt.

Das Lokal war im 18. Jahrhundert noch das gut besuchte Gefängnis eines Lorscher Bischofs, der einige Zellen an die hessische Inquisition vermietete. Es wurde dann in den 1920er Jahren zu einer Weinstube umgebaut, in der auch einmal der damalige Reichspräsident Friedrich Ebert begrüßt werden konnte. Allerdings war dies ein Versehen. Er befand sich auf der Durchreise von Berlin an den Bodensee. Da überkam ihn ein dringendes Bedürfnis, so dass er der Weinstuben-Toilette einen hoheitlichen Besuch abstattete.

Der gebürtige Heidelberger hatte auch in dieser Region viele Anhänger, so dass die Besichtigung eben dieser Toilette durch viele Schaulustige zu einer Wallfahrt der besonderen Art wurde. Jeder Odenwälder sollte zumindest einmal in seinem Leben diese historische Stätte besucht haben.

Die verbotene Betätigung der Spülung wurde damals mit 25 Rentenmark bestraft. Ihre eigentliche Bestimmung erreichte die Toilette erst wieder ein Jahr später, als der Überwälder Bürgermeister das neue Pissoir feierlich einweihte. Am Eröffnungstag war pro Benutzung ein kleines Entgelt fällig, das wiederum als Spende für eine Glockenrenovierung der katholischen Kirche genutzt wurde.

1970 wurde die Weinstube von einer italienischen Familie erworben und zu einem Restaurant hergerichtet. Adeodato Tramontin und seine Frau Alessia machten aus den Räumlichkeiten einen Gourmettempel der Spitzenklasse, obwohl beide vorher nichts mit lukullischen Genüssen am Hut hatten. Sie waren noch vor einigen Jahren Fluchthelfer für arbeitslose Perlentaucher aus Sizilien. Die Taucher wurden von Ragusa im Süden bis nach Bozen hoch in den Norden geschmuggelt. Was die Taucher dort wollten ist bis dato nicht geklärt. Nur das Gerücht, dass es etwas mit den genmanipulierten Perlen und schalenlosen Austern zu tun haben müsste, hält sich bis zum heutigen Tage.

Von dem Honorar, abzüglich der Schmiergelder an eine nicht genannte Organisation, konnten sie den Umbau finanzieren. Da an den Toilettentüren ein Stern für Männer und zwei Sterne für Frauen angebracht waren, hielten es die Tramontins für selbstverständlich, sich als 3-Sterne-Restaurant auszugeben, um somit das

Preisniveau entsprechend anheben zu können. Das Besondere war die historische Streckbank in der Mitte der Gaststätte, auf der der Koch die Roulade für das Gericht „*Braciole alla napoletana*" unter den Augen der Gäste in die richtige Länge zog. Seit 2012 war es jedoch den italienischen Besitzern seitens des Lebensmittelkontrollamtes untersagt worden, für das Zubereiten der Rouladen die Streckbank zu nutzen. Seitdem diente sie nur noch als Dekoration bzw. als Gebrauchsutensil des örtlichen Sado-Maso-Clubs „*Zur lustigen Peitsche 1980 e.V.*". Auch der offenstehende Grill im hinteren Teil der Räumlichkeit, ein gut funktionierendes Überbleibsel der früheren Folterkammer, wurde zur Unterstützung der Küche bisher wirkungsvoll eingesetzt. Allerdings musste er aufgrund des folgenden Zwischenfalles auf höchst richterliche Anweisung auch stillgelegt werden:

Gaststättenprüfer Dr. Volker Resibichler, der in der Lokalität seinen 60. Geburtstag feierte, sah zufälligerweise während seiner Vorspeise - er hatte pochierte Wildkräuter -, wie ein kleiner Junge auf dem Grill stand und über die marinierten Steaks „*pieselte*". Obwohl der Vater des Kindes, ein zugezogener Obergefreiter der Bundeswehr, glaubhaft versicherte, dass der 18jährige kleinwüchsige Bub das zuhause auch öfter mache und noch keiner davon krank geworden sei, musste der Grill natürlich außer Betrieb genommen werden. Dr. Resibichler fand sowieso, dass die Marinade der Steaks keinen Platz in seiner Geschmackstabelle verdient habe.

Um die Nachfrage nach Gegrilltem so gering wie möglich zu halten, streute man das Gerücht, dass der Grill denkmalgeschützt sei und auf keinen Fall mit einer offenen Flamme betrieben werden durfte.

Lobenswert war die Tatsache, dass jedes Jahr an Weihnachten bedürftige Familien gegen einen Unkostenbeitrag von 50 Euro pro Person zum Linseneintopfessen unterm Weihnachtsbaum eingeladen waren, an dem auch in der Vergangenheit viele Viernheimer Politiker teilnahmen. Als Bedienung deutete man jedes Jahr eine prominente Persönlichkeit heraus. Dieses Mal war es der Kiosk-besitzer Wilfried Müsel, der die meisten Karten für ein „*Wilde-cker-Herzbuben-Konzert*" verkauft hatte.

Wedekind und LingLing, die schon rechtzeitig vor Ort waren, wurden von Adeodato, dem Chef des Hauses, mit einem Glas Pro-secco und einigen kleinen Snacks begrüßt. LingLing zog natürlich mit ihren superkurzen knallroten Tai-Chi-Hot-Pants seine ganze Aufmerksamkeit auf sich. Sein Schluckauf wurde nur noch von der Größe seiner Pupillen übertroffen. Alessia ließ ihrem Unmut freien Lauf: „*Wir haben auch noch andere Gäste*", wies sie ihn scharf zurecht.

Zur gleichen Zeit fand in einem Nebenzimmer eine Frettchen-Ausstellung statt, bei der gerade die Blaskapelle Fellatianer 1888 e.V. für Unterhaltung sorgte. Und da in der hauseigenen Kochkü-che der veganen Diabetiker die Kochkünstler 1929, kurz SK29 ge-nannt, ihre Jahreshauptversammlung abhielten, war am Eingang der Gaststätte eine hektische Begrüßungszeremonie mit Küsschen hier und Küsschen da im Gange. Neben dem belanglosen „*Wie geht es?*" und „*Meine Verehrung an die Frau Gemahlin*" tauchte auch ab und zu die Frage auf „*Müsst ihr eigentlich auch Schutz-geld an die Mafia zahlen, und kann man das steuerlich geltend machen?*"

Adeodato antwortete mit ernster Miene: „*Natürlich, aber nix viel, nur Prozent 50, aber nix bei Finanzamt sagen.*"

Durch das alkoholreiche Begrüßen der einzelnen Gäste verlor Adeodato für kurze Zeit die Übersicht über seinen Alkoholkon-sum. Seine Sprache wurde immer undeutlicher und wurde mit der Zeit durch ein diabolisches Grinsen ersetzt.

Liselotte Grubeldung, die schreibende Kraft der Klangschalen-Firma, die sich gerne als Chefsekretärin bezeichnete, konnte die Mimik des Inhabers nicht beeindrucken. Sie war auch eine Stunde früher vor Ort, um die Gegebenheiten zu begutachten. Dabei hatte sie reichlich Gelegenheit, mit Wedekind und LingLing auf das gute Gelingen des Abends anzustoßen. Ihre Unterhaltung mit Adeodato, die das Thema „*Relativitätskochen mit Hilfe von Maggi*" zum Inhalt hatte, konnte seine Gesichtszüge wieder in normale Bahnen lenken.

Liselotte war 50 Jahre alt, schwarzhaarig, etwas übergewichtig und ledig. Mit Männern hatte sie einfach kein Glück. Ihre letzte Liaison war geprägt von unüberwindlichen Nationalitätsbarrieren. Der polnische Autofachmann für An- und Verkauf, den sie im Urlaub kennenlernte, verschwand nach vierzehn Tagen spurlos. Mit ihm verschwunden war auch ihr nagelneuer BMW Z 8.

Ihre Liebschaft davor war ein 60jähriger Sondermüllentsorger für radioaktive Abfälle, der von ihr verlangte, mit einem Geigerzähler zu schlafen, da er das tickende Geräusch des Gerätes so liebte. Nach einigen schlaflosen Nächten warf sie ihn aus der Wohnung. Liselotte war ja sehr vermögend und nicht auf solche Liebhaber angewiesen.

Da gab es noch die einmalige Sache mit einem Callboy, dessen Anzeige in der örtlichen Zeitung sie sofort begeisterte. Der Text ist ihr immer noch gegenwärtig: „*Ich erwecke ihre Leidenschaft, ohne auf die Uhr zu schauen. Zehn Minuten unvergessliches Erlebnis für nur 400 Euro. Auch für Verheiratete.*" Sie wusste später selbst nicht mehr, warum sie dort anrief.

Leider erfüllte der Callboy, der sich als übergewichtiger Staubsaugervertreter entpuppte, nicht Liselottes Erwartungen. Die Kartoffelchips, die er mitbrachte, waren aufgrund des Haltbarkeitsdatums 08.2003 abgelaufen, und der Champagner war letztendlich nichts anderes als ein billiger Perlwein. Beim Begrüßungskuss konnte sie sein Mittagessen herausschmecken. Es musste wohl überbackene Bohnen mit viel Knoblauch gegeben haben. Sie verzichtete dann auf jegliche weitere Annäherungen.

Nach diesem Treffen war sie der Meinung, dass sie das nicht nötig hätte, denn sie stand ja eigentlich auf der Sonnenseite des Lebens. Ihre Eltern hinterließen ihr eine Seniorenresidenz, die sie gewinnbringend an ein Bestattungsunternehmen verkaufte. Obwohl ihr Vermögen schon eine obere Dimension inne hatte, wollte sie ihre Arbeitskraft weiterhin in den Dienst der Allgemeinheit stellen. Bei einem Klangschalen-Symposium in der Volkshochschule lernte sie die lineare Ordnung der Töne kennen. Eine Anzeige in der Viernheimer Zeitung *„Mitarbeiterin zur Unterstützung in der Klangschalen-Buchhaltung gesucht"*, fand ihre Aufmerksamkeit. Ihre sofortige telefonische Bewerbung war von Erfolg gekrönt. So konnte sie vor kurzem schon ihr 5jähriges Arbeitsjubiläum feiern.

Ihr Chef Wedekind hatte es ihr angetan. Sie wusste allerdings, dass seine zweite Frau LingLing sehr stark auf seinen Umgang mit dem weiblichen Geschlecht achtete. Das hatte sie aus der letzten Äußerung von LingLing herausgehört: *„Gloßvatel sagen, wenn Auge von andelel Flau auf Mann fällt, dann du aufpassen, dass Auge von Mann nicht auf Flau fällt. Die gucken auf Mann, wo nicht ihl Mann ist."* Sie hatte verstanden.

Alwine und ihr platonischer Lebensabschnittgefährte, die wie immer viel zu früh im Lokal waren, hatten in kürzester Zeit die Begrüßungsdrinks, die eigentlich für alle Gäste gedacht waren, einem Geschmackstest unterzogen. Beide hatten schon am hinteren Tisch, direkt neben dem Tannenbaum, Platz genommen.

Alwine wunderte sich über die italienische Art, einen Tannenbaum zu schmücken. Da hingen kleine Salamistangen neben Mortadellascheiben, wobei auch der Käse nicht zu kurz kam. Mozzarella und Provolone fanden genau so viel Platz, wie der berühmte Gorgonzola. Einige bemalte Eier hingen ebenfalls in den Ästen. Das ganze wurde mit hunderten von in allen Farben leuchtenden Kerzen und tonnenweise Lametta abgeschmeckt. Auf der Spitze hatte man eine riesige blinkende Gondel platziert, die immer wieder das Lied „*White Christmas*" von sich gab. Unter dem Baum fuhr eine kleine Eisenbahn im Kreis. Weiter erblickte man ein kleines Zeltlager mit Zinnsoldaten, die kleine Plakate mit dem Konterfei des ehemaligen Ministerpräsidenten des Königreiches Italien, Benito Mussolini, in Händen hielten. Rauchende Kanonen und einige Panzer ergänzten die Szene.

Willibald hatte für die weihnachtliche Schönheit keinen Blick, da er Probleme mit seinem Zahnersatz hatte. Um seine karge Rente nicht unnötig zu strapazieren, kaufte er seine Haftcreme auf dem türkischen Wochenmarkt für den Bruchteil des normalen Preises, allerdings ohne größere Klebewirkung. Alwine hatte ihn schon des Öfteren darauf hingewiesen, dass billig nicht immer besser ist. Das tat sie nun erneut mit einem strengen Unterton in der Stimme.

Willibald lispelte: „*Ja, pff, ssstimmt.*"

Alwine: „*Frag doch mal den Chef des Hauses, ob er einen deutschen Kleber hat.*"

Wedekind war die Situation peinlich, und er versprach, einen guten Kleber zu besorgen.

Willibald erfreut: „*Gut ssso, pff, aber noch vorm Ssschnitzel.*"

Wedekind: „*Es gibt keine Schnitzel.*"

Alwine: „*Ich wollte sowieso Spargel.*"

Wedekind: „*Jetzt, an Weihnachten?*"

Alwine: „*Beim Aldi gibt es doch auch welchen.*"

LingLing: „*Was ist Spalgel?*"

Wedekind: „*Das sind so lange weiße Stangen, wo vorne eine Art Köpfchen dran ist. Hast du bestimmt schon mal gesehen.*"

LingLing: „*Hihihih.*"

Wedekind: „*Was Du schon wieder denkst.*"

Nach und nach kamen auch die Anderen, allen voran Karl-Friedrich mit Erna. Wolfram und Isolde Raumbus sowie Paulchen und Gesine Hartstiel stiegen gemeinsam aus dem Taxi. Sie wohnten ja in der gleichen Straße in der Nordweststadt. Wolfram und Paulchen waren die Gießer in der Firma und mit über 10 Jahren Betriebszugehörigkeit fast seit Anbeginn mit dabei. Wolfram war vor seiner *„Linsenblum-Zeit"* Organisator von *„Speed-Dating-Veranstaltungen"*. Da können Partnersuchende innerhalb von 7 bis 8 Minuten feststellen, ob ihnen die Person gegenüber genehm ist.

Bei einer dieser Veranstaltungen lernte er auch seine spätere Frau Isolde kennen, nachdem er vorher einen Korb von einem 50jährigen, unter Nesselsucht leidenden Transvestiten bekommen hatte.

Paulchen und Gesine mussten erst noch seiner Mutter Gretel, die als Pflegefall der Stufe 0,25 über der Wohnung der Kinder ihr Heim hatte, die Blutegel vom Hinterteil entfernen, wogegen sich die possierlichen Sauger mit aller Kraft wehrten. Gretel fand die körperliche Nähe der Egel einfach stimulierend für ihr allgemeines Befinden. Sie wurden hauptsächlich wegen ihrer Krampfadern und der beginnenden Arthrose eingesetzt. Dass Blutegel Zwitter sind, habe allerdings auf die Behandlung keinen Einfluss.

Sie lebte seit einem Jahr alleine, da ihr Mann Rufus bei einem verunglückten Fallschirmsprung aus 5000 Meter Höhe in das Rosenkohlbeet des Lehrers Paul Wildoreit fiel. Gretel fand das sehr schlimm, da Rufus keinen Rosenkohl mochte.

Paulchen und Gesine hatten sich in einem Kloster kennen gelernt. Durch innere Ruhe und Ausgeglichenheit wollten beide, unabhängig voneinander, mehr Lebensfreude und Motivation für den (Berufs-)Alltag gewinnen. Auch mal wieder ein Pornoheft betrachten, ohne dass irgendeine Oma über ihre Schulter schaute. Zeit finden für den Blick auf das Wesentliche, um gestärkt zurück in den Alltag zu kommen. Allerdings hatten sie bei einer gemeinsamen Studie des Buches *„dux sexum"* nicht nur vergessen ihre Nacktheit zu bedecken, sondern auch ihre Kammer abzuschließen.

Es kam, wie es kommen musste. Sie wurden von Abt Ottmar entdeckt, der sie sofort aus dem Kloster warf. Glück für Paulchen, dass er Holzschalen für den klösterlichen Messwein herstellte. So war die Voraussetzung für die Klangschalen-Firma Linsenblum gegeben, bei der er kurze Zeit später eingestellt wurde.

Der türkische Mitarbeiter Erdal, der Mann für alles, und seine neue Freundin Tugba saßen auch schon längere Zeit im Nebenzimmer. Sie hatten den freien Vormittag zu einem kleinen Marathonlauf genutzt, also zu einem ganz kleinen, so etwa 100 bis 200 Meter. Da bis zur Feier noch Zeit war, nutzten sie diese, um sich auf dem Parkplatz mit einer neuen Choreographie eines Bauchtanzes auseinander zu setzen. In ihrem fuchsiafarbenen Hagalla-Kleid machte Tugba schon eine gute Figur, was auch der 180 Kilo schwere Milchbauer Ekkehard Kumm mit seiner Frau Lisbeth, die gerade vom Decken ihres Hundemädchens Chloé kamen, bestätigen konnte. Die Idee, selbst mal diesen Tanz zu erlernen, so wie Lisbeth es vorschlug, fand allerdings nicht die Zustimmung von Ekkehard. Er war der Meinung, dass ihm so ein Kleid nicht stehen würde.

Willi Pullmann, der alleinstehende und älteste Mitarbeiter, seines Zeichens Materialtester, kam wieder einmal zu spät, nicht ohne sich vorher mit Rotwein auf die notwendige „Feier-Temperatur" einzustimmen. Willi war schon viermal verheiratet gewesen und aufgrund seiner erotischen Eigenheiten kurze Zeit später wieder geschieden. Eine seiner Ex-Frauen meinte, er hätte einen Schatten. Sein Schlafzimmer war mit etwa 25 Baustrahlern à 500 Watt ausgestattet. „Ich will es nicht nur hell, ich will auch alles sehen", war seine Erklärung für diese Konstruktion. Dass es dabei zu einer unnatürlichen Wärmeentwicklung von ungefähr 50 bis 60 °C kam, war für ihn zweitrangig, zumal seine Deckenspiegel die Helligkeit verdoppelten, so dass ein Liebesakt ohne Sonnenbrille und Sonnenschutzcreme Faktor 200 unmöglich war. Seine Frauen dankten es ihm mit einer schnellen Trennung.

Die Ursache für diese Eigenart war in seiner Kindheit zu suchen. Sein Vater leitete den Verkauf von Baustrahlern im örtlichen Handwerkermarkt. Willi sollte seinem Vater behilflich sein, den Kunden die Strahler schmackhaft zu machen. Als Beleuchtungstester bzw. als Ein- und Ausschalthilfe war er voll in seinem Element. Bei dieser Gelegenheit fiel ein 30 kg schwerer 1000-Watt-Baustrahler aus dem Hochregal auf seinen Hinterkopf. Ihm passierte außer einer Störung seines Lichtwahrnehmungszentrums im hinteren Hirnlappen nichts, während beim Strahler die gehäuseeigene Sicherung herausfiel und nicht mehr zu gebrauchen war.

Brigitte Schenkel, die 17jährige blonde Azubine, erschien etwas verfrüht zur Weihnachtsfeier. Sie konnte dies mit dem Beenden ihrer Beziehung zu der Hüttenfelder, 170 kg schweren, 42-jährigen Wrestling-Größe Gernot Schmalz erklären. Sie schwärmte schon immer für starke und übergewichtige Männer. *„Die geben mir so viel mehr"*, meinte sie, *„vor allen Dingen eine gewisse Schwere in der Beziehung. "* Auch das Geld, das sie haben sollten, also das viele Geld, gehörte für sie zu einer gut funktionierenden Partnerschaft.

Über das *„Warum"* des abgeschlossenen Lehrvertrages schieden sich die Geister. Während die einen von einer guten Tat sprachen, sie hatte in ihrem Schulabschluss-Zeugnis nur mangelhaft bis ungenügend, sprachen die anderen von einem optischen wie auch lüsternen, verkaufsunterstützenden Leckerbissen. Wenn Brigitte zufällig mit ihrer durchsichtigen Bluse, unter der sich ein voluminöser Busen befand, und ihrem Minirock, der von der Breite her mit einem Gürtel vergleichbar war, in ein Kundengespräch platzte, und es innerhalb weniger Sekunden zu einem Kaufabschluss kam, wusste man, warum sie trotz niedrigem Intelligenzlevel unverzichtbar in der Klangschalenwelt ihren Platz inne hatte. Brigittes Kleiderordnung harmonierte bei dieser Feier nicht gerade mit dem Gedanken an Weihnachten. Wedekind war das egal. Die Männer fanden das toll, und die Frauen schauten etwas neidvoll drein.

Willibald lispelte: „*Ich finde, dasss ihre Pff Brussst gut in meine Pff Hand passssen würde.*" Als wenn ein Fluch über dieser Bemerkung stünde, fiel seine Prothese aus dem Mund.

Alwine: „*Das gönne ich Dir. Lass das Ding draußen. Du kannst dir ja das Essen pürieren lassen.*"

LingLing: „*Konfuzius sagen, wenn Zähne fallen aus Mund, aufpassen, dass du nicht auf hohem Belg bist.*"

Wedekind: „*Das heißt Berrrg.*"

LingLing mit Blick auf Brigitte: „*Blust Opelation nix gut. Glosvatel immel sagen, wenn Hand zu klein, du nix fangen fliegende Möpse.*"

Wedekind verbesserte sie: „*Das heißt Brrrust Operration, meine Schleichprimel.*"

LingLing: „*Gloßvatel auch sagen, wenn Blust zu gloß, welden Füße bei Legen nicht nass.*"

Wedekind verbesserte erneut: „*Das heißt Rrregen und Brrust.*"

Brigitte verfolgte das Gespräch und sagte ganz locker: „*Alles echt, oder sieht man die Narbe?*", und lachte wie Woody Woodpecker.

LingLing: „*Lippen auch viel dick.*"

Brigitte: „*Bei mir wurde keine Chemie verwendet, alles Natur, hahaha.*"

Brigittes Lippen waren wirklich etwas fülliger, als es normale Lippen sein können. Kleinere Sprachstörungen und ein erhöhter Gebrauch von Lippenstift waren die Folge einer unnötigen Schweinefett-Auffüllung. Ihr letzter Freund Gernot, der in seiner Eigenschaft als Briefträger des Öfteren in die Firma kam, fand das aber toll: „*Die kann knutschen, da fliegt dir die Dichtung aus dem Herzschrittmacher.*"

Isolde, die Frau von Wolfram, schaute voller Neid auf die Beine von Brigitte und dann auf ihre, und sie beschloss, in Zukunft Hosen zu tragen. Brigitte nahm das Warten auf die Vorspeise zum Anlass, den Chef zu fragen: *„Herr Linsenblum, wann machen wir eigentlich Invasion?"*

LingLing: *„Das heißt Inventul."*

Wedekind: *„Inventurrrr, meine Lotuskröte, INVENTUR."*

LingLing: *„Altes Besselwissel."*

Brigitte: *„Hahahiihaha."*

Karl-Friedrich: *„Wir machen in der ersten Januarwoche Inventur."*

Wedekind: *„Ich habe noch eine kleine Überraschung für euch. Wenn alles läuft, bekommen wir heute Besuch von Trudlinde Knälle, der Klangschalenprinzessin 2014."*

Die Klangschalenprinzessin wird alle 4 Jahre von einem Konsortium aus Dudelsackspielern und Astromathematikern gewählt. Dabei entscheidet nicht nur das Aussehen, sondern auch die Integration der Klangschalen in die Unterwäsche. Trudlinde erreichte bei der letzten Wahl durch einen BH aus Bronzeschalen sowie zwei Poposchützer aus dem edlen Metall die höchste Punktzahl, wobei auch der Keuchheitsgürtel aus roter Bronze eine Gewinnerrolle spielte.

Mittlerweile war das Hors d'oeuvre *„Geschälte Preiselbeeren auf gelber Zuckerwatte"* auf den Tischen.

LingLing: *„Ist da Zuckel dlin?"*.

Wedekind: *„Nur ganz wenig, mein kleiner thailändischer Kompressor."*

LingLing: *„Wenn da Zuckel dlin ist, muss ich Schnaps tlinken, wegen Bauchaua. Kann abel auch tlinken ohne Bauchaua."*

Wedekind: *„So isses, mein kleiner Fleischtunnel."*

LingLing: „*Konfuzius sagen, wenn du Zuckel isst bei Vollmond, weint Buddha salzige Tlänen.*"

Adeodato: „*Nix Budder, nehm lieber Creme fraiche.*"

Alwine: „*Schön ist es hier.*"

Nach einer kurzen Stille, die dazu genutzt wurde, um sich auf den ersten Gang vorzubereiten, kündigte Adeodato die Vorspeise an: „*Liebe Gäste von Klang, als Antipasti gibt es eingelegte Tomaten und gefüllte italienische Linsen auf Rucola Carpaccio*".

Brigitte: „*Was ist Antipasti?*"

Gesine: „*Das ist was kleines Italienisches.*"

Brigitte: „*Ich traue mich gar nicht, es zu sagen, hihihi.*"

Willi: „*Nein, mein blondes Dummerchen, es ist eine Vorspeise.*"

Erdal: „*Ist aber nicht Schweinefleisch?*"

„*Du nix Angst haben*", meinte Adeodato, „*sind Linsen vom Lamm.*"

Brigitte: „*Schmeckt bestimmt, oder?*"

Willi: „*Noch einen Grappa.*"

LingLing: „*Was ist Glappa?*"

Wedekind: „*Das heißt Grrrappa, mein kleiner Thailutscher, ist was Scharfes zu trinken, macht runde Beine.*"

LingLing: „*Will Glappa und lunde Beine. Konfuzius sagen, ein Samenkoln das tlinkt, hat nicht zu flagen wohin es weht.*"

LingLing bekam ihren Grappa, es war ja schließlich bald Weihnachten, und ein Lächeln malte sich in ihr Gesicht.

Alwine: „*Was macht mein Spargel?*"

Adeodato: „*Es gibt nix Spargel.*"

Alwine: „*Dann nehme ich die Schlachtplatte.*"

Isolde zu Gesine: *„Du hast doch früher in der Apotheke gear-beitet, kommst du billig an Viagra?*

Gesine: *„Brauchst du was?"*

Isolde: *„Ich nicht."*

Gesine: *„Ich verstehe."*

LingLing: *„Wedekind auch Viagla untel Untelhose velsteckt im Bettschlänkel. Habe mal aus Velsehen mitgewaschen. Ganze Bett-wäsche steif. Abel nix Untelhose."*

Wedekind: *„Das gehört nicht hierher."* Er erhob sich und klopfte mit der Gabel leicht auf ein Glas, das beleidigt in tausend Stücke zersprang.

„Liebe Mitarbeiter. Wie ihr alle wisst, steht unsere Firma auf gesunden Beinen. Die Auszeichnung der Gesellschaft für außerge-wöhnliche Töne e.V. sowie der Orden für gesunde Rundungen zei-gen, dass wir mit unseren Klangschalen auf dem richtigen Weg sind. Leider muss ich euch mitteilen, dass die Klangschalenprin-zessin nicht kommen kann. Der Schlüssel zu ihrem Keuchheitsgür-tel ist abgebrochen, und die vier Spezialisten des Schlüsseldienstes versuchen schon seit zwei Stunden erfolglos, die Situation zu klä-ren. Wir werden sie zu einem späteren Zeitpunkt in die Firma ein-laden. Die beiden neuen Mitarbeiter, Erdal, zuständig für die Ab-fallwirtschaft, und unsere Auszubildende Brigitte, haben sich gut in die Firma integriert. Ich bedanke mich bei allen für die hervor-ragende Mitarbeit und hoffe, dass wir noch recht lange zusammen arbeiten werden."

Von Karl-Friedrich wurden die Mitarbeiter informiert, dass im Augenblick die Verhandlungen mit der katholischen Kirche vor dem Abschluss stehen.

„Wenn die Kirchenvorsteher die Weinkelche und die Obladen-tassen durch die Klangschalen der Firma Linsenblum ersetzen würden, könnten wir die Nummer 1 auf dem heiß umkämpften Klangschalen-Markt werden. Eine größere Spende in Form einer

Kirchenglocke sowie einige Kisten 'Amarone della Valpolicella Mastino Scaligero 2011' sollte die Entscheidung der katholischen Würdeträger etwas vereinfachen. Aufgrund des Vorschlages einiger inkontinenter Vikare befinden sich schon Klangschalen im Labor, um sie als Bettpfanne mit riesigem Klangvolumen zu testen. Aber ich wollte eigentlich keine Geschichten erzählen, sondern weitergeben an den Chef des Hauses."

Adeodato: *„Freuen uns auf Vorspeise - Gefülltes Perlhuhn-Schwänzchen auf einem Hauch von frittierten Polenta-Kirschen, umhüllt von einer Vanille-Meerrettich-Vinaigrette."*

LingLing: *„Hihi, Pellhuhn-Schwänzchen, hihi."*

Gesine und Isolde wie aus der Pistole geschossen: *„Schwänzchen?"*

Paulchen mit einem gewissen Grinsen im Gesicht: *„Nicht was ihr meint."*

Willi: *„Noch einen Grappa."*

Brigitte leistete sich einen riesigen Fauxpas: *„Da fehlt Ketchup."*

Hätte Adeodato eine Zahnprothese, müsste man die jetzt erneuern. Sein Biss in die Weinkaraffe war nicht von schlechten Eltern und sein Blick zu Brigitte war voller zerstörerischer Energie.

Willi: *„Noch einen Grappa."*

Liselottes Wunsch nach *„Bifteki"* ließen bei Adeodato den kunstvoll geschnittenen Oberlippenbart in Sekundenschnelle ergrauen. *„Wir Restaurant mit 3 Sternen, keine Dönerbude"*, schrie er.

Brigitte: *„Oh ja, es gibt Döner."*

Adeodato hatte genug und beendete den bestellten Menüablauf: *„Ab jetzt gibt es à la carte."*

Alle applaudierten.

Willi: „*Noch einen Grappa.*"

LingLing: „*Will Dönel.*"

Wedekind: „*Da heißt – ich hätte gerne einen Dönerrr.*"

LingLing: „*Du auch?*"

Erdal: „*Ich nehmen Labskaus mit dem Blaubeeren-Omelett.*"

LingLing: „*Was ist Labskaus?*"

Wedekind: „*Labskaus ist ein Kartoffelgericht mit gepökeltem Rindfleisch, Rote Bete und eventuell noch einer Gurke.*"

LingLing: „*Lindfleisch, Lote Bete, Gulke. Ich nix velstehe.*"

„*Macht nichts, meine Duftkerze*", beantwortete Wedekind die Unwissenheit von LingLing.

Adeodato: „*Wo gibt es Labskaus?*"

Karl-Friedrich: „*Ich meine hier bei dir.*"

Adeodato: „*Da nehme ich auch eine Portion.*"

Wolfram und Isolde Raumbus sowie Paulchen und Gesine Hartstiel saßen mit Erdal und Tugba am Ende des weihnachtlich geschmückten Tisches und unterhielten sich gerade über die Fernsehsendung „*Schwiegertochter gesucht.*"

Wolfram meinte: „*Wenn der Melker in Wirklichkeit genauso aussieht wie im Fernseher, warum nimmt er nicht die Kuh?*"

Darauf Isolde: „*Die Klum sieht auch nicht so schlecht aus, die müsste doch einen Melker kriegen.*"

Gesine: „*Du verwechselt jetzt etwas, die Klum macht doch Bauer sucht Frau.*"

Erdal: „*In Türkei auf Land hat Bauer immer Kuh geheiratet. Wurden schon als noch ganz klein versprochen.*"

LingLing: „*Bulle als Mann von Flau immel bessel.*"

Isolde: „*Ist die Ex von dem Van der Vaart eigentlich schwanger?*"

Paulchen: „*Der war doch im Dschungel und hat für die Prominenz gekocht, bevor er seinen Führerschein verlor.*"

Wolfram: „*Du verwechselst den mit dem Effenberg, der ja schon in der ersten Folge von Deutschland sucht den Superstar herausflog, aber nur weil die Ochsenknecht den Ottfried Fischer verlassen hatte.*"

Die Bedienung kam und nahm die Bestellungen für den zweiten Hauptgang auf.

Wedekind: „*Ich mache mit dem Menü weiter.*"

Karl-Friedrich und Erna: „*Wir auch.*"

Adeodato: „*Es gibt Frittierter Parmesanwürfel auf Basilikum-Mousse in einem Nest aus Fenchelkonfitüre.*"

LingLing: „*Ich will Ente süßsauel mit Leis.*"

Wolfram: „*Ich nehme Miracoli.*"

Isolde: „*Ich auch.*"

Gesine: „*Ich hätte gerne das Mazedonische Leberpüree, aber bitte ohne Zitrone.*"

Paulchen: „*Ich mache gerade Diät, ich möchte das italienische Jägerschnitzel ohne Fleisch mit einem Truthahnsalat.*"

Brigitte: „*Für mich ein Dorade-Sandwich mit viel Sauerkraut.*"

Willi: „*Noch einen Grappa. Ist noch was von dem Labskaus da?*"

Erdal: „*Tugba und ich nehmen Adana-Kebab, aber bitte nix Dürüm.*"

Die Bedienung ging in die Küche, wo ein paar Sekunden später ein Urschrei geboren wurde. „*Das Pack schmeiß ich raus*", schrie der Koch mit hochrotem Gesicht, bevor er in sich zusammen sackte. Das herbei gerufene Deutsche Rote Kreuz konnte nur mit einer gehörigen Portion Riechsalz helfen, dass wieder ein normaler Kochablauf gewährleistet wurde.

Aufgrund dieser Weihnachtsfeier beschloss Adeodato, sein Restaurant zu verkaufen und sich der örtlichen Mafia anzuschließen.

Inzwischen war die Klangschalen-Familie dabei, unter Zuhilfenahme diverser alkoholischen Getränke, neue Ideen für spezielle Klangschalenformen zu entwickeln.

Willi: *„Noch einen Grappa.“*

Paulchen lallte: *„Wenn wir die Dinger quadratisch machen würden, könnte man sie besser stapeln.“*

Wolfram: *„Da kämen aber keine Töne mehr raus.“*

„Man könnte kleine MP3-Player ins Gehäuse integrieren, um so verschiedene Melodien speichern und sie der Reihe nach abspielen zu können“, meinte Gesine.

Wedekind: *„Das würde den Ursprungsgedanken der Klangschale zerstören. Lassen wir es doch, wie es ist.“*

Willi: *„Noch einen von dem, den ich schon vorher bestellt habe, genau wie am Anfang, nur ein bissel mehr, oder gleich zwei, oder am besten zwei Doppelte.“*

Adeodato, der kurz vor einem Nervenzusammenbruch stand, lief mit einer Goofy-Maske durch das Lokal und sang: *„Ich bau Dir ein Haus aus Schweinskopfsülze.“* Wedekind fand den Integrationsversuch von Adeodato in die deutsche Musikszene durchaus gelungen.

„Möchte jemand noch ein Dessert? Es gibt Saurer Blätterteig mit Zitronenpuffer oder möchte jemand einen Käseabschluss?“

„Oh, so einen Camembert, gefüllt mit einem Schnitzel, würde mir schon gefallen“, meinte Willi *„aber nur mit einem Grappa.“*

LingLing: „*Sehl gut, will auch einen Glappa, habe noch keine lunden Beine aber ohne Camembelt.*"

Wedekind: „*Oh je, Das dauert wieder, bis ich sie im Bett habe*", und zu LingLing gewandt: „*Käse macht schlechten Atem.*"

LingLing: „*Konfuzius sagen, wenn du schlecht liechen aus Mund, solltest du keine Wasseltlopfen in Eimel sammeln.*"

„*Wer verdammt ist Konfuzius?*", fragte Willi.

LingLing: „*Konfuzius wal glosses Philosoph.*"

Willi: „*Jetzt wo du das sagst, riech ich es auch.*"

Da Adeodato, wie es schien, die Orientierung verloren hatte, kam der Koch Melchior und fragte ob alles in Ordnung sei.

Brigitte meinte: „*Das Essen schmeckte etwas grünlich.*"

Karl-Friedrich, Erna, Erdal und Tugba fanden es sehr gut, bis auf das Kartoffelpüree.

Melchior: „*Aber es gab doch gar kein Kartoffelpüree.*"

Erna: „*Entschuldigung, wir hatten das mit dem Blätterteig verwechselt.*"

Bevor Melchior erneut durchdrehte, fragte er anstelle von Adeodato die Gäste nach einem letzten Getränk auf Kosten des Hauses.

Willi: „*Eine Flasche Grappa.*"

Alwine: „*Ich trinke noch einen Keuchhusten.*"

Willibald: „*Hää.*"

Alwine: „*Kennst du das nicht? Das ist 90%iger Rum mit etwas geschütteltem Wodka.*"

Willibald: „*Auch haben will, einen doppelt.*"

Brigitte: „*Ramazotti mit Eis, aber bitte nicht so kalt.*"

LingLing: „*Leiswein und Glappa.*"

Wedekind: „*Das heißt Rrrreiswein und Grrrappa, meine kleine Bonsai-Kiste.*"

Erna, Gesine und Isolde: „*Wir hätten gerne einen Espresso mit viel Kaffee.*"

Liselotte: „*Ich möchte noch einen Rotwein*", und sang das Lied „*Rote Dosen, rote Sippen, roter Wein*", mit dem René Carol 1973 einen Publikumserfolg erzielte.

Karl-Friedrich: „*Ein Weizenbier.*"

Adeodate zu seinem Koch: „*Ich nix mehr hören will von Klang-schalen. Wenn jemand davon zu mir sprechen, ich schneide dem was ab.*"

Melchior: „*Und wenn es eine Frau ist, z.B. Die Klangschalen-prinzessin 2014?*"

Adeodato: „*Rrraaauuusss.*"

Lieselotte saß in einer Ecke, um endlich den Brief zu lesen, den sie schon seit heute Morgen mitschleppte. Es handelte sich um die Rechnung einer Partnerschaftsvermittlung, bei der sie schon seit drei Jahren Mitglied war. Dass der Mitgliedsbeitrag mit 250 Euro im Jahr großzügig bemessen war änderte nichts an der Tatsache, dass sie bisher noch kein Glück hatte. Ein verheirateter Metzger-meister, ein Viernheimer Schornsteinfeger und ein weißhaariger, pensionierter Lehrer waren ihre magere Ausbeute. Getroffen hatte sie sich später nur mit dem Schullehrer, den sie aber sofort wieder aus ihrer Auswahl entfernte. Er wusste noch nicht einmal, was Klangschalen sind. Zufällig bekam sie mit, dass ihre Freundin, die 63jährige Susi, Frau des Metzgermeisters Flöti, mit ihrem Inter-netnamen „*Schweineschmalz*" der Männerwelt den Kopf ver-drehte. Dass Susi ebenfalls Mitglied in der Partnerschaftsvermitt-lung war, hätte sie ihr ruhig sagen können. Sie hätte Flöti schon nichts davon erzählt.

Mittlerweile waren alle bei der vierten Runde Grappa, selbst Adeodato, dessen Aufregung der letzten Stunden nach dem Genuss von einigen „*Ramazotti*" der Vergangenheit angehörte. Er informierte seine Gäste, dass er sich mit dem Gedanken trägt, ein ABC-Kochbuch zu schreiben, mit dem Titel:

„*Vom Aalauflauf aus Aachen*
bis Zitronentzatziki aus Zypern."

Die Gäste waren begeistert, außer LingLing. „*Aal kenne ich. Mein frühelel Fleund wollte mil immel seinen Aal schenken, abel was ist Tzatziki?*"

Wedekind: „*Ich erklär es dir zuhause, meine kleine Fleischflöte.*"

LingLing: „*Soll ich euch ein Mälchen aus meinel Heimat elzählen?*"

„*Warum nicht*", meinte Willi „*habe noch nie ein Märchen aus Thailand gehört und schon gar nie ein Thailändisches.*"

LingLing: „*Del Hellschel eines gloßen Königleiches wünschte sich schon lange einen Sohn als Nachfolgel, doch seine Flau bekam stattdessen eine Seemuschel. Die Wahlsagel des Königs sahen dalin ein schlechtes Zeichen und velbannten die Königin und die Seemuschel auf eine einsame Insel.*"

Willi: „*Schade, dass Konfuzius nicht dabei war.*"

LingLing: „*Kommt spätel.*"

Wedekind: „*Kannst ja zuhause weiter erzählen.*"

LingLing: „*Dann ist Muschel nix mehl gut.*"

Um zu verhindern dass LingLing weiter erzählt, übernahm Alwine das Wort: „*Ist der Weihnachtsbaum echt?*"

Adeodato: „*Nur der Ständer und das Lametta.*"

Karl-Friedrich und Erna hatten genug und mahnten zum Aufbruch. Erna begann sich schon auszuziehen, da sie annahm, sie wäre schon zuhause. Isolde und Gesine fingen an zu tanzen, während ihre Männer sich über ihre Beischlaffrequenz unterhielten.

Wolfram: *„Zweimal im Jahr müssen schon drin sein, da kenn ich kein Pardon."*

Paulchen: *„Waaas, so oft?"*

LingLing hatte das Gespräch mitbekommen und meinte: *„Hihihih, ich will immel, abel Wedekind kann nicht immel. Aber jetzt 500 Viagla bestellt, vielleicht bessel."*

Brigitte hatte sich wegen der Hitze in der Gaststätte auf der Toilette ihres BH's entledigt und dann wieder neben Adeodato Platz genommen. Dessen kurzer Blick reichte aus, dass seine Kontaktlinsen durch den Raum flogen, da sie dem Druck der Stielaugen nicht standhalten konnten. Ab sofort war er mit seinem Enkel Giorgio einer Meinung - es gibt Außerirdische. Diese Dinger sind nicht von dieser Erde. Willi war der Meinung, dass er in einen Werbefilm für Silikon geraten war und vergaß sogar seinen Grappa, während Liselottes Hand sich unter dem Tisch in den Oberschenkel von Erdal krallte, wobei der andere Oberschenkel sich ganz in der Hand von Tugba befand.

Wedekind hatte gerade mit dem Toilettengang von LingLing seine Probleme. Sie wollte drei Rollen Toilettenpapier, die sie unter ihrer Bluse versteckt hatte, als Souvenir mitnehmen. Er überzeugte sie, das Papier wieder zurück zu bringen. Dafür nahm sie drei Grappa-Gläser in ihre Obhut mit den Worten: *„Papiel zulück, Glappa-Gläsel mit."*

Wedekind war machtlos und beauftragte Liselotte zur Begleichung der Rechnung. Er schüttelte nur den Kopf. Liselotte flüsterte ihm den Rechnungsbetrag ins Ohr, und er schüttelte abermals den Kopf. Allerdings hörte er nicht mehr damit auf. Ob es an der Rechnung lag oder an der Tatsache, dass LingLing wieder drei Rollen Toilettenpapier unter der Bluse versteckt hatte, ist nicht bekannt.

Man machte sich auf den Weg nach Hause, was bei Adeodato Tränen der Freude auslöste. Außer Willi, der noch einen Grappa trinken wollte.

LingLing verabschiedete sich beim Herausgehen im Namen der ganzen Truppe mit den Worten: *„Flohe Weihnachten und guten Lutsch ins neue Jahl."*

Kurz nach Sylvester verkaufte Adeodato sein Restaurant und ging wieder zurück nach Sizilien, wo er nach einem zweijährigen Aufenthalt in einer Nervenheilanstalt fast jeden Abend am Meer sitzend den Sonnenuntergang betrachtete und mit den Wellen sprach:

> *„Ich arm, keine Klangschale ich habe.*
> *Die Linsenblums mir gaben den Rest.*
> *Mache nie mehr was mit Lokale,*
> *da das Glück mich hat verlässt."*

Heiliger Abend

„Ich hab es geahnt", meinte Alwine, als sie aus dem Fenster schaute. Draußen fielen einige Regentropfen, die aufgrund der frühlingshaften Temperatur leider nicht in Schnee übergingen. Somit hatte man, wie schon im letzten Jahr, wieder keine weiße Weihnacht. Alwine erinnerte sich kurz an ihre Kindheit: *„Da war es an Weihnachten kalt, und es lag Schnee, während es im Sommer immer warm war. Aber da gab es ja auch nicht so viele Versicherungsvertreter"*, meinte sie im Hinblick auf das in der Adventszeit aufkommende hartnäckige Heer dieser Spezies. *„Es ist ja bekannt, dass in der Adventszeit mehr Versicherungen abgeschlossen werden als im ganzen zurückliegenden Jahr. Also mir wollte man schon zweimal eine Hochzeitsrücktritts-Versicherung andrehen. Das heißt, falls Braut oder Bräutigam wegen eines Unfalls oder Krankheit nicht zur Trauung erscheinen können und die Hochzeit ins Wasser fällt, zahlt die Versicherung."*

Willibald ganz erstaunt: *„Willst du nochmal heiraten?"*

„Wäre doch möglich, bin ja erst 89 Jahre alt. Wenn der richtige käme würde ich nicht nein sagen."

Willibald etwas beleidigt: *„Ich bin doch auch noch da und hätte Zeit. Im Übrigen habe ich vor kurzem eine Versicherung abgeschlossen und zwar gegen fehlerhafte Herzschrittmacher."*

Alwine: *„Und, was heißt das?"*

Willibald: *„Also, wenn mir mal ein Schrittmacher eingesetzt wird, der nach kurzer Zeit kaputt geht, gibt es Ersatz und eine Ausfallpauschale"*.

Alwine: *„Aber dann bist du ja tot, wer kriegt dann den Ersatz?"*

Willibald: *„Ach so. Darüber habe ich mit denen noch nicht gesprochen, ich habe die zwei Bulgaren so schlecht verstanden. Aber einen schönen Katalog hatten die. Und die Preise ...., wie bei Aldi.*

Da kommt die Krankenkasse nicht mit. Die haben auch Ratenzahlung. Da könnte sich eigentlich jeder einen Herzschrittmacher leisten, zumal sie immer wieder einige gebrauchte im Angebot haben. Und das Wichtigste, die sind senil."

Alwine: *„Du meinst steril."*

Willibald: *„Sag ich doch."*

Alwine seufzte: *„Lass uns erst mal frühstücken."*

Willibald hatte wieder einmal bei ihr übernachtet, und die Augen waren, ähnlich eines defekten Rollladens, noch nicht ganz offen. Das Warten auf das Öffnen des letzten Türchens am Adventskalender wurde jeden Tag erneut mit Alkohol überbrückt. Um die Spannung zu steigern, wurde es auch immer erst am Abend geöffnet. Nachdem man den Inhalt des Türchens freundschaftlich geteilt hatte, ging es ab ins Bett.

Willibald musste ja in den Keller auf die Couch. Im gleichen Zimmer, das ging auf keinen Fall. Da legte Alwine großen Wert darauf. Es sollte ja nicht der Eindruck entstehen, sie hätte ein zügelloses Nachtleben. Willibald war das egal. Er war mit dem freundschaftlichen Verhältnis zufrieden, zumal er mit einigen älteren Damen aus dem Seniorenheim noch ein bis drei altersbedingte Techtelmechtel hatte. Die beschränkten sich aufgrund seiner erektilen Dysfunktion nur auf das heimliche Ansehen erotischer Super8-Filme und den Genuss des Kräuterlikörs Averna.

Die übergewichtige 82jährige Roswitta Klöppel gab sich damit jedoch nicht zufrieden. Sie bewohnte das Zimmer direkt neben Willibald und hatte ein Auge auf ihn geworfen. Trotz ihrer spektakulären Bekleidung, sie trug gerne rosafarbene Strapse unter ihrer gelben Kuttenschürze, konnte sie bei Willibald, obwohl sie sehr nett war, nicht punkten. Sie hatte furchtbaren Mundgeruch, hervorgerufen durch den täglichen Genuss einer Knoblauchknolle, zusätzlich pupste sie den ganzen Tag. Wäre ja nicht so schlimm, wenn sich die Geruchsbelästigung in vertretbaren Grenzen hielt. War aber hier nicht der Fall. Kurzum, es stank. Und zwar so stark, dass die herbeigerufene Feuerwehr einen Defekt im Abfluss der Toilette vermutete. Da sie aber während dieser Aktion auch weiter pupste wurde die Ursache doch recht schnell gefunden.

Zusätzlich hatte die Dame nur noch drei Zähne, weshalb man auch nicht gerade von einer Altersattraktivität sprechen konnte. Das einzige an ihr, was Willibald sympathisch fand, war, neben ihrer Vorliebe für Luftgitarre spielen, ihr nie endender Vorrat an Averna. Dadurch fühlte sich Willibald genötigt, ab und zu doch einen Besuch abzustatten. Aufgrund nachvollziehbarer Umstände jedoch immer ohne den obligatorischen Begrüßungskuss.

Egal was Roswitta unternahm, um die Beziehung zu Willibald zu intensivieren, hatte sie damit leider keinen Erfolg.

Heute und die nächsten Tage blieb Willibalds Zimmer aber verschlossen, und es gab keine nachbarlichen Besuche. Roswitta fand das aber nicht so schlimm. Sie hatte sich damit abgefunden, bei ihm keine Chancen zu haben. Deshalb hatte sich bei der Singlebörse „*eDarling*" angemeldet und begab sich nun mit ihrer neuen Bekanntschaft, einem 70jährigen Rockgitarristen, auf eine weihnachtliche Bergstrassentournee.

Für Willibald waren die Feiertage heilig. Das Fernsehprogramm war toll, die Schüssel mit dem Weihnachtsgebäck wurde nie leer, und wenn er Glück hatte, gingen alle in die Christmette. Er hatte dann seine Ruhe und konnte die Sendung „*Pulverdampf und dicke Dinger in der Heiligen Nacht*" ohne Störungen anschauen. Aber erst musste der reibungslose Ablauf dieses Abends sichergestellt werden.

Die ganze Familie verbrachte den Heiligen Abend, wie jedes Jahr, bei Alwine. Da galt es, das Essen vorzubereiten, den Tannenbaum aufzustellen und zu schmücken, und vor allen Dingen - die Getränke nicht zu vergessen. Eine Aufgabe, die Willibald zufiel. Er machte das gerne und belehrte jeden, der es wissen oder nicht wissen wollte: „*Getränke sind wichtig. Es könnte ja sein, dass aufgrund des scharfen Essens ein Verdauungsschnaps angebracht wäre. Wir wollen ja nicht mit Bauchschmerzen die Feiertage verbringen.*"

Er hatte auch schon einen kleinen alkoholischen Vorsprung. Seinen Frühstückskaffee hatte er mit etwas Grappa versüßt. So einen „*süßen*" Kaffee hatte Willibald schon lange nicht mehr getrunken.

Alwine meinte: „*Du solltest etwas langsam machen, der Tag ist noch lang. Du kannst jetzt den Baum aufstellen.*"

„*Was für ein Baum?*"

Alwine nun leicht verwundert: „*Du hast doch hoffentlich einen Baum besorgt?*"

„*Was meinst du mit Baum? Ich kann mich jetzt nicht so genau erinnern.*"

Alwine schon etwas lauter: „*Sag bloß, wir haben keine Tanne?*"

Willibald: „*Du meinst so eine, die wir als Weihnachtsbaum nehmen könnten?*"

Alwine ganz süffisant: „*Wie hast du das nur erraten?*"

„*Ich hätte nicht gedacht, dass wir auf die Schnelle so was brauchen, aber ich besorge noch 'nen Baum, ist ja noch früh*", und Willibald trollte sich.

Alwine gönnte sich auf diesen Schreck erst einmal einen Apfelbrand. Dabei hatte sie ihren Freund schon im Februar darauf aufmerksam gemacht. Dass Weihnachten auch immer wieder so schnell kommen musste. Der zweite Magenschoner musste warten, da sie die Klingel bei dieser Genuss bringenden Tätigkeit unterbrach. Amandus stand vor der Tür und hatte einen wunderschönen Tannenbaum dabei. „*Ich habe gesehen, dass du noch keinen Baum hast, und bevor wir alle keinen haben, habe ich mir* erlaubt einen mitzubringen. Ist doch besser, als wenn wir keinen hätten, oder? Der stand ganz einsam auf dem Flur im Rathaus. Ich musste nur die Befestigungen abschrauben. Dort wird er ja nicht mehr gebraucht. Über die Feiertage ist da ja sowieso niemand."

Alwine: „Ok, du kannst ihn gleich aufstellen, und die Kinder können ihn ja schmücken. Ich gehe in die Küche. Nehme an, dass ihr mehr essen wollt als eine belegte Stulle."

„Ja, zwei."

Alwine: „Es gibt Schweinerollbraten, gefüllt mit Schnitzel, dazu Pommes und Sauerkraut. Als Vorspeise Deutsche Hot Dogs. Das sind mit Schnitzel gefüllte Frikadellen auf einer Brezel. Die Kinder haben es sich gewünscht. Bei dem Dessert bin ich mir noch nicht so sicher, ob ich Vanillebällchen auf einer Lakritzsosse oder die Weinbrandbohnen ohne Schokoladenhülle, getaucht in Rotwein machen soll. Allerdings sollte schon mal der Baum aufgestellt und geschmückt werden, sonst wird es eng mit der Zeit. Wir stellen ihn dann hinten ans Fenster. Wir müssen nur die Harfe solange in die Besenkammer stellen."

Amandus: „Das ist eine Harfe? Ich dachte immer, das wäre eine russische Gitarre."

„Nein, was du meinst ist eine Balalaika, aber die haben weniger Drähte."

Amandus: „Wo hast du die eigentlich her?"

Alwine: „Die habe ich noch von meiner italienischen Urgroßmutter Auguste geerbt, die aber selbst nur einmal darauf spielte. Das war am 30. Oktober 1922. Da wurde Benito Mussolini zum neuen italienischen Ministerpräsident ernannt. Uroma war ganz wild auf ihn. Da war es auch egal, dass die Harfe nur eine Saite hatte. Sie spielte das Lied 'I te vurria vasá' oder wie man in Deutsch sagt „Ich möchte dich küssen". Gott sei Dank hat sie sein Ende nicht mehr erlebt."

Amadus unterbrach die Erinnerungen und meinte mit Blick auf den Tannenbaum: *„Ich ruf mal die Kinder, die sollen was schaffen."*

Marlies Erna Chantal und Ernest Sven waren natürlich an solch einem Tag auch schon früh auf den Füßen und schauten im Fernsehen die Dokumentation *„Finden an Weihnachten Beschneidungen statt?"*, bevor sie während der Sendung *„Teenies warten aufs Christkind"* von Amandus brutal unterbrochen wurden. *„Ihr sollt den Weihnachtsbaum aufstellen und schmücken."*

„Oh ja, machen wir. Da kann ich meine Dinos aufhängen", meinte Ernest Sven.

„Und ich meine Bilder von Helene Fischer", kam es von Marlies Erna Chantal.

Amandus: *„Aber vergesst das Lametta nicht, denn ein Christbaum ohne Lametta ist wie ein Elch ohne Elchin."*

Ernest Sven: *„Häää."*

Marlies Erna Chantal: *„Was ist Lametta?"*

„Lametta ist sehr dünn geschnittene Alufolie. Die meisten Familien fangen schon im Mai an zu schneiden. Aber wir haben ja noch welche vom letzten Jahr", meinte Amandus.

Während Alwine mit dem Vorbereiten des Menüs beschäftigt war, kam Willibald mit einem wunderschönen Baum, geschmückt mit Glocken und Kerzen, zurück, den er sich im Forum der Senioren ausgeliehen hatte.

Alwine: *„Jetzt haben wir zwei. Den einen könnten wir ja fürs nächste Jahr aufheben."*

Maria kam mit den Kartoffeln, um die Pommes vorzubereiten. Karl-Friedrich war im Hof und hielt ein Schwätzchen mit den russischen Nachbarn, die schon zweimal die Straße geputzt hatten. Obwohl Weihnachten für Vladimir, Galina und Fedora erst am

7. Januar stattfindet, feierten sie auch das deutsche Weihnachtsfest. Sie liebten die alkoholträchtigen Tage.

Währenddessen gingen die Kinder mit großer Sorgfalt an die weihnachtliche Gestaltung des Tannenbaumes, so, als gäbe es einen Preis zu gewinnen. Da hingen Aliens zwischen Helene-Fischer-Puppen und Gummibärchenschnuller zwischen Faschingsrollen. Alwine konnte sich mit der Gestaltung nicht so recht anfreunden und überredete Willibald, alles mit Lametta abzuschmecken und schon mal den zweiten Baum bereit zu stellen.

Auch die Krippe war in ihrer Besetzung der Zeit weit voraus. Um das Jesuskind in der Wiege gesellten sich ungefähr 30 bis 40 schwarze Personen, die Ernest Sven aus Holzkohle gebastelt hatte, um die ganze Szenerie etwas aufzuwerten. Die Frage von Alwine: *„Wer ist das denn?"*, beantwortete Ernest Sven: *„Das sind Gastarbeiter."*

Auch der Dinosaurus Hoger fand in der Ecke des Stalles auf einem Strohballen Platz. Warum sollte so ein Urtier nicht in Bethlehem gewesen sein? Nur der Sattel auf dem Saurier sorgte für etwas Verwunderung. Ernest Sven: *„Was spricht dagegen, dass Maria nicht auf einem Dino in den Stall ritt?"*

Marlies Erna Chantal entgegnete in ihrer unwiderstehlichen Art: *„Weil es kein Damensattel ist."*

Alwine: *„Ich glaube, wir müssen die Weihnachtsgeschichte neu schreiben."*

Gerade als Ernest Sven seiner Guillotine einen Platz zuweisen wollte, wurde er von Alwine daran gehindert: *„Das Ding kommt nicht unter unseren Tannenbaum."* Ernest Sven versprach, sich dafür zu rächen.

Amandus klebte die Nadeln, die während des Schmückens abfielen, mit Sekundenkleber wieder an den Baum. *„Die fallen nie wieder ab."*

Maria hatte in der Zwischenzeit die Kartoffeln ihrer Schale beraubt und war gerade dabei, sie zu beschneiden, so dass sie später nur noch ein Bad im heißen Fett nehmen mussten, um daraus knusprige Pommes zu werden.

Auch Erna gesellte sich zur familiären Runde. *„Der Christbaum sieht aber komisch aus, so ganz anders als sonst".*

Amandus: *„Ist ja auch noch kein Engel auf der Spitze."*

Erna: *„Ach so."*

Herr Schröder hatte es sich unterm Baum gemütlich gemacht und wollte gerade sein Bein heben, um seine Notdurft zu verrichten, als just in diesem Moment eine Glocke auf seinen Kopf knallte und in tausend Einzelteile zersprang. Die hatte ihm freundlicherweise Ernest Sven zugeworfen, um ihn daran zu erinnern, dass man bei solchen Anlässen gefälligst nach draußen geht. Herr Schröder war dermaßen erschrocken, dass er den restlichen Tag auf Ausscheidungen aller Art verzichtete.

Inzwischen kam Karl-Friedrich von seiner Unterhaltung mit den russischen Nachbarn. Die hatten ihn über die gesundheitliche Vorsorge von Wodka aufgeklärt und diese Theorie mit einigen praxisorientierten Geschmackstests untermauert. *„Der Christbaum sieht aber komisch aus"*, meinte er.

Willibald: *„Der von den Babatschkes in der Rathausstrasse sieht viel schlimmer aus. Aber der hat ja auch gebrannt."*

Karl-Friedrich: *„Da ist noch kein Engel auf der Spitze."*

Amandus beglückte währenddessen die Familie mit einem Poem:

> *„Fehlt der Engel auf der Tanne,*
> *liegt er bestimmt noch in der Wanne.*
> *Erst wenn er von oben lacht,*
> *dann ist endlich Weihenacht."*

Alwine: *„Schon wieder so ein erfolgloser Vierzeiler."*

Amandus: „*Warte nur ab. Meine Zeit kommt. Die Welt ist noch nicht bereit für meine anspruchsvolle Lyrik.*"

Marlies Erna Chantal: „*Wieso liegt der Engel noch in der Wanne?*"

Ernest Sven: „*Das ist doch nur ein Spruch, du Wanderziege.*"

Alwine: „*Erna, du könntest den Reissalat machen, der muss doch etwa eine Stunde ziehen.*"

Amandus: „*Wo zieht der hin?*"

Alwine: „*Nach Hüttenfeld, du Dummerle.*"

Erna: „*Den Reis bringt doch LingLing mit, oder?*"

Alwine: „*Ach ja, unsere thailändische Pampelmuse.*"

„*Wedekind kommt etwas später, er ist noch Weihnachtsge-schenke kaufen*", informierte Erna. „*Der Baum steht, das Essen ist soweit vorbereitet, lasst uns einen Kaffee trinken.*"

Mit dem Musikstück „*Hells Bells*" von AC/DC, der Lieblings-gruppe von Alwine, schlich sich auch langsam eine gewisse Weih-nachtsstimmung in das Wohnzimmer. Marlies Erna Chantal konnte bei dieser Gelegenheit endlich ihren selbstgebackenen Weihnachtsstollen in Form eines Marmeladenkranzes an den Mann bzw. die Frau bringen. Leider fand der etwas versalzte Mür-beteig sowie die sehr flüssige Marmelade nicht die Zustimmung der Linsenblum-Feinschmecker. Man beschränkte sich auf Weih-nachtsplätzchen, die noch vom letzten Jahr übrig waren.

Mit Blick auf den Weihnachtsbaum meinte Amandus: „*Könnt ihr euch noch an Sylvester letztes Jahr erinnern, als die Kinder versuchten, mit einigen Raketen unseren Tannenbaum hoch zu schießen? Klappte ja auch. Er stieg etwa zwei Meter in die Höhe, fing an zu brennen und fiel unglücklicherweise auf den Schuppen, der dann aus Sympathie mit brannte. Die Feuerwehr feierte dann bei uns Neujahr.*"

Karl-Friedrich lachte: *„Dieses Jahr wird es wohl nicht gehen, der Baum ist zu groß."*

Alwine: *„Ich bin froh, wenn die Feiertage vorbei sind."*

„Ja, ich auch", meinte Willibald. *„Da können wir in die Ssstadt, Gessschenke umtaussschen."*

Alwine: *„Du weißt doch gar nicht, was für dich unterm Tannenbaum liegt?"*

Willibald: *„Natürlich, wasss sssum Umtaussschen."*

Dass Willibald bei der Unterhaltung lispelte lag daran, dass er seine Zahnprothese auf den Tisch gelegt hatte, um sie von diversen Speiseresten zu befreien und die jetzt allerdings verschwunden war. Eine längere Suchaktion war die Folge. Schließlich wollte er sich am weihnachtlichen Abendmahl beteiligen.

„Lass doch Herrn Schröder suchen", meinte Erna, *„der findet alles."*

„Hund, bei Fuß", brüllte Amandus. Schwanzwedelnd kam er zu Willibalds Füssen. *„Ssuch Pappass Beissserchen, ssuch"*, befahl er ihm und zeigte dabei auf seinen Mund. Herr Schröder setzte sich und hechelte. Wahrscheinlich konnte er durch das Lispeln von Willibald der Bedeutung des Gespräches nicht folgen.

Alwine: *„Der versteht dich nicht."*

„Natürlich verssteht der mich, der isst nicht dumm, ein deutsssscher Hund findet jede Prothessse."

Doch Herr Schröder blieb sitzen. Bevor eine weitere größere Suchaktion die Familie beschäftigte, wurde Willibald unter seinem Sitzkissen fündig und setzte seine Zähne wieder ein.

Marlies Erna Chantal: *„Ekelhaft."*

Ernest Sven: *„Ekelhaft."*

Erna: *„Ekelhaft."*

Maria: „*Ekelhaft.*"

Alwine: „*Ist das meine Prothese?*"

Amandus: „*Gibt es die auch in einem helleren Dunkel?*"

Willibald überhörte die Bemerkungen und genehmigte sich einen Magenbitter.

Mittlerweile kam Wedekind von seinem Einkauf zurück mit einem riesigen länglichen Paket auf der Schulter, eingepackt in rosarotem Weihnachtspapier mit einer großen blauen Schleife. Allerdings roch es plötzlich stark nach Fisch.

Marlies Erna Chantal: „*So ein großes Fischbrötchen und so schön verpackt.*"

Wedekind: „*Das ist kein Fischbrötchen. Das ist das Weihnachtsgeschenk für Alwine.*"

„*Oma kriegt 'nen Fisch?*" fragte Ernest Sven voller Verwunderung.

Wedekind: „*NEIN.*"

Alwine, die von der Küche dazu kam: „*Hier riecht es nach Fisch.*"

Wedekind: „*Das ist zwar dein Weihnachtsgeschenk, ist aber kein Fisch.*"

Maria kam aus der Küche: „*Es gibt doch heute keinen Fisch, oder? Die Schnitzel riechen normal.*"

Des Rätsels Lösung: Herr Schröder hatte den Hering wieder ausgegraben, den er letzte Woche im Hof als Reserve versteckt hatte. Der lag jetzt unterm Tannenbaum und war für den strengen Geruch verantwortlich. Ernest Sven brachte den Fisch wieder in den Garten. Amandus ging mit der Raumspraydose umher, um den Fischgeruch aus dem Wohnzimmer zu verbannen.

Darauf Maria: „*Hier riecht es nach faulem Fisch im Tannenwald.*"

Alwine hatte in der Zwischenzeit schon einige Geschenke unter den Weihnachtsbaum platziert.

Marlies Erna Chantal: „*Dürfen wir auspacken?*"

Maria: „*Nein, ihr könnt doch wohl warten, bis es dunkel wird.*"

Auch Erna hatte ihre Geschenke dazu gelegt.

Der Reissalat konnte mit LingLing begrüßt werden.

Amandus: „*Na, mein thailändischer Fön, alles fit?*"

LingLing: „*Flohe Weihnacht, Leissalat ist gut, abel hiel stinkt es nach Fisch. Mein Gloßvatel immel sagen, wenn Fisch stinkt, dann lass stinken, abel nix essen, sonst Schmelzen in Bauch und viel Kaka, wo tut weh.*"

Wedekind: „*Ist ja gut meine thailändische Luftpumpe, ist nur Fisch von Herrn Schröder.*"

LingLing: „*Hell Schlödel isst Fisch?*"

Erna: „*Guckt mal, es schneit.*"

LingLing: „*Bei uns in Thailand nix schneit.*"

Amandus: „*Dort könnt' ich ja kein Schlitten fahren mit dir.*"

LingLing: „*Was ist Schlitten fahlen?*"

Alwine: „*Vergiss es, Amandus weiß nicht, wovon er spricht.*"

LingLing: „*Es gibt in meinel Heimat keine Weihnachten, deshalb ich bin floh, hiel mit zu feieln. Mil gefällt es. Gloßvatel sagen, wenn Menschen Weihnachten feieln und Tannenbaum leuchtet, dann schnell dunkel mit Wassel von Feuelwehl.*"

Amandus: „*Ist klar.*"

LingLing: „*Habe eine gloße Übellaschung fül euch.*"

Alwine: „*Erzähl.*"

LingLing: „*Bin schwangel.*"

Amandus: „*Von wem?*"

LingLing: „*Von Wedekind, natüllich.*"

Willibald: „*Das tut mir aber leid.*"

Alwine: „*Dann werde ich ja nochmal Uroma.*"

Willibald: „*Aber nur, wenn es ein Mädchen wird, bei einem Jungen wirst du Uropa.*"

Alwine: „*Dappes.*"

Marlies Erna Chantal: „*Häää.*"

Maria: „*Hast du schon einen Namen für das Kind?*"

LingLing: „*Ja, LingLang, wenn Mädchen und LangLing, wenn Bube.*"

Marlies Erna Chantal: „*Was, nur ein Name?*"

Erna: „*Ich finde LingLang Linsenblum schon ganz nett. Und wann kommt das Kind auf die Welt?*"

LingLing: „*Wenn alles klal geht, dann heute in 9 Monaten.*"

Marlies Erna Chantal: „*Häää.*"

Willibald: „*Mir kann das nicht passieren, bin ja destilliert.*"

Alwine: „*Du meinst sterilisiert.*"

Willibald: „*Sag ich doch.*"

Maria: „*Das Essen ist bald fertig. Ihr könnt schon mal den Tisch decken.*"

Marlies Erna Chantal: „*Mach ich. Brauchen wir Teller?*"

Erna: „*Willst du den Rollbraten mit den Händen essen?*"

LingLing: „*Lollblaten, was ist das?*"

Amandus: „*Das ist innen Fleisch und außen Fleisch.*"

LingLing: „*Abel kein Fisch, odel?*"

Amandus: „Glaube nicht."

Maria: „Wir könnten ja schon mal den Christbaum anstecken."

Ernest Sven: „Den ganzen Baum oder nur die Kerzen?"

Erna: „Untersteh dich."

Wedekind: „Lass bloß die Finger weg."

Karl-Friedrich: „Ich mach das, habe jedes Jahr die Weihnacht eingeleuchtet."

Alwine: „Schön ist es hier."

Herr Schröder: „Wauwau."

Marlies Erna Chantal mit Blick auf den Weihnachtsbaum: „Was würde die Tanne sagen, wenn sie sprechen könnte?"

Alwine: „Die würde sagen, ich bin eine Fichte, du Dummdrüsel."

Amandus: „Kommen die türkischen Ureinwohner auch noch?"

Alwine: „Natürlich, die gehören doch schon fast zur Familie."

Willibald: „Hoffentlich reicht dann unser Essen. Die könnten doch noch ein paar Döner mitbringen."

LingLing: „Oh ja, Dönel ist gut. Konfuzius sagen, wel satt ist, hat keinen Hungel."

Wedekind: „Das heißt HUNGER."

Willibald: „Kommt der Konfuzius auch noch?"

Marlies Erna Chantal: „Wer ist Konfuzius?"

Ernest Sven: „Irgendein Verwandter von LingLing."

Marlies Erna Chantal: „Und der kommt zu uns?"

Alle lachten.

Alwine: „Schön ist es hier."

Herr Schröder: „*Wauwau.*"

Die Türklingel bzw. die Klangschalen gaben die Melodie von „*Herzilein*" wieder, und man konnte endlich die türkischen Freunde begrüßen.

Alwine: „*Frohe Weihnachten.*"

Erdal: „*Mutlu Noeller.*"

Tugba: „*Tu ich auch.*"

Sie hatten auch kleine Geschenke dabei, die sie unter den Weihnachtsbaum ablegten.

Alwine: „*Wäre aber nicht nötig gewesen.*"

Tugba: „*War nix billig.*"

Willibald: „*Hoffentlich ist es was Gescheites.*"

Maria: „*So, das Essen ist fertig. Bitte nehmt Platz.*"

Wedekind: „*Och Gottchen, wie vornehm.*"

LingLing: „*Was ist volnehm.*"

Wedekind: „*VORRRNEHM, das heißt vorrrnehm.*"

LingLing: „*Ah ja, jetzt wissen, Blödel Besselwissel.*"

Wedekind: „*Lass uns bitte nicht streiten an so einem Tag.*"

LingLing: „*Ich nix stleiten mit dil, bin ganz alg lieb.*"

Amandus gab wieder ein Poem zum Besten:

> „*Jetzt ist endlich Heilige Nacht,*
> *und wir sitzen alle an einem Tisch.*
> *Es wird gegessen und gelacht,*
> *es riecht aber immer noch nach Fisch.*"

Alwine: „*Wo hast du das nur alles her?*"

Amandus: „*Wahrscheinlich bin ich doch ein Auserwählter.*"

Marlies Erna Chantal: „*Was läuft den hier für eine Musik?*"

Wedekind: „*Das ist Stille Nacht, heilige Nacht.*"

Alwine: „*Schön ist es hier.*"

Herr Schröder: „*Wauwau.*"

Erna: „*Wenn man genau hinhört, kann man aus Herrn Schröders Gebell die Melodie Oh Tannenbaum heraus hören.*"

Maria: „*Da braucht man aber viel Phantasie.*"

Ganz leicht wurde der immer noch vorhandene Fischgeruch in den Räumlichkeiten von einer feinen Note aus Lavendel übertüncht. Amandus: „*Es riecht so, als würde ein toter Fisch versuchen, in einem Lavendelfeld zu schwimmen.*"

Marlies Erna Chantal: „*Tote Fische können doch nicht in einem Lavendelfeld schwimmen, oder?*"

Ernest Sven: „*Natürlich nicht, du Intelligenztrommel. Ist ja nur bildlich gemeint.*"

Auch Maria und Erna waren der Meinung, dass es nach Lavendel roch.

Marlies Erna Chantal: „*Ich weiß, wo das herkommt, sag es aber nicht, hihihi. Einen Tipp gebe ich euch, könnte eventuell mit den Weihnachtsgeschenken zu tun haben.*"

Amandus: „*Wahrscheinlich Raumspray für Herrn Schröder.*"

Marlies Erna Chantal: „*Kalt.*"

Amandus: „*Duftkerze?*"

Marlies Erna Chantal: „*Warm.*"

Willibald: „*Da hat jemand Lavendelschnaps getrunken und einen Pups gelassen.*"

Alwine: „*Dappes.*"

Marlies Erna Chantal: „*Ich sag es euch bei der Bescherung.*"

Mittlerweile wurden die gefüllten Frikadellen serviert. Ein großes „*Mmmm*" machte die Runde, und eine Zeitlang hörte man nur das Klappern der Zahnprothese von Willibald. Schön war es, dass sie beim Kauen nicht immer wieder aus dem Mund fiel.

Erna: „*Wie ich höre, schmeckt es euch.*" Damit spielte sie auch auf das Schmatzen von Amandus an. Marlies Erna Chantals Essensgeräusche waren auch nicht zu verachten. Kam daher, dass sie das Schnitzel ähnlich einer Weißwurst aus der Frikadelle schlotzte.

LingLing: „*Flikadelle gut. Passt zu Leissalat und Pommes Flites. Gloßvatel sagen, Leis ist viel gesund wie Gilaffe gloß.*"

Marlies Erna Chantal: „*Wieviel Reis geht in eine Giraffe?*"

Ernest Sven: „*Basmati oder Naturreis?*"

Marlies Erna Chantal: „*Natürlich, ist klar.*"

Alwine: „*Ach Gottchen, ist Weihnachten schön.*"

Im Hintergrund lief im Fernseher die Weihnachtsansprache der Bundeskanzlerin, die allerdings von einigen Bildstörungen unterbrochen wurde.

„*Mich würde auch schon mal interessieren, was so eine Bundeskanzlerin ihrem Mann schenkt*". Um den Wissensdurst von Maria zu befriedigen, meinte Amandus: „*Die hat doch keine Zeit zum Geschenke kaufen, der kriegt einen Gutschein über 100 Euro, basta.*"

Marlies Erna Chantal: „*Was, soviel.*"

„*Ich habe gelesen, dass der Beckenbauer seiner Frau eine Halskette schenkt.*" Damit konnte Willibald seinen Beitrag in die Unterhaltung mit einbringen.

Marlies Erna Chantal: „*Wer ist Beckenbauer?*"

Amandus: „*Irgend so ein Sportler, der den Fußball nach Deutschland gebracht haben soll.*"

Karl-Friedrich: *„Nicht den Fußball, sondern die Weltmeisterschaft.“*

„Boris Becker hat seiner Besenkammer-Tochter eine Wohnung geschenkt“, meinte Willibald.

Wedekind: *„Im Fernsehinterview beim Kochduell hat er aber dementiert, dass sie in der Besenkammer gezeugt wurde. Es wäre auf der Treppe gewesen.“*

Amandus: *„Das ist ja was anderes. Da hat man ihm die ganze Zeit Unrecht getan.“*

Erna: *„Ich habe auch schon ein Geschenk von meinem Mann.“*

Willibald: *„Was denn?“*

Erna: *„Ich habe mir ein Tattoo machen lassen.“*

Alwine: *„Wo denn?“*

Erna: *„In Mannheim.“*

Alwine: *„Nein, ich meine an welcher Stelle?“*

Erna: *„In den Planken.“*

Alwine: *„NEIN, an welcher Stelle deines Körpers kann man die Verunstaltung sehen?“*

Erna: *„Auf der Schulter.“*

Alwine: *„Sehen will.“*

Erna entblößte ihre Schulter, wobei Willibald mit einem unverständlichen Lallen und immer größer werdenden Stielaugen helfen wollte. Nach einigem Hin und Her konnte man die Bemalung der Haut, wie Amandus bemerkte, endlich sehen:

我 不 會 刷

Marlies Erna Chantal: *„Geil.“*

Maria: „Was soll denn das darstellen?“

Erna: „*Das ist chinesisch und heißt - Ich will nicht Putzen.*"

Wedekind: „*Hääää.*"

Erna: „*Ich habe erst zu spät Bescheid bekommen, was das heißt. Da war das schon auf der Haut. Mir haben die Buchstaben so gut gefallen.*"

Willibald: „*Und warum schreibt man das nicht auf Deutsch?*"

Erna: „*Das wäre blöd, sieht so besser aus.*"

Ernest Sven: „*Wenn dir das nicht mehr gefällt, kannst du es locker mit 20er Schmirgelpapier weg schleifen.*"

Alwine: „*Das hätte es bei Adolf nicht gegeben.*"

LingLing: „*Bludel von Gloßvatel hat auch auf dem Lücken gloßes Bild Tattoo. Die Niagala Wasselfälle. Von Hals bis zu Kaka-Backen*".

Wedekind: „*Den habe ich kennengelernt beim letzten Thai-Urlaub. Der ist schon über 90 und Bettnässer. Wenn da morgens das Bett nass war, traf dann Kunst auf Realität. Hahahah.*"

Amandus: „*Chinesen würden sich nie Deutsche Buchstaben auf die Haut machen.*"

Ernest Sven: „*Stell dir vor, die hätten das Wort Tupperware oder Knoblauchallergie vorne auf der Brust stehen. Sieht doch blöd aus.*"

Marlies Erna Chantal: „*Gibt es in Thailand auch Tupperpartys?*"

LingLing: „*In meinel Heimat gibt es nix Tuppelpalty, nur Fest fül Buddha mit Schalen vollel Essen.*"

Amandus: „*Goldig, unsere Schlitzkiste.*"

Marlies Erna Chantal: „*Was tut denn so ein Buddha essen tun?*"

LingLing: „*Gemüse, Obst und viel Wassel.*"

Marlies Erna Chantal: *„Der muss aber keinen Spinat essen, oder?"*

LingLing: *„Ich glaube nicht."*

Maria: *„Können wir jetzt endlich weiter essen?"*

LingLing: *„Oh jaa."*

Amandus: *„Habe ich einen Hunger. Wird jedes Jahr schlimmer."*

Man widmete sich wieder den kulinarischen Genüssen, als die Klangschalen ihre bekannte Melodie spielten.

Alwine: *„Wer stört denn jetzt noch?"*

Erna: *„Ich schau nach."*

Vor der Tür stand ein Bote des Paketdienstes.

„Ich habe ein Paket für LingLing Linsenblum".

Willibald: *„An Heiligabend kommt der Paketdienst? Das muss aber wichtig sein."*

LingLing: *„Ist gloßes Geschenk fül meinen Schatz, 500 Tabletten Viagla. Wal im Angebot."*

Amandus: *„Die reichen aber nicht bis Sylvester."*

Willibald: *„Psst, LingLing, kannst du mir zwei bis drei leihen?"*

Alwine: *„Da würden auch tausend Pillen nicht helfen."*

Amandus: *„Du musst aufpassen, dass kein Viagra in den Rollbraten fällt, der wird dann ganz hart und schmeckt nicht mehr."*

Die Gespräche verstummten für kurze Zeit, da der übergroße Rollbraten ihre ganze Aufmerksamkeit verlangte.

Amandus mit vollem Mund: *„Wir hatten ja früher gar nix."*

Alwine: *„Damals gab es keinen Rollbraten, nur Hausmacher Wurst vom Bauer aus Heppenheim. Wir mussten die Leberwurst immer auf den Schwartenmagen streichen, weil kein Brot da war.*

Amandus, der noch klein war, durfte immer die Reste anbraten und dann alleine essen. Er war einfach noch zu klein für eine komplette Schlachtplatte."

Maria: *"Könnt ihr bitte mal ruhig sein. Hier riecht es aber stark nach Lavendel, ich höre es genau."*

Marlies Erna Chantal: *"Hääää, kann man das hören?"*

Maria: *"Natürlich, immer wenn es nach Lavendel riecht, zieht Amandus lautstark die Nase hoch und das hört man."*

Ernest Sven: *"Dann kann man Dummheit ja auch hören."*

Amandus: *"Hääää, wieso?"*

Ernest Sven: *"Jedes Mal, wenn man Marlies Erna Chantal was fragt, klopft sie sich zwei bis dreimal mit der flachen Hand lautstark auf die Stirn und meint, die Frage verstehe ich nicht."*

Die ganze Familie, außer Marlies Erna Chantal, lachte herzhaft.

Karl-Friedrich: *"Habt ihr schon gehört? Heute Morgen, rechtzeitig zu Heiligabend, wurde wieder einmal ein neuer Planet entdeckt, fast so groß wie die Erde."*

Wedekind: *"Da gibt es bestimmt noch viel mehr Planeten. Der Weltraum ist ja riesig groß."*

LingLing: *"Gloßvatel immel sagen, Weltlaum so gloß wie hohle Hand leel."*

Marlies Erna Chantal: *"Haben die auf dem anderen Planeten jetzt auch Weihnachten?"*

Ernest Sven: *"Kann sein, aber die haben bestimmt keinen Rollbraten."*

Karl-Friedrich: *"Wahrscheinlich nicht. Da sind die schwarzen Löcher daran schuld. Die haben so eine große Anziehungskraft. Wenn da mal ein Rollbraten reinfällt, der kommt nicht mehr raus."*

Willibald war gerade mal wieder am Reinigen seiner Zahnprothese und lispelte: „*Ssschwarze Löcher gibt ess in Vvviernheim aber auch. Ich kenn einss, das hat eine Anziehungssskraft, die ist gewaltig.*"

Alwine: „*Jetzt ist aber Schluss, es ist Heiligabend.*"

Marlies Erna Chantal wollte von LingLing wissen, ob es in ihrer Heimat Außerirdische gäbe.

LingLing: „*Ich nix weiss, ob es Außelildische gibt. Habe noch keinen kennengelelnt. Oma von Konfuzius abel sagen, Weltlaummenschen blingen Geschenke.*"

Marlies Erna Chantal: „*Find ich blöd. Außerirdische wissen doch gar nicht, was ich mir zu Weihnachten wünsche.*"

Ernest Sven: „*Du musst deinen Wunschzettel im Wald an einen Baum hängen. Wenn dann die Aliens kommen, um einen Kaka zu machen, sehen sie deinen Zettel und nehmen ihn mit in den Weltraum. An Weihnachten bringen sie dann die Geschenke.*"

Marlies Erna Chantal: „*Die kommen in unseren Wald, um einen Haufen zu machen. Haben die keine Toiletten?*"

Alwine: „*Es reicht jetzt.*"

Amandus' poetische Ader pulsierte mit aller Kraft.

„*Ich hab noch einen.*" Aber bevor Amandus seiner künstlerischen Leidenschaft freien Lauf lassen konnte, fiel Willibalds Zahnprothese wieder auf den Fußboden. Alwine meinte: „*Ist nicht so schlimm, habe gestern erst gesaugt. Teppich ist sauber.*"

Willibald mit trauriger Stimme: „*Pff, komisssch, die Zähne wollen misssch nissscht.*"

Nachdem er seine Zähne wieder an der dafür vorgesehenen Stelle mittels Haftcreme befestigt hatte, konnte endlich Amandus sein Meisterwerk der Familie darbieten:

„Im Weltraum gibt es schwarze Löcher,
die alles fressen.
Drum keine Angst, mach voll mein Köcher,
wir wohnen ja in Hessen.

Die Viernheimer, die saufen gern,
ob morgens und den ganzen Tag.
Ob hier oder auf einem anderen Stern,
wir saufen auch in einem Sarg.

Auch während des Gebetes
sitz ich beim Pfarrer vorn.
Der Messwein ist schon was Feines,
wenn man ihn mischt mit Korn. "

Maria: *„Das ist Poesie in vollster Perfektion. "*

Wedekind: *„Jetzt, wo du es sagst, schmecke ich es auch. "*

Alwine: *„Schön, mein Bub. Trinkst du wirklich mit dem Pfarrer? Der soll doch Vegetarier sein. "*

Amandus: *„Ja und? Der trinkt halt nur Tofu-Alkohol, hahaha. "*

Marlies Erna Chantal: *„Tofu-Alkohol? Habe ich mal gelesen. Ist das der Bohnenschnaps? "*

Amandus: *„Ja, mein Schmalzkringel. "*

Alwine: *„Soll ich den Nachtisch servieren, oder trinken wir erst ein Verdauerle. "*

LingLing: *„Ich tlinke gelne Veldauelle. Mein Gloßvatel ist von Veldauelle schon übel 90 Jahle alt. Nul ein bissel Bettnässen tut el machen. "*

Karl-Friedrich: *„Was hatte er denn getrunken? "*

LingLing: *„Tee, Pfeffelminztee, abel nul kulze Zeit. Spätel dann jeden Tag Lao Khao, ist gesundes Schnaps aus Klebeleis. "*

Maria: *„Bä. "*

Wedekind: „ *Der Schnaps aus Klebereis ist gar nicht so schlecht.* "

Willibald: „ *Will mittrinken, wo sssind denn meine Zähne schon wieder?* "

Erna: „ *Ich glaube, die hat Herr Schröder im Maul.* "

Marlies Erna Chantal: „ *Der brauch die doch gar nicht.* "

Alwine: „ *Nicht mal am Heiligabend geht es bei den Linsenblums besinnlich zu* ", und zu Willibald gerichtet: „ *Du hast mal wieder die Haftcreme mit der Zahnpasta verwechselt.* "

Willibald: „ *Iss nicht schlimm, und besssinnlich sssind wir, prossst.* "

Zur Feier des Tages und zum Abschluss des Hauptgerichtes sollte schon ein besonderer Cognac dem Völlegefühl Paroli bieten. Ein 80er Fontpinot XO. „ *Den sollte man unbedingt aus dem Wasserglas trinken* ", sagte Alwine.

Willibald: „ *Geht auch eine Vase?* "

Alwine: „ *Der geht runter wie Schmierseife. Den Tipp für dieses göttliche Getränk habe ich von Rosinchen. Die hat mir den auch besorgt.* "

Karl-Friedrich: „ *Nicht schlecht, Herr Specht.* "

Wedekind: „ *Ojojojo.* "

Maria und Erna: „ *Der verlangt nach mehr. Und was meint unser thailändisches Essstäbchen?* "

LingLing: „ *Will mehl.* "

Maria: „ *Willibald, ich sehe deine Prothese, hängt am Rest vom Rollbraten in deinem Teller.* "

Willibald: „ *Pfff, meine Zähne mögen Fleisssch.* "

Marlies Erna Chantal: „ *Ekelhaft.* "

Ernest Sven: „*Ekelhaft.* "

Wedekind: „Ekelhaft. "

Karl-Friedrich: „*Ich sag es nicht.* "

LingLing: „*Konfuzius sagen, wenn Zähne fallen aus Mund, du nix Opelette singen.* "

Wedekind: „*OPERETTE heißt das, O-P-E-R-E-T-T-E.* "

LingLing: „*Jaaa, Blödel. Klieg ich noch Cognac?* "

Alwine: „*Trink, mein Schleicherle.* "

„*Ich könnt jetzt eine Nickerchen machen*", meinte Amandus.

LingLing: „*Was ist Nickelchen?* "

Wedekind: „*Ein kurzer Schlaf.* "

LingLing mit Blick auf Wedekind: „Hihi, kulz kenn ich. "

Karl-Friedrich: „*Essen macht satt.* "

Willibald hatte seine Prothese wieder ihrer natürlichen Bestimmung zugeführt und hatte mit normalem Klebstoff einem weiteren Verlust vorgebeugt. Könnte die Prothese sprechen, würde sie mit Sicherheit sagen: „*Ich habe die Schnauze voll.* "

Alwine wollte etwas zur Unterhaltung beitragen und fragte in die Runde: „*Soll ich euch mal einen Teil des Tagebuches von unserem verstorbenen Opa vorlesen? Habe ich extra aufgehoben.* "
„*Jaa*", brüllten alle, da sie wussten, dass das bestimmt etwas Besonderes war. Alwine begann:

„*Adsvent 1985*

1. Dezember: Herrlich, auf meinem eigenen Adsventskalender darf ich mein erstes eigenes Fenster öffnen. Ein Schokoglöckchen. Ich liebe den Adsvent.

2. Dezember: Ein Schoko Osterhase. Ich lasse den auf meiner Zunge zergehen und bekomme gerade in diesem Moment mit der Bohrmaschine einen Klaps auf den Hintern. Hatte aber noch keine Hose an. Tat weh. Alwine ist immer so romantisch.

3. Dezember: Kollege Witt vom gleichnamigen Fotostudio erzählt mir von seinem tollen Adsventskalender mit kleinen Geschenkchen. Ich freue mich für ihn. Ich hatte ein Schokoauto. Beim Witt lag eine Kamera drin.

4. Dezember: Ein verschimmelter Schokokopf. Schmeckte etwas nach Handkäs ohne Musik, aber gut. Fast so gut wie Handkäs mit Musik. Nur etwas gelblich.

5. Dezember: Kollege Höflich erzählte in der Pause vor dem Backofen mit den Rollbraten schmutzige Adsventswitze. Habe aus Höflichkeit mitgelacht. Fräulein Palusa sah errötend zu Boden. Der Schokotannenzweig hatte einen bitteren Geschmack. Lag daran, dass die Nadeln echt waren.

6. Dezember: Nikolaustag. Unser stellvertretender Chef, Wolfgang Wolfsschwanz, kommt mit einem Nikolauskostüm und verteilt Schokolade und Kondome. Ich mache mich über die Schoki her und schiebe die Kondome unserer jungen, neu angestellten Sekretärin zu. Die kann sie doch besser gebrauchen als ich. Demnächst muss ich mich wegen sexueller Belästigung am Arbeitsplatz äußern. Ich fühle mich ungerecht behandelt.

7. Dezember: Alwine scheint sich über den Wischmop, den ich ihr zu Nikolaus schenkte, irgendwie nicht zu freuen. Sie ist heute sehr eigenartig. Schokoschlitten im Kalender. Kolleginnen gehen mir aus dem Weg. Menschenskind, ich wollte doch wirklich nur das Beste für die Neue. Fräulein Van Hinten, genannt das holländische Trampolin, murmelte was von ...Ja, ja... und ... sein bestes Stück...

8. Dezember und 2. Adsvent: Alwine war wieder versöhnlich. Zumindest bis zu dem Zeitpunkt, als ich mein Sturmfeuerzeug zum Entzünden der zwei Kerzen auf dem Adsventskranz zückte. Bei den anderen brannten nur zwei mickrige Kerzen, bei uns der ganze Kranz. Warum war das Holz auch nur so trocken?

9. Dezember: Anschiss wegen Nikolaustag. Die Frauenbeauftragte unserer Firma, Renate Zunaht, grinste hämisch. Eintrag in der Personalakte. Als ich wieder an meinen Schreibtisch zurückkam, fand ich zwei Kondome auf meinem Platz liegen. Schnell steckte ich sie ein. Das Schokoflugzeug schmeckte mir nicht so richtig.

10. Dezember: Hatte einen Schokohasen im Kalender und einen eiskalten Hasen mir gegenüber am Frühstückstisch sitzen. Alwine hatte die Gummis in meiner Tasche gefunden. Meine Beteuerungen, dass ich ihr ewig treu bin, prallten an ihr ab, wie ein Zwerg auf einem Trampolin. War ein frostiger Empfang im Büro und auch am Abend zuhause.

11. Dezember: Unsere Neue kam im Minirock. Das macht sie extra. Ignorierte sie. Mein Kollege Karli pfiff ihr nach. Blöd, dass er das auf der Türschwelle in sein Büro machte und ich allein auf dem Gang stand, als sie sich umdrehte. Termin beim Chef für morgen in Outlook eingetragen. Alwine ist immer noch sauer. Schokostrapse im Fensterchen. Irgendjemand will mich ärgern.

12. Dezember: Witt schwärmt wieder davon, was er heute in seinem Kalender fand. Gutschein für Passbilder. Der Boss glaubt mir meine Schilderung des Vorfalls am Vortag nicht. Zweite Eintragung und eine dringende Empfehlung, einen Bogen um Auszubildende und Minderjährige zu machen. Schokotannenzweig.

13. Dezember: Alwine spricht wieder mit mir. Ich wünschte nur, es wäre was freundlicheres als ‚Bring den Müll raus‘. Hatte das Büro für mich allein. Zumindest gingen alle, als ich es betrat. Als ich auf den Raucherbalkon kam, verließen ihn meine Kollegen. Mir fiel auch auf, dass sie mich heute nicht fragten, ob ich zum Essen gehe. Komisch. Irgendjemand hatte mein Türchen geleert.

14. Dezember: Die Nachbarskinder machten eine Schneeball-schlacht. In einem Anfall eines jugendlichen Gefühls machte ich mit. Blöd, dass sich ein Stein in meinem Schneeball versteckte. Ich überschlug im Geiste wie viel eine Katze kosten könnte. Ich wollte das Tier nicht treffen.

15. Dezember und 3. Adsvent: Behutsam entfernte ich den Katzenmörder-Zettel von meiner Haustür. Alwine war am Koffer packen. Sie hatte mit einer Freundin telefoniert, die lustiger Weise mit einem meiner Kollegen verheiratet ist und sie brühwarm über die Vorgänge in der Firma informierte. Meine Erklärungsversuche scheiterten.

16. Dezember: Hatte einen Schokotannenbaum im Kalender. Ich finde Schokolade nicht mehr so spannend. Alwine fehlt mir.

17. Dezember: Hab mit Alwine telefoniert. Konnte sie nach stundenlangem Betteln und Überreden dazu bringen, wieder zu-rück zu kommen. Wir lagen uns weinend in den Armen. Als wir später ins Bett gingen, kreuzte ein neues Problem auf. Stress er-zeugt tatsächlich Impotenz. Schokolichterkette, hat mir nicht ge-schmeckt.

18. Dezember: In der Arbeit reißt Meier Pädophilen-Witze. Werde dabei von Kollegen lachend angesehen. Gedanken an einen Giftmord durchschleichen meine Hirnwindungen.

19. Dezember: Schokoschlitten. Bin frustriert. Sex hat letzte Nacht wieder nicht geklappt. Alwine seufzt jedes Mal bei meinem Anblick.

20. Dezember: Kleiner Umtrunk. Kollege Kullmann gibt einen aus. Er will auf kameradschaftlich machen und haut mir auf die Schulter, so dass ich mein Glas verschütte. Laufe panisch aufs Klo. Solche Flecken bekommt man später nicht mehr raus. Ver-dammt. Falsche Tür. Die Neue kommt rein, stehe nur in Unterho-sen vor ihr. Sie hat 'nen Mini an. Das Gute daran - die Impotenz ist augenblicklich vorbei.

21. Dezember: Ich lese zum dritten Mal die Kündigung, während Alwine weinend erneut ihre Sachen packt. Ihre Freundin im Auto hupt schon. Hatte eine Schokoweihnachtskugel.

22. Dezember: Ein Nachbar wünscht mir frohe Feiertage. Ich haue ihm ein blaues Auge. Schokokerze.

23. Dezember: Die Polizei steht vor der Tür. Sie drohen, die Tür einzutreten. Als Antwort schicke ich ihnen meinen lichterloh brennenden Weihnachtsbaum, den ich aus dem Badezimmerfenster im ersten Stock fallen lasse. Ich hätte den Baum doch nicht schon im Wohnzimmer anzünden sollen. Nun hat auch die Feuerwehr ein dringendes Bedürfnis meine Wohnung von innen zu besichtigen.

24. Dezember: Ich feiere Weihnachten mit Ludwig. Wir teilen uns eine Zelle. Ludwig ist sehr nett. Er mag mich. Alwines Brief, in dem sie mir ein frohes Fest wünschte, gab mir neuen Mut. Sobald ich die zwei Jahre hinter mir hätte, käme sie wieder zurück."

Alle lachten

Maria: *„ War Opa mal im Gefängnis? "*

Alwine: *„ Der war noch viel mehr. "*

Die Familie war satt, und man saß gemütlich bei einer Tasse Kaffee, außer Willibald, der mit einer Tasse Cognac das Menü abschloss. Aufgrund der Völlerei wollte man das Dessert zu einem späteren Zeitpunkt zu sich nehmen. Es war mittlerweile dunkel, es regnete und schneite abwechselnd, der Baum brannte, natürlich nur die Kerzen, und Alwine meinte: *„ Könnt ihr euch noch an Weihnachten vor etwa 10 Jahren erinnern? "*

„ Was war denn da? "

„ Opa Winald hatte beim Aufräumen in der alten Wohnung, unter einem Stapel alter Handarbeitshefte, einen aufblasbaren Weihnachtsbaum gefunden, der mit einer Luftpumpe und einer eingebauten Lametta-Schneidemaschine ausgestattet war. Gewonnen

hatte er das zwei Meter große Gummimonstrum bei einem Preis-
ausschreiben. Er hatte diesen Gummibaum von den Spinnweben
befreit, frisch eingewachst und mit Öl wieder zum Glänzen ge-
bracht. Die Lametta-Schneidemaschine, ein Wunderwerk der
Technik, wurde mittels Drehfeder aufgezogen und mit Alufolie
bestückt.

Opa hatte dann den Baum im Ständer aufgestellt und mit bun-
ten Kugeln und Engelshaar geschmückt. Und nicht zu vergessen -
echte Kerzen. Oben auf der Spitze war ein riesengroßer Stern aus
Salzteig. Man saß gespannt um den Tisch. Opa löste die mechani-
sche Sperre der Lametta-Schneidemaschine. Die ersten Streifen
wurden, ähnlich einer Nudelmaschine, ins Freie entlassen, wobei
bemerkt wurde, dass die automatische Abschaltung nicht funktio-
nierte. Die Schneidemaschine drehte sich langsam, und die einge-
baute Musikwalze spielte das Lied 'Oh Tannenbaum'. Karl-
Friedrich und Erna sowie Wedekind und seine erste Frau Birgit
waren stumm vor Staunen. Maria hatte vor Rührung Tränen in den
Augen. Draußen schneite es, und das Zimmer füllte sich langsam
mit den Silberstreifen.

Irgendjemand hatte vergessen, die Türe zu schließen. Als ein
Windstoß diese zuschlagen ließ, erschreckte sich unsere Katze
Okeechobee, die uns übrigens in der Walpurgisnacht zugelaufen
war, so sehr, dass sie auf den Tisch sprang und mit ihrem ganzen
Gewicht an den Baum kam. Von da an nahm das Unglück seinen
Lauf. Es knackte mehrmals, der Baum fing an zu zittern und fiel
um. Das nutzten die echten Kerzen aus, um den Baum ihrerseits zu
erhellen. Ich rief mit überschnappender Stimme - so tu doch etwas!
Winald saß wie versteinert. Irgendetwas stimmte nicht, was aber
den Baum nicht davon abhielt, zu brennen. Aufgrund des platzen-
den Baumes löste sich zuerst der Stern von der Spitze und sauste
wie ein Komet durchs Zimmer, klatschte gegen den Türrahmen und
fiel dann auf Okeechobee, die vor lauter Schrecken senkrecht in
die Höhe fuhr. Das Tier flitzte wie von der Tarantel gestochen aus
dem Zimmer in die Küche. Man sah von ihm nur noch die Nase

und ein Auge um die Ecke schielen. Lametta und Engelshaar hatten sich erhoben und schwebten wie die Fallschirme der Pusteblume vom Weihnachtsbaum Richtung Küche.

Winald gab das Kommando - Alles in Deckung! Ein Teil der Lametta-Schneidemaschine trudelte losgelöst durchs Zimmer, nicht wissend, was es mit seiner plötzlichen Freiheit anfangen sollte. Weihnachtskugeln und andere Anhängsel sausten in alle Richtungen durch den Raum und platzten beim Aufschlagen auseinander. Als einige Salzteig-Weihnachtsmänner an Marias Kopf explodierten, registrierte sie trocken: ,Warum immer ich?' und murmelte: ,zu viel Salz macht Beulen'. Auch die unter dem Baum stehende Salzteigkrippe hatte sich, entgegen ihrer sonstigen Gewohnheit, an dem Brand beteiligt und flog dann, aufgrund eines Fusstrittes von Opa, neben einigen Runden um den Tannenbaum, im hohen Bogen Richtung Küche, genau in den offen stehenden Backofen, der für eine abrupte Beendigung dieser Aktion sorgte.

Der Rest vom Christbaum fiel in Zeitlupe auf das kalte Buffet, das Maria, Birgit und ich für die Zeit nach der Bescherung aufgebaut hatten. Es war totenstill! Nachdem man dann die Geschenke unter den Bergen von Lametta wieder gefunden hatte, wurde es doch noch ein schöner Abend", lachte Alwine.

Marlies Erna Chantal: *„Oh ja, wie toll, können wir das auch heute machen?"*

Alwine: *„Geht nicht, Opa hat den Baum entsorgt."*

Ernest Sven: *„Ich könnte ja einen aus verschiedenen Luftballons basteln."*

Amandus: *„Nöö, lass mal."*

Alwine: *„Da gab es aber noch einen verrückten Heiligabend."*

Marlies Erna Chantal: *„Oh ja, erzähl mal."*

Und Alwine erzählte:

„*Weil wir alle ziemlich erkältet waren, hatte ich einen Weihnachtsmann vom Studenten-Santa-Claus-Notdienst engagiert. Der sollte bei uns die Bescherung durchführen. Die Geschenke hatte ich vorher schon hingebracht. Das einzig Zuverlässige war, er kam wirklich am Heiligabend. Aber nicht mehr so ganz nüchtern, genauer gesagt - betrunken, noch genauer - stockbesoffen.*"

Amandus: „*War der genauso besoffen wie Papa, als er am 19.03., dem Nationalfeiertag von Vatikanstadt, mit einigen strenggläubigen Katholiken während einer religiösen Kneipenkur viel zu viel getrunken hatte?*"

Alwine: „*Noch viel schlimmer. Er hatte mich sogar mit schöne Frau angesprochen.*"

Amandus: „*Uijuijui, dann war er aber wirklich total dicht.*"

Alwine: „*Der hatte zwei verschiedene Stiefel an, eine Penny-Tüte mit leeren Flaschen in der Hand, sein Bart hing fast an den Oberschenkeln, und sein roter Mantel war zerrissen. Das Schlimmste war aber seine Aussprache, ich kann mich noch genau daran erinnern - Tssschuldigung, habe ein bisscherl krank, kann issch nach Feuerwerk kommen, lall? - Danach legte er sich auf die Couch und schlief ein.*"

Ernest Sven: „*Und was war mit den Geschenken?*"

Alwine: „*Die hatte er nach den Feiertagen gebracht. Der wollte auch noch Geld für seinen Auftritt.*"

Maria: „*Das wird doch heute viel besser, oder?*"

LingLing: „*Abel natüllich. Wil nix betlunken.*"

Willibald war etwas voreilig und nahm Alwine mit dem Ton einer Klangschale die Entscheidung ab, den Geschenkemarathon einzuläuten.

Amandus: „*Lasset uns mit den verpackten Geheimnissen ein Lächeln in die beschenkten Mundwinkel zaubern, um so dem Gott des Konsums die nötige Referenz zu erweisen.*"

Maria: „*Häää.*"

Erna: „*Was ist los?*"

Karl-Friedrich: „*Häää.*"

Wedekind: „*Was hat er gesagt?*"

Alwine: „*Bist du irgendwo hingefallen und hast dir den Kopf angestoßen?*"

LingLing: „*Das ist abel komisch.*"

Maria hatte in der Zwischenzeit die LP „*Stille Nacht, heilige Nacht*" aufgelegt, um der Familie den weihnachtlichen Gedanken etwas näher zu bringen. Dass die Platte einen Kratzer hatte und immer wieder dieselbe Stelle 'alles schläft, einsam ...., alles schläft, einsam......, alles schläft, einsam....' zum Besten gab, war nebensächlich.

LingLing: „*Ich auch Lied gelelnt. Oh Tannenbaum, wie glün sind deine Blättel, du blühst nicht nul zul Wintelzeit, nein auch im Sommel wenn es schneit.*"

Wedekind: „*Schön, du hast aber die Jahreszeiten verwechselt*".

LingLing: „*Ist egal. Konfuzius sagen, wenn Sommel kalt, bleibt del Wulm im Boden.*"

Willibald: „*Ich will jetzt endlich Geschenke und keine Würmer.*"

Alwine: „*Die Päckchen haben Schilder mit den Namen drauf.*"

Willibald: „*Komisch, auf meinem steht Winald, Karl-Friedrich und Maria drauf.*"

Amandus: „*Sofort zurücklegen.*"

LingLing küsste ihren Wedekind auf die Wange und flüsterte ihm ins Ohr: „*Flohe Weihnacht mein Zwelgbüffel.*"

„Danke schön, meine thailändische Zitronenschnitte, danke auch für die vielen Viagrapillen, können wir ja zusammen mal ausprobieren."

LingLing: „Geht nicht, ist nul fül Männel."

Alle waren schon ganz neugierig auf das riesige Paket von Wedekind und LingLing für Oma Alwine. Es war, wie Alwine ahnte, eine Matratze, die zumindest nicht unnötig war. „Ich habe ja noch immer die alte Matratze, die ist schon über 30 Jahre alt. Winald und ich hatten sie damals schon total durchgeschnarcht. Wird Zeit für was Neues."

Wedekind: „War nicht billig. Soll auch total gluten- und milbenfrei sein. Solltest du Milben finden, kannst du die Matratze ohne Probleme umtauschen. Die hat 5 Jahre Garantie, auch bei Wasserschäden und Federbruch bei zu stürmischer Belastung."

Willibald: „Hähähä."

LingLing: „Was sind Milben?"

Wedekind: „Das sind kleine Tierchen, die überall reinkrabbeln."

LingLing: „Übelall? Du haben auch eine kleine Milbe, hahahihi."

Amandus: „Dann hast du aber gute Augen, hahaha."

Marlies Erna Chantal: „Weiter auspacken. Das ist von mir."

Alwine packte ein mit Butterbrotpapier umwickeltes Etwas mit einer Drahtschleife aus, wobei Amandus mit einer Zange Hilfestellung leistete. So ein Geschenk hatte sie selbst in ihren kühnsten Träumen nicht erwartet. Eine goldene Klobürste mit vielen bunten LED-Leuchten im Handgriff, die, ähnlich einer Lichtorgel in der Disco, ein farbiges Lichtermeer zauberten. Dazu spielte sie, bei Druck auf die Bürste, das Lied 'Und wenn du gehst, dann geht nur ein Teil von dir'.

Alwine: „So was habe ich mir schon immer gewünscht."

Willibald: „*Darf ich die auch mal benutzen?*"

Alwine: „*Nur, wenn du Handschuhe anziehst.*"

Marlies Erna Chantal hatte auch schon fünf kleinere Päckchen ausgepackt und sich riesig über fünf knallrote Lippenstifte mit Widmung von Harald Glööckler gefreut. „*Die haben mir in meiner Sammlung gerade noch gefehlt*", meinte sie, unabhängig der Tatsache, dass sie als Sammlerin schon über 200 Stück dieser Farbe hatte.

Ernest Sven packte gerade sein iPad aus, zu dem die ganze Familie beigetragen hatte und verzog sich zufrieden in die Ecke, um einen kleinen Testlauf zu starten.

Auch Maria wurde mit Elektronik beschenkt. Sie bekam ein Laptop, so dass sie endlich mittels Internet mit den Nachbarsfrauen ihren gepflegten Tratsch abhalten konnte. Die Nachbarinnen hatten sich schon lange mit der Technik vertraut gemacht.

Amandus: „*Aber keine Pornoseiten aufsuchen. Da muss man nämlich ein Infektionsprogramm drauf machen, dann geht es.*"

Ernest Sven: „*Du kannst mit dem Laptop auch alles notieren, Preise vergleichen und ohne Zettel einkaufen gehen.*"

Amandus: „*Haben die nicht mehr diese Einkaufswagen?*"

Erna bekam von ihrem Karl-Friedrich einen Gutschein für ein romantisches Wochenende mit Frühstück in einem stillgelegten Salzbergwerk in 1500 Metern Tiefe sowie einen dazugehörigen Kurs über die hohe Kunst des Salzbackens.

Karl-Friedrich wurde mit einem Werkzeugkoffer beschenkt, der Jahr für Jahr mit diversen Werkzeugen erweitert werden konnte. Eine Zange und mehrere Schrauben waren als Grundbestückung schon dabei. Die Freude war groß, denn er hatte eine Klangschale erwartet.

Auch Erdal und Tugba durften ein Päckchen öffnen. Sie fanden darin eine Kuckucksuhr in Rot mit dem Mondstern darauf. Erdal stand sofort auf und salutierte vor dem in seiner Landesfarbe gehaltenen Kuckuck. Tugba wollte gerade ihren Bauchtanz beginnen, wurde aber von den Kindern unterbrochen. *„Und was bekommen wir?"*, fragten sie wie aus einem Mund.

Erdal: „Ich euch fast vergessen hab", und überreichte den beiden ein Paket. Darin befand sich ein aufblasbarer 1,5 Meter großer Godzilla mit Darth-Vader-Maske für Ernest Sven und ein 1 Meter großer Lippenstift mit eingebauter Kamera, Bonbonspender und MP3-Player in Rot für Marlies Erna Chantal.

Ernest Sven: *„Danke, danke, genau das Richtige."*

Marlies Erna Chantal: *„Den kann ich aber nicht in meiner Handtasche mitnehmen."*

Alwine: *„Ist ja auch zum Hinstellen gedacht."*

Die anderen bekamen eine Tüte mit verschiedenen Gewürzen und den besten türkischen Honig, den es gab. Für LingLing hatten sie zusätzlich noch ein Paar Essstäbchen in den türkischen Farben. *„Bei uns Weihnacht nicht feiern wie hier. Da nix gefeiert wird Geburt Christ, sondern das neue Jahr, ist Yilbasi. Deshalb nicht sind Weihnachts- sondern Neujahrsgeschenke"*, erklärte Erdal.

Ernest Sven: *„Dann könnten wir ja um Mitternacht ein türkisches Feuerwerk veranstalten."*

Tugba: *„Wir haben nix Knaller."*

LingLing hatte Ihr Geschenk von Wedekind auf dem Schoß, aber noch nicht ausgepackt.

Wedekind: *„Mach auf."*

LingLing: *„Ist bestimmt gloße Übellaschung"*, und freute sich nach dem rasanten Auspacken über ihre Killerkaninchen-Hausschuhe. Das weit aufgerissene Maul und die furchterregenden Zähne gaben den Plüschpantoffeln ein einmaliges Aussehen, was auch LingLing bestätigte: *„Kaninchen nicht so böse wie es aussieht, abel machen Füße walm."*

Das war aber noch nicht alles. Ein kleiner Gutschein, der einen Flug für zwei Personen nach Thailand beinhaltete, zauberte viele kleine Tränchen in ihre Augen. *„Supel, sehe ich wiedel meine Familie."*

Sie hatte natürlich auch kleine Geschenke dabei. Ein gut duftendes thailändisches Massageöl bekamen die Frauen. Ernest Sven erhielt einen aufziehbaren Buddha, der Purzelbäume schlug, während Marlies Erna Chantal eine 1,5 Liter Flasche Parfüm mit der Duftnote Lotuswurzel/Kardamom ihr Eigen nennen durfte.

Amandus suchte schon längere Zeit seine Päckchen und wurde letztendlich auch hinter der Krippe fündig. Er erwartete eigentlich einige Super8-Sexfilme, aber weit gefehlt. Stattdessen bekam er ein Potty-Putter, ein Toilettengolfspiel, das man in jedem WC schnell aufbauen kann.

Alwine: *„Jetzt kannst du deine Zeit maximal ausnutzen und in jedem passenden und unpassenden Moment einen Ball versenken und gleichzeitig andere notwendige Dinge verrichten."*

Amandus: *„Toll."*

Marlies Erna Chantal: *„Von mir und Ernest Sven gibt es auch was. Du bekommst von uns den absoluten Wanderstock mit Klingel, Flaschenhalter, Kilometerzähler und Rennverkleidung."*

Amandus: *„Kinder, das hätte doch nicht sein müssen."*

Ernest Sven: *„Ja, wissen wir. Wir sind aber einfach zu gut."*

Erna bekam auch noch, neben ihrer Einladung zu einer Tupperparty, eine Flasche Doppelherz von Oma. *„Ist gesund und macht rote Bäckchen"*, meinte Alwine.

Willibald fand endlich die Ursache für den Lavendelduft, der schon die ganze Zeit durch die Räumlichkeiten streifte. Es war sein Weihnachtsgeschenk von den Kindern. 10 Dufttannenbäumchen. Er fand das sehr passend, konnte er doch endlich dem Knoblauchgeruch seiner Nachbarin im Altenheim Einhalt gebieten.

Auch Alwine beglückte ihn mit einem Geschenk. Eine strippende Gartenzwerg-Dame. *„Die kann ja deine Abende etwas erhellen, wenn du mal nicht bei mir bist."*

Willibald: *„Eigentlich habe ich mir eine neue Prothese gewünscht, hätte auch gebraucht sein können."*

Alwine: *„Viel zu teuer. Ein Pürierstab für das Essen tut es auch. Den bekommst du zu deinem Geburtstag."*

Am meisten freute er sich aber über das Geschenk von Erna und Karl-Friedrich. Eine 3-Liter-Flasche Asbach. Die Zeit bis Sylvester war gerettet.

Kleinere Geschenke, die im Eifer des Auspackens erst einmal liegen blieben, konnten noch ein Lächeln bei dem einen oder anderen auslösen. Für Amandus gab es noch eine CD mit Liedern von aserbaidschanischen Bergsteigern, während Willibald noch einen Film über die Zangenschärfung bei roten Waldameisen bekam sowie einige Tuben mit Haftcreme für seine dritten Zähne. Natürlich wurde auch Herr Schröder, der die ganze Zeit schon mit wedelndem Schwanz vor dem Tannenbaum stand, beschenkt. Ein richtig schöner Knochen, der mit 25 kg auch den Hund an seine körperliche Leistungsgrenze brachte. Der Flur entsprach mittlerweile, ähnlich dem Loriot Film, einem Basar an buntem Verpackungsmaterial.

Willibald wollte sich die nächste Woche darum zu kümmern. Dem widersprach Alwine allerdings vehement. *„Ich will über die Feiertage ein sauberes Wohnzimmer."*

Amandus: *„Wir könnten das Papier auch auf die Straße legen. Das macht bestimmt irgendjemand weg."*

Man war mit den Geschenken zufrieden, gesättigt war man auch, und trotzdem meinten die Kinder: *„Wir könnten doch jetzt was essen."*

Alwine: *„Erst gehen wir in die Christmette."*

LingLing: „*Was ist Chlistmette?*"

Willibald: „*Christmette ist Kirche in der Nacht, speziell am Heiligabend. Da wird die Orgel gespielt, aber nicht so laut wie bei einem Rockkonzert.*"

LingLing: „*Wedekind im Schlafzimmel auch Olgel spielen, aber nicht mit Melodie.*"

Marlies Erna Chantal: „*Kann leider nicht mit in Kirche, habe eine Orgelmusikallergie.*"

Ernest Sven: „*Ich gehe nur mit meinem Dino und der Guillotine in die Kirche.*"

Alwine: „*Die Guillotine bleibt hier.*"

Ernest Sven: „*Wenigstens an Weihnachten möchte ich was köpfen.*"

Alwine: „*Später darfst du Pralinen halbieren.*"

Amandus: „*Kann auch nicht mit, warte noch auf einen dringenden Anruf.*"

Willibald: „*Ich muss zur Messe ins Altenheim.*"

Karl-Friedrich: „*Wir begleiten dich, Oma.*"

Maria: „*Kann man auch heute beichten gehen? Ich habe zu viel Schokolade gegessen.*"

Alwine: „*Das muss man nicht beichten.*"

LingLing: „*Was ist beichten?*"

Maria: „*Da gehst du in eine Kammer mit Holzzaun in der Mitte. Auf der einen Seite sitzt du und auf der andere Seite der Pfarrer. Dann sagst du, was du Schlimmes getan hast, und es wird dir verziehen.*"

LingLing: „*Dem Pfallel alles elzählen?*"

Wedekind: „*Auf keinen Fall.*"

Willibald: „*Pass auf, was du erzählst, der neue Pfarrer ist noch recht jung.*"

LingLing: „*Bleibe bessel hiel.*"

Alwine: „*Ich glaube, wir gehen morgen in die Kirche.*"

Willibald: „*Dann bleibe ich hier.*"

Amandus: „*Wir könnten ja etwas Fernsehen.*"

Karl-Friedrich: „*Oh ja, jetzt kommt der Film Stirb langsam 3.*"

Amandus: „*Kommt da jetzt nicht Urbi et orbi?*"

LingLing: „*Was ist Ulbi et olbi?*"

Alwine: „*Das ist kein Film, sondern der Segen des Papstes.*"

Amandus: „*Und wer spielt da mit?*"

Alwine: „*Ist gut mein Bub.*"

LingLing: „*Ich kennen, weißel Mann mit weißel Kappe wal schon mal in Thailand, ich abel noch klein.*"

Herr Schröder kämpfte mit seinem Knochen. Maria war im Internet und unterhielt sich mit ihrer Freundin Gundel über die Männerunterhosen, die sie ihrem Mann Rudi heute Abend geschenkt hatte.

Gundel: „*Das sind sogar Designerslips von Ottfried Fischer.*"

Maria: „*Die waren bestimmt nicht billig.*"

Gundel: „*Es ging, war Ausschuss.*"

Ernest Sven hatte bei seinem iPad seinen Namen über den Bildschirm geschrieben, während Marlies Erna Chantal verzweifelt versuchte, mit dem riesigen Lippenstift von Erdal und Tugba ihre Lippen zu färben. Alwine hatte die Matratze hinter den Baum gelegt und probierte die Liegequalität mit Herrn Schröder und dessen Knochen aus. Karl-Friedrich konnte seinen neuen Werkzeugkoffer mit zwei alten Schraubenziehern erweitern, während

Willibald seine Zähne mit der neuen Haftcreme befestigte. Allerdings verbrauchte er die halbe Tube, so dass ein großer Teil wieder aus seinem Mundwinkel lief und kurzzeitig seine Lippen verklebte.

„Mit solch einem Verbrauch würde die Haftcreme-Industrie spätestens in einem Jahr wieder schwarze Zahlen schreiben", meinte Maria.

Amandus und Erna saßen auf der Toilette und spielten Golf. Tugba und Erdal pfiffen einige türkische Kurdenlieder und versuchten verzweifelt, dem Kuckuck das türkische Wort *„Guguk"* beizubringen, der daraufhin nicht mehr sein Türchen öffnete.

Amandus: *„Was wollen wir eigentlich an Ostern essen?"*

Alwine: *„Ist aber noch etwas früh, oder?"*

Amandus: *„Lass mal Sylvester und die Faschingszeit vorbei sein, dann noch die Fastenzeit, und bumms ist Ostern. Wenn dann nach dem Sommer die Tage wieder kürzer werden, dauert es nicht mehr lange, und wir haben schon wieder Weihnachten."*

Marlies Erna Chantal: *„Dann können wir doch den Weihnachtsbaum stehen lassen."*

Ernest Sven: *„Klasse, dann gibt es ja bald wieder Geschenke."*

Willibald: *„Wo die Beiden recht haben, haben sie recht."*

Alwine: *„Ach Gott, ist es schön hier."*

Der 90. Geburtstag

„Diese Familie ist schon was Besonderes", sagte sich Karl-Friedrich, als er gegen 0.05 Uhr, nach dem Ende des erotischen Films *„Urmel aus dem Eis"*, der im ZDF schon das vierte Mal wiederholt wurde, vor dem Badezimmerspiegel stand und der Meinung war, dass er für seine Alte noch ganz gut aussehe. Gut, er hatte in den letzten Tagen etwas an Gewicht angesetzt, Weihnachten war ja gerade mal ein paar Tage her. Wenn man sich aber den Bauch wegdenkt, den Hintern von den Falten befreien würde, das Gesicht etwas straffer, die Haare etwas fülliger wären, und dazu noch einen beschlagenen Spiegel nehmen würde, dann wäre er der Hingucker schlechthin.

Was ihn allerdings beunruhigte, war die Musik, die viel zu laut und weit entfernt jeglicher Normalität durch das Linsenblum-Anwesen rauschte. Um diese Uhrzeit. Da war das Feuerwerk an Neujahr gerade mal ein Klacks. Sowie auch die Tatsache, dass der Volumenregler der Anlage von Ernest Sven einer Sektdusche nicht standhalten konnte und so einer Minimierung des Schalldruckpegels entgegenwirkte. Eine weitere Regelung der Lautstärke war nicht mehr möglich, was aber erst gegen 4.00 Uhr morgens von den Nachbarn in der ganzen Lindenstrasse bemängelt wurde. Eine Auseinandersetzung mit den Anwohnern konnte nur durch die Unterbrechung des Steckkontaktes vermieden werden.

Bruno und Renate Düngfell, die schon seit 20 Jahren direkt rechts neben den Linsenblums als Mieter wohnten und erst vor kurzem das Haus käuflich erworben hatten, waren Gott sei Dank sehr stark schwerhörig, was von ihrem übermäßigen Genuss des Liedes *„Herzilein"* herrührte. Ein Attest ihres Hausarztes beinhaltete ein totales Wildecker-Herzbuben-Verbot. Von der lauten Musik bekamen sie, außer einem Rauschen, auch nichts mit. In diesen Räumlichkeiten wurde übrigens auch das berühmte Wort *„Hääää"* geboren, das mittlerweile zum sprachlichen Repertoire der Viernheimer Bevölkerung gehört.

Das Haus linker Hand stand seit einiger Zeit leer, da die Besitzer Manuela und Freddy Blitzel eine 10-jährige Haftstrafe wegen einer Geiselnahme im Viernheimer Rathaus verbüßten. Sie wollten den Bürgermeister entführen, um die Grunderwerbssteuer abzuschaffen. Allerdings erwischten sie statt des Bürgermeisters nur eine maskuline Reinigungskraft. Deshalb wurde der Rest ihrer Strafe, nachdem sie 4 Monate abgesessen hatten, auf Antrag des Bürgermeisters zur Bewährung ausgesetzt. Die Viernheimer Zeitung brachte damals die Straftat auf die Titelseite:

„Bürgermeister begnadigte maskuline Entführer
und schenkte ihnen, neben der Grunderwerbssteuer,
noch eine Reinigungskraft."

Den Bürgermeister konnte man auf dem Bild nicht erkennen, da man aus Versehen aus dem reichhaltigen Archiv das Foto des Schauspielers Ulrich Tukur nahm, der ja in Viernheim geboren wurde. Vier Tage später erschien folgende Meldung:

„Schauspieler wird Bürgermeister in Viernheim
und erhöht die Grunderwerbssteuer"

Im Volksblatt las man zur gleichen Zeit:

„Müssen Entführer Steuer zahlen?

Die Stadtverordneten-Versammlung steht diesem Ansinnen
positiv gegenüber. Aus diesem Grunde findet am kommenden
Samstag eine Anti-Geiselsteuer-Demo statt, zu der alle
Viernheimer Entführer recht herzlich eingeladen sind.
Treffpunkt: 10.00 Uhr an der Apostelkirche.

Die Steuerprozession führt vom Klärwerk Viernheim zum
Abwasserverband Bergstraße in die Waid-Siedlung nach
Weinheim. Danach geht es zu einem kleinen Umtrunk mit
Meinungsaustausch zurück nach Viernheim
auf den Minigolfplatz."

Die Musik im Linsenblum-Haus war immer noch sehr stark präsent. Erna schlief trotz der Lautstärke den Schlaf der Gerechten und träumte von lachenden, gerösteten Zwiebelringen, die eine eigene Facebook-Seite haben und sie als Freundin gewinnen wollten.

Amandus, der einen Stock tiefer wohnte, brüllte zum wiederholten Male: *„ Ruhe!"* Um seiner Forderung noch mehr Ausdruck zu verleihen, stand er auf und wollte zur Treppe laufen. Da passierte schon das Missgeschick. Er blieb mit seinen viel zu großen Unterhosen der Marke *„Ballerbuchse"* (von Woolworth, 10 Stück zu 1,99 Euro) hängen und fiel über den Wohnzimmertisch. Er sorgte mal wieder dafür, dass die Auslegeware großzügig mit Rotwein bedacht wurde. Mittlerweile stellten die Flecken auf dem Teppich fast die Umrisse der Insel Langeoog dar und konnten so seiner Vorliebe zu den ostfriesischen Inseln ein Bild geben.

Maria, seine Gattin, bügelte wie so oft nur nach Einbruch der Dunkelheit. Sie war der Meinung, dass das Bügeleisen nachts viel heißer wäre. Der Sturz ihres Mannes erschreckte sie so, dass sie das Bügeleisen fallen ließ. Auf dem Teppich sah es nun so aus, als würde ein Schiff nach Langeoog fahren.

Herr Schröder, der Linsenblum-Mops, gab mit seinem kläglichen *„ Wauwau"* zu verstehen, dass die Musik nicht von ihm käme. Der Haufen vorm Fernseher allerdings schon.

Ernest Sven und Marlies Erna Chantal, die Kinder von Karl-Friedrich und Erna, die im Dachgeschoss des Linsenblum-Hauses lebten, bewiesen durch ihren Tiefschlaf, dass sie für die laute Nachtmusik nicht in Frage kamen.

„Wer oder was ist der Urheber dieser Ruhestörung?", fragte sich Karl-Friedrich zum wiederholten Mal, zumal auch bei Erdal, seinem Mitarbeiter und Mieter der Souterrain-Wohnung, eine gespenstige Stille für Gänsehaut sorgte. Der Geruch von Knoblauch tat sein Übriges.

Plötzlich herrschte im ganzen Haus Ruhe, die allerdings kurz darauf von dem Lied „ *Happy Birthday* " von Stevie Wonder unterbrochen wurde. Die Lautstärke war der Uhrzeit nicht angepasst. Karl-Friedrich wurde plötzlich klar, woher dieser melodische Reigen kam. Er kam aus Alwines Wohnung im Erdgeschoß. *„ Was ist denn da schon wieder los? Hatte Alwine vielleicht Besuch von ihrem Freund Willibald, und Beide sind vor dem Fernseher eingeschlafen? "*, ging es ihm durch den Kopf. Karl-Friedrich klopfte an die Tür. Dann nochmals und nochmals. Wahrscheinlich hörte man in der Wohnung nichts. Die Musik war ja viel zu laut. Mittlerweile hörte man das Lied *„ Happy Birthday Song "* von Guns N' Roses, das ebenso in voller Lautstärke lief. Karl-Friedrich hämmerte mit beiden Fäusten an die Tür, denn er war der Meinung, dass er diese Musikparade abschalten sollte, bevor *„ Rammstein "* das Linsenblum-Haus in seine baulichen Einzelteile zerlegen würde.

Karl-Friedrich wollte sich gerade wegen Erfolgslosigkeit zurückziehen, da wurde - welch ein Wunder - die Tür geöffnet. Willibald, Alwines Freund, schaute verschmitzt durch den Türspalt, eine Faschings-Penis-Brille im Gesicht, und meinte lispelnd und vorwurfsvoll: *„ Wer ssstört? "*

Karl Friedrich leicht verärgert: *„ Könnte ich mal bitte in unserem Haus unsere Oma sprechen. "*

„ Alwine, dein Enkel gibt sssich die Ehre, Alwine ", rief Willibald mit einer Lautstärke, die mit der Musik durchaus konkurrieren konnte. Es dauerte doch noch einige Zeit, bis sich ihre Hoheit Alwine bequemte, ihren Untertan anzuhören.

„ Meinst du nicht, dass die Musik etwas zu laut ist? "

„ Nein, der Meinung bin ich nicht ", sagte Alwine, und mit einem strengen Blick auf Karl-Friedrich bemerkte sie so nebenbei: *„ Es ist jetzt 0.35 Uhr, und ich habe seit 35 Minuten Geburtstag, und zwar meinen 90sten, und ich wäre sowieso am liebsten auf dem AC/DC-Konzert, statt hier mit dir über die Lautstärke zu diskutieren. "*

„*Prossst*", meinte Willibald mit heraushängender Zunge, während Karl-Friedrich langsam blass wurde. Er hatte das große Ereignis vergessen. Es war der 16. Januar 2015 und Alwines 90. Geburtstag. „*Herzlichen Glückwunsch liebe Oma, alles alles Gute zu deinem Ehrentag*", gratulierte Karl-Friedrich und küsste Alwine auf die Wange.

„*Babbel kein Stuss und trink was*", erwiderte Alwine und drückte ihm ein Glas mit dem selbstgemixten Apfelkorn in die Hand. Bei der Mischung, eine Flasche Apfelsaft und eine Flasche Korn, hatte sie wieder einmal ein glückliches Händchen. Und wenn es mal schnell gehen musste, ließ sie einfach den Apfelsaft weg. Karl-Friedrich stellte sich zum wiederholten Mal die Frage, wie Alwines Apfelkorn auf einen Alkoholgehalt von 70 % kommt? Auch so ein kleines Geheimnis von ihr. Willibald, der auch schon längst den Pfad der Nüchternheit verlassen hatte, prostete lallend in die Runde. Er hatte seine Zahnprothese im Seniorenstift vergessen, so dass die Flüssigkeit immer wieder durch seine überstehende Oberlippe seitlich in die Achsel lief.

Alwine: „*Prost.*"

Im Hintergrund hörte man das Lied „*Lebt denn der alte Holzmichl noch*"- natürlich von Rammstein.

Karl-Friedrich meinte: „*Jetzt ist es soweit.*"

Auch Amandus und Maria nahmen an der frühen Geburtstagsfeier teil, denn schlafen konnte bei diesem Krach keiner mehr, außer Erna, die immer noch von ihren lachenden Zwiebelringen träumte.

Karl-Friedrich konnte sich beim Anblick von Alwine nur wundern, denn die Neunzig sah man ihr auf keinen Fall an. Abgesehen vom Übergewicht sowie einigen kleineren Mängeln, wie ein ab und zu auftretender Hörsturz, Vergesslichkeit oder Unstimmigkeiten mit dem Meniskus, sind gesundheitlich nur „*Kinkerlitzchen*", wie sie selbst immer wieder betonte. Da machten ihr die Durchfallprobleme weitaus größere Sorgen. Wenn sie jedoch den Genuss von überbackenen Knoblauchbohnen einschränken würde, könnte man das Problem verkleinern, so ihr Hausarzt Dr. Aloisius Riementeiger.

„Vor 90 Jahren um diese Zeit erblickte ich das gedämpfte Licht der Welt, genau zur gleichen Zeit wie Rupert Kneif aus München und Kätchen Wollberger aus dem Main-Taunus-Kreis. Aber die haben mich nie besucht. Warum auch? Ich kannte sie ja nicht", sinnierte Alwine.

Herr Schröder konnte mit einem energischen *„WauWau"* seine Glückwünsche an den Mann bzw. die Frau bringen, worüber sich Alwine sehr freute.

„90 Jahre, wenn das kein Grund zum Feiern ist", meinte Karl-Friedrich. *„So alt wird kein Odenwälder Opossum. Wir müssen unbedingt noch Häppchen machen, da kommen doch bestimmt einige Leute, die dir gratulieren wollen."*

„Das hat doch noch Zeit", gab Alwine von sich, *„jetzt trinken wir erst mal was."*

Karl-Friedrich riet seiner Oma, den Alkoholgenuss etwas einzuschränken.

Alwine: *„Na, denn mal Prost. Schön ist es hier."*

Amandus, der mittlerweile durch den Geschmack des Apfelkorns in Feierstimmung kam, gab noch in seinem Strampelanzug ein Gedicht für seine Mutter zum Besten:

> *„Herzlichen Glückwunsch mein Mütterchen,*
> *herzlichen Glückwunsch Mama.*
> *Könnt' ich zum Geburtstag nicht kommen,*
> *wäre ich bestimmt an Ostern da.*
> *Zu deinem Wiegenfeste heut'*
> *wünschen wir das Beste.*
> *Es kommen bestimmt noch viele Leut',*
> *die fressen dann die Reste."*

Alwine bedankte sich bei Amandus und versprach ihm, einen kleinen Teil ihres Vermögens in eine Stiftung für Amateurlyriker und Hobbypoeten zu investieren. Die anwesenden Familienmitglieder hatten sich am Tisch niedergelassen, um das Geburtstagskind mittels alkoholischer Hilfe hochleben zu lassen. Willibald hatte einen der beiden Beistelltische freigeräumt, so dass für die Geburtstagsgeschenke auch genügend Platz sei, wie er betonte. *„Sollte das nicht reichen, nehmen wir halt noch die Garage dazu."*

Auf dem anderen Beistelltisch in der Ecke stand das Aquarium mit den drei Goldfischen Tick, Trick und Track. Die Fische hatte Alwine vor etwa 10 Jahren von einem durchreisenden Scherenschleifer geschenkt bekommen mit der Bitte, sich um sie zu kümmern, da ihnen das Reisen nicht gut bekam. Das Besondere an den Bewohnern des Aquariums war ihre Tätowierung. Alle drei hatten ein Abbild eines nackten Goldfischweibchens auf der Rückenflosse. Alwine freundete sich mit den Tieren an. Irgendwann entstand in ihr der Eindruck, dass die Fische ihr zuhörten, wenn sie mit ihnen sprach. Aus diesem Grund las sie ihnen jeden Abend eine Geschichte vor. Natürlich kein Märchen, sondern eine Geschichte über Liebe und Eifersucht, gepaart mit einer kriminellen Komponente. Sie lautete:

„Eine Goldfischfrau betrog ihren Goldfischmann mit einem Katzenwels, und das erotische Treffen wurde von einer Elritze beobachtet. Die erpresste die Goldfischfrau und verlangte zwei Amerikanische Rotflossenorfen. Die eingesetzte Aquariumspolizei, zwei Flossenhechte, konnte nach einer Verfolgungsjagd dafür sorgen, dass die Elritze ein Geständnis ablegte, worauf sie mit einem einmonatigen Schwimmverbot bestraft wurde."

Obwohl die Goldfische die Geschichte kannten, verhielten sie sich so, als hätten sie das Drama noch nie gehört. Sie pressten ihre Münder an die Scheibe und schauten mit großen Augen zu Alwine. Es war ganz ruhig, so dass während des Erzählens eine gespenstige

Stille herrschte, die nur von dem Geräusch der kleinen zusammenstoßenden künstlichen Eisberge unterbrochen wurde, die unheilvoll im Aquarium ihre Runde zogen.

Auf dem Boden des Beckens befand sich ein in zwei Teile zerbrochenes Modell der Titanic, an dem sich kleine Minipuppen an den Fenstern befanden, die sich zu retten versuchten. Einige von ihnen lagen außerhalb des Schiffes. Vor dem Wrack sah man ein kleines Skelett. Ein Wels namens Vincenzo zog, ähnlich eines Aales, zwischen der Titanic und einer Schatzkiste seine gefräßigen Runden. Hinter der Titanic lag das verbrannte Modell des Luftschiffes Hindenburg, in dem eine Taschenbuchausgabe von Oswald Kolle mit dem Titel *„Sexualität im Alter"* ihr nasses Grab fand. Woher das Ritterkreuz unter dem roten Tausendblatt kam, war Alwine ein Rätsel.

Die ebenfalls im Aquarium befindliche Schatzkiste wurde von Alwine vor langer Zeit in den Korallen versteckt. In dieser abgeschlossenen Kiste, der Schlüssel war in der Titanic versteckt, waren neben drei bis vier 50 Euro Scheinen auch das Testament von Alwine. Das weiß natürlich niemand, außer der Familie, ihrer Freundin Rosinchen, Willibald, ihrem Rechtsanwalt Dr. Knollspitz, der Senioren-Kaffeerunde und dem Mops, Herrn Schröder.

Bei Familienfeierlichkeiten und Kaffeerunden der Senioren war es ein Ritual, die beiden Teile der Titanic zusammenzukleben, um sie auf der Oberfläche des Aquariums wieder mit den Eisblöcken kollidieren zu lassen. Der Untergang wurde begleitet von Schreien, die von einem Tonband die Szenerie untermalten, begleitet von dem Lied *„Nearer My God To Thee"*. Die Goldfische suchten jedes Mal erneut hinter einer Muschel Schutz und warteten verstört auf das Sinken des Schiffes. Die Senioren erfüllte es mit Stolz, dass sie erzählen konnten, bei dem Untergang der Titanic dabei gewesen zu sein.

Auf dem Tisch, neben der Schüssel mit den übrig gebliebenen Chips vom 80sten und dem selbstgemachten Pappschild mit der

Aufschrift ‚*Geschenke hier ablegen*‘, lag ein Fotoalbum mit dem Titel ‚*Alwine ab 1925*‘.

Karl-Friedrich: „*Na, hast du wieder mal in Erinnerungen geschwelgt?*“

Alwine: „*Och, jo. Ich habe mir gerade mal die Bilder von früher angeschaut, da hatte ich noch Locken. Guck mal, ganz rechts auf dem unteren Bild. Das war am 13. August 1969. Da saß ich auf dem Koffer und wartete auf Willi Hegespitz, der mich eigentlich nach Woodstock mitnehmen wollte. Der wollte aber nur mit mir ins Bett. Da der Feigling nicht kam, ging ich mit Erwin, dem damaligen Nachbarn, auf die Kerwe nach Weinheim. Dort fuhr ich übrigens das erste Mal mit einem Kettenkarussell. Mach ich nie mehr. Ich hatte meinen Sitz so verdreht, dass man die Kette absägen musste, damit ich wieder herauskam. Ich bekam ein totales Kettenkarussell-Fahrverbot.*“

Willibald: „*Da wäre issch nie mehr mitgefahren.*“

Karl-Friedrich: „*Der auf dem Bild rechts unten, der sieht doch aus wie Winald.*“

Alwine: „*Die, wo wie Winald aussieht, war die Hebamme Hedwig. Die hatte mich auf die Welt gebracht. Die konnte auch die Zukunft voraussagen.*“

Karl-Friedrich: „*Hää.*“

Alwine: „*Ja, die konnte aus dem Inhalt der Windeln sehen, ob das Baby Stuhlgang hatte oder nicht.*“

Maria: „*Toll.*“

Amandus: „*Ich habe ein neues Gedicht.*“

Alwine: „*Nicht schon wieder.*“

Und schon legte er los:

> „*Wir haben noch Termine*
> *mit Linsenblums Alwine.*

Wir trinken einen auf ihr Wohl
und essen Hammelfleisch mit Kohl. "

Alwine lächelte gequält und war der Meinung: „ *Vielleicht ist es besser, wenn wir noch eine Runde schlafen würden* ", was von fast allen bejaht wurde, außer von den Goldfischen. Die vermissten noch ihre Gute-Nacht-Geschichte. Herr Schröder bestätigte das mit einem „ *WauWau. "*

Und so fand gegen 4.00 Uhr im Linsenblum-Haus eine laute Grübelei statt. „ *Was schenken wir Alwine? "*, fragte Karl-Friedrich. Ernest Sven und Marlies Erna Chantal, die sich mittlerweile dazugesellt hatten, waren der Meinung, dass eine Beauty-Reise nach Heidelberg mit einer Polaritätsmassage für die Uroma der Knüller wäre.

Erna: „ *Was ist eine Polaroid Massage? "*

Ernest Sven: „ *Wissen wir auch nicht, stand in der Bravo und soll erregend sein. "*

Erna: „ *Das ist doch nix für Oma. "*

Ernest Sven: „ *Wieso, die ist doch erst 90. "*

Maria wollte ihr einen Computer schenken, damit Oma mittels Internet eine Verbindung in die weite Welt hätte. Ernest Sven hatte noch die Idee, Alwine in einer Partnervermittlung anzumelden. Er war sich ziemlich sicher, dass ihr Freund Willibald für sie schon etwas zu alt wäre. Es gäbe da durchaus noch einige 60- bis 70jährige gutaussehende Rapper, die noch zu haben wären. Marlies Erna Chantal war der Meinung, dass man mit einem Wellness-Wochenende inklusive Faltenglättung und Fettabsaugung der Oma eine größere Freude bereiten könnte.

Amandus meinte, dass neben seinen literarischen Gedichten noch ein roter, tiefergelegter Rollator mit Hilfsmotor das ideale Geschenk wäre.

Karl-Friedrich unterbrach die Geschenkvorschläge und meinte: *„Wir sollten unbedingt einige Schnittchen machen sowie etwas Sekt kalt stellen, da kommen bestimmt viele Leute."*

„Hoffentlich kommt auch Daphne", wünschte sich Ernest Sven.

Karl-Friedrich: *„Wer ist Daphne?"*

Marlies Erna Chantal: *„Das ist die neue Freundin von Ernest Sven. Kommt aus Ladenburg, und ihre Eltern haben ein Fitness-Studio. Sieht ein bisschen aus wie Schwarzenegger in seiner besten Zeit, bis auf den Bart."*

Ernest Sven: *„Schwarzenegger hatte doch keinen Bart."*

Marlies Erna Chantal: *„Er nicht, aber Daphne."*

Karl-Friedrich: *„Wir sollten unbedingt dafür sorgen, dass Herr Schröder dem Wohnzimmer fern bleibt, denn unkontrollierte Stuhlgänge eines Hundes haben bei einem Geburtstag nichts zu suchen."*

Erna schlief noch und ihr Traum von den lachenden Zwiebelringen fand ein Happy-End, indem sie dem größten Ring auf einer Südseeinsel das Ja-Wort gab. Doch ein zweiter furchtbarer Traum verwandelte ihr Unterbewusstsein in ein gefühlsmäßiges Fiasko. Riesige Herden von Tupperwaren-Behältnissen in allen Größen stürzten sich Lemmingen gleich von einer Klippe in die Tiefe. Sie erschrak dermaßen, dass sie davon aufwachte. Doch die pfeifenden Geräusche der stürzenden Verpackungshilfen blieben. Auf der Suche nach der Ursache wurde sie in der Küche fündig. Karl-Friedrich hatte bei dem Versuch, eine Tupperschüssel aus der obersten Ebene der Küchenzeile zu entnehmen, kein Glück. Das gesamte Tuppersortiment von Erna fiel unter einer lawinenartigen Geräuschkulisse in die tiefer gelegene Spüle. Danach herrschte eine Stille, die nur von dem kläglichen *„WauWau"* des Herrn Schröder aus dem unteren Wohnbereich unterbrochen wurde.

Karl-Friedrich versuchte, unter Nichtbeachtung der *„Selbstmordaktion"*, die aufkommende Müdigkeit zu nutzen, um sich etwas Schlaf zu gönnen, während Erna in einem Zwiegespräch mit ihrem inneren Ich hoffte, die Ursache ihres Traumes zu ergründen. Zu allem Unmut klingelte auch noch das Telefon. Wer rief denn gegen 5.00 Uhr morgens an? Erna versuchte es durch Abnehmen des Hörers herauszufinden: *„Linsenblum, Guten Morgen. "*

„Spreche ich mit Alwine? "

„Nein, hier ist Erna Linsenblum. "

„Sie haben aber keinen Geburtstag? "

„Nein. "

„Warum nehmen sie dann ab? "

„Weil es bei mir geklingelt hat. "

„Dann können sie mir doch Alwine geben. "

„Nein, die schläft, ist doch gerade mal 5.00 Uhr, und außerdem hat sie auch eine andere Telefonnummer. "

„Dann rufe ich später noch mal an. "

Erna, etwas lauter als sonst: *„Nicht bei mir. "*

Als ob Erna noch nicht genug hätte, klingelte es auch noch an der Tür. Sie öffnete und erblickte Alwine mit einer Schüssel in der einen und dem Schneebesen in der anderen Hand. Alwine fragte, ob sie mal zwei Eier haben könne. Erna: *„Backst du einen Kuchen? "*

Alwine: *„Nein, eine Basilikum-Torte, die erfrischt und vertreibt die Müdigkeit. "*

Erna: *„Ja gut, was sollte man morgens um diese Zeit auch schon machen. "*

Alwine: *„Ich komme bestimmt heute noch Besuch. "*

Und wieder klingelte das Telefon.

„Erna Linsenblum, Guten Morgen."

„Könnt ich mal das Geburtstagskind sprechen?"

„Alwine, für dich."

Alwine, immer noch in der Schüssel rührend, meldete sich: *„Ja, Alwine hier."*

„Rosinchen hier, alles Gute zum Geburtstag du altes Blasrohr, ich komme heute Mittag. Gibt es auch was zu trinken?"

Alwine: *„Aber klar."*

Rosinchen, eigentlich Agathe Scheidenkeil, war schon seit über 70 Jahren die engste Freundin von Alwine. Sie war nie verheiratet gewesen, hatte vier Kinder und drei Enkel und wohnte in der Nordweststadt, wo sie eine 3-Zimmer-Eigentumswohnung mit Blick auf das Schlafzimmer ihres Nachbarn Giovanni Pomoro besaß. Sie bewunderte die muskulöse Figur des Italieners und wusste, dass er nackt schläft. Seine Yoga-Übungen versetzten sie immer wieder in Erstaunen. So saß er nackt auf dem Boden, beide Beine um den Hals geschlungen und spielte dabei mit dem Saxophon den italienischen Hit *„Tu"*. Rosinchen wollte gerne die Übungen nachmachen, hatte aber leider kein Saxophon.

Ihr sprachbegabter Papagei Amaretto, der zu den falschen Klängen aus dem Nachbarhaus tanzte und meistens von der Stange fiel, begrüßte sie jeden Morgen mit den Worten: *„Na, du scharfe Haushälterin"*. Sie hatte ihn vor einiger Zeit von einem befreundeten Pfarrer geschenkt bekommen, der aber, laut seiner Aussage, mit dem Wortschatz nichts zu tun hätte. Woher diese Ausdrucksweise kam, ist letztendlich nicht bekannt.

Da Rosinchen finanziell auf der Sonnenseite lag, hatte sie auch eine Zugehfrau, die ihr die Hausarbeit im großen Ganzen abnahm. Die Haushaltshilfe Banovscha kam zwar aus dem nördlichsten Teil von Aserbaidschan, war aber sehr sauber, wie Rosinchen immer wieder betonte. Sie war vorher bei einem Zahnarzt für die Prothesenreinigungen zuständig, musste aber wegen der Insolvenz des Arztes kurzzeitig als Deutsch- und Mathe-Lehrerin arbeiten. Auf Rosinchens Anzeige *„Haushaltsgehilfin für rüstige Oma gesucht"* meldete sich neben einem Astrophysiker und einem RNV-Fahrkartenkontrolleur auch Banovscha, die letztendlich auch den Zuschlag bekam.

Rosinchen war zufrieden und freute sich auf den *„Geburtstagsschluck"* bei Alwine, die sich mittlerweile wieder in ihre Wohnung zurückgezogen hatte.

Erna dachte gerade an Alwines Feier zum 80. Geburtstag. Die Idee, in einem Restaurant den Ehrentag nur mit der Familie zu feiern, ging voll daneben. Der Küchenchef hatte auf dem Rathaus Bescheid gegeben, dass die Linsenblums kämen, und dann lief der Gratulationsmarathon ähnlich einem Uhrwerk ab. Das bekamen auch zwei Vertreter der Assekuranz *„Urne Media"* mit, die gerade im Restaurant ihren ersten Versicherungsabschluss seit einem halben Jahr feierten. Sie konnten mit einem 65jährigen Abiturienten aus der Lampertheimer Straße eine Seebestattung auf dem Bodensee abschließen, und sie sahen bei Alwine einen weiteren Handlungsbedarf für einen Abschluss einer Sterbegeldversicherung.

Trotz den Versprechungen der beiden, dass sie bei einem Vertragsabschluss einen Gutschein für einen sechswöchigen *„Rhönrad-Kurs"* sowie ein Abo der Zeitschrift *„Gesünder sterben leicht gemacht"* bekäme, lehnte Alwine ab. Sie konnte die emsigen Versicherungsvertreter überzeugen, dass es mit dem Sterben noch eine ganze Weile hin ist. Sie sei ja erst 80. Die beiden Vertreter versprachen, nächstes Jahr nochmals vorbei zu schauen.

Mittlerweile hatte sich eine Menschenschlange bis in den Garten hinaus gebildet, um Alwine die besten Glückwünsche auszusprechen. Neben dem Bürgermeister, der mit einem geschmackvollen Blumengesteck kam, erschien noch der Karnevalverein mit einer übergroßen gerahmten Eintrittskarte von der Prunksitzung des letzten Jahres. Weiter machten die kirchlichen Vertreter, die mit einem Taufgutschein im Wert von 50 Euro Alwine beglückten, die Vorsitzenden der verschiedenen Parteien, die sich schon seit geraumer Zeit stritten, wer zuerst gratulieren soll und dann nach einigen Gläsern Sekt nach Hause gingen, ohne gratuliert zu haben, sowie die Vertreter der Presse vom Südhessen Morgen und dem Tageblatt ihre Aufwartung.

Natürlich musste Alwine mit jedem Gratulanten auf den Ehrentag anstoßen, was zu einer Erhöhung ihres Alkoholspiegels führte. Da das Deutsche Rote Kreuz auch unter den Gratulanten war und mit einer sofortigen Traubenzuckerinfusion Schlimmeres verhinderte, konnte Alwine problemlos weiter trinken.

Peinlich war nur, dass Alwine ohne ihre eigenen Zähne die Gesellschaft begrüßen musste. Trotz rechtzeitigem Zahnarztbesuch, sie wollte ja an Ihrem Ehrentag schön aussehen, wurde die Prothese nicht fertig, so dass sie mit den dritten Zähnen von Winald die Prozedur überstehen musste. Wäre ja nicht so schlimm gewesen, wenn das obere Teil des Gebisses nicht so groß gewesen wäre. Es stand weit aus dem Mund, während das untere Teil viel kleiner war, so dass ein Gespräch immer von einem Pfeifen begleitet wurde. Winald sprach übrigens an diesem Tag ohne seine Zähne kein einziges Wort.

Einige Tage später bekam Alwine ihre richtige Prothese. War zwar immer noch zu groß, aber das Pfeifen war weg.

Erna hoffte insgeheim, dass der Neunzigste doch etwas ruhiger verlaufen würde. Amandus beendete seine Nachtruhe, genau wie Karl-Friedrich, der sich von seinem kurzen Nickerchen verabschiedete. Die Kinder waren unverständlicher Weise auch schon wieder wach, so dass einem gemeinsamen Frühstück nichts mehr im Wege stand.

Amandus machte den Vorschlag, für die belegten Brötchen einen Partyservice zu beauftragen. Das sei billig, keiner hätte Arbeit, und man könnte sich um die Gäste kümmern. Jeder stimmte zu.

Um die Zeit etwas zu überbrücken, begann Ernest Sven ein kleines Ratespiel: *„Ich sehe was, was du nicht siehst, und das ist rot."* Alle schauten sich um, keiner wusste es, bis Marlies Erna Chantal das Rätsel löste: *„Es ist die Flasche Doppelherz auf der Kommode."* Jeder klatschte.

Maria: *„Ich sehe was, was du nicht siehst, und das ist rosa."*

Sie schauten sich erneut um, keiner sah es. Nach einer halben Stunde löste Maria endlich das Rätsel: *„Das ist die Zahnprothese von Willibald, die liegt auf der Heizung. Er hatte seine Beißer gestern beim Schokokusswettessen da hingelegt, damit er die dunklen Köstlichkeiten besser einsaugen konnte."*

Amandus: *„Ich sehe was, was du nicht siehst, und das ist braun."* Maria wie aus der Pistole geschossen: *„Deine Unterhose."*

Amandus: *„Du doofes Cellulitemäuschen."*

Maria: *„Nun sag schon."*

Amandus: *„Marias Zahnbelag."*

Alle lachten. Es klingelte. Vor der Tür stand das Geburtstagskind.

„Ich bräuchte meine Zahnprothese, die Basilikum Torte ist etwas hart geworden."

Amandus zu Herrn Schröder: *„Such!"* Und schon kam der Hund mit der Prothese im Maul zu Alwine. *„Braver Bub"*, lobte sie ihn. Herr Schröder ließ die Prothese fallen und wedelte kräftig mit dem Schwanz.

Marlies Erna Chantal fragte: *„Angenommen, ich würde den Schwanz von Herrn Schröder festhalten, wedelt dann sein Körper?" „Da musst du Amandus fragen"*, meinte Maria.

Karl-Friedrich, total verzweifelt von dieser Unterhaltung, überlegte, ob er sich aus dem 1. OG des Rathauses stürzen sollte. Und es kam noch schlimmer. Amandus wurde mal wieder von seiner poetischen Ader gepackt und ließ jeden seinen gerade erdachten Vierzeiler hören:

> *„Alwine schüttelt aus das Kissen,*
> *denn ich hab ins Bett geschissen.*
> *Konnt' es leider nicht mehr halten.*
> *Das kommt vom Äppelwoi - dem kalten. "*

Auf Applaus wartend schaute er in die Runde, allerdings konnte keiner so richtig darüber lachen. So kam das Klingeln an der Haustüre gerade zum richtigen Zeitpunkt.

Die russischen Nachbarn Fedora, Galina und Vladimir Sokolow machten ihre Aufwartung und wollten natürlich nicht versäumen, Alwine zu ihrem Ehrentag viel Glück zu wünschen. Es war zwar erst 8.00 Uhr morgens, aber Vladimir hatte in der Viernheimer Zeitung von diesem Ereignis gelesen und die Straße geputzt, wie er lachend erzählte. Sie brachten auch ein schönes Geschenk mit, eine Babushka Matryoshka. Das sind aus Holz gefertigte, bunt bemalte, ineinander schachtelbare, eiförmige russische Puppen mit Talisman-Charakter. Alwine fand aber die Flasche Wodka hinter dem Rücken von Vladimir viel interessanter. Auch Feodora gratulierte: *„ Glückwunsch, du nix neunzig, du dreißig. "*

Awine: *„Stimmt .... dreimal. "*

Vladimir: *„ Lass trinken uns einer. "*

Alwine: *„So jung kommen wir nicht mehr zusammen. "*

Ernest Sven und Marlies Erna Chantal waren gerade dabei, das Wohnzimmer etwas zu schmücken - ein Strohballen aus dem Schuppen, Tischdecke drauf, und fertig war der Party-Tisch. Maria wunderte sich über die Kreativität der Kinder. Einige übrig gebliebene Faschingslampions an die Decke genagelt, in rauen Mengen

Konfetti auf dem Boden, dies gab der Wohnung eine faschings-ähnliche Atmosphäre.

Karl-Friedrich sprach am Telefon gerade mit dem Partyservice, um belegte Brötchen zu ordern. Amandus schaute nach den Getränken, während Maria sich um das Salzgebäck kümmerte. Im Hintergrund lief Alwines Lieblingsmusik - Amerika von Rammstein. Die Gäste können kommen.

Und sie kamen. Zuerst einer, mit dem niemand gerechnet hätte, Alwines Bruder Heinrich, den sie schon seit 35 Jahren nicht mehr gesehen hatte. Dementsprechend fiel auch die Begrüßung aus.

„Na, du alter Fratzenhengst", meinte Alwine voller Rührung.

„Und du Ballerschnecke, wie geht es dir?", fragte Heinrich. Sie fielen sich in die Arme, und Tränen der Rührung flossen auf den Fußboden.

Karl-Friedrich hatte Heinrich vor etwa einem halben Jahr über den anstehenden Geburtstag von Alwine informiert. Heinrich, mittlerweile 83 Jahre, lebte nach seiner ersten selbst durchgeführten und misslungenen Schönheits-OP in Neuseeland, 25 km südlich von Wanaka. Dort hatte er mit seiner Moori-Frau *„Kune-Kune"* und den drei Kindern eine kleine Ranch. Seine Frau konnte leider nicht mitkommen, da sie ihre Kiwis auf der großen Farm versorgen musste. Kiwis sind ja nachtaktiv, und ihre Paarungs-schreie würden in der Bundesrepublik locker als Ruhestörung durchgehen.

Die diversen Angebote, die Heinrich damals vom Job-Center erhielt, scheiterten mangels Patienten, da das Bild seiner ersten OP von Liselotte Streichherz fast jede Woche als mahnendes Beispiel in diversen Frauenzeitschriften erschien. So blieb ihm nichts anderes übrig als auszuwandern. Seine kleine Rente von der *„Facelifting e.V."* wurde direkt nach Neuseeland überwiesen. Das war nicht viel, aber im Lande der *„Hobbits"* und *„Kiwis"* konnte er einigermaßen gut damit leben, zumal seine Frau durch den Verkauf ihrer Kiwis, die sie für Bollywood-Filme dressierte, noch etwas dazu verdiente. Mit so einem „*Stuntvogel*" konnte man locker einige 100 Neuseeland-Dollar einnehmen.

Alwine meinte: „*Du wirst ja nicht zum Vergnügen hier sein, lass uns auf meinen Geburtstag anstoßen.*" Mineralwasser wollte keiner, so dass man auf den Wodka der russischen Nachbarn zurückgreifen musste.

Heinrich sagte mit Blick auf die Kinder: „*Die kenn' ich ja nur von Bildern. Gott sei Dank ist Marlies Erna Chantal nicht so vergilbt wie das Foto. Was willst du denn mal werden, wenn die Schule beendet ist?*"

Ernest Sven: „*Wer weiß, welche Berufe es in 30 Jahren gibt.*"

Alle lachten.

Marlies Erna Chantal: „*Ich würde gerne theologisch studieren, weiß aber nicht ob es da eine Nummer mit Klaus gibt.*"

Amandus: „*Du meinst Numerus Clausus und Theologie.*"

Marlies Erna Chantal: „*Habe ich doch gesagt.*"

Maria: „*Werde doch ganz einfach Friseurin.*"

Marlies Erna Chantal: „*Auch nicht schlecht.*"

Heinrich nun zu Ernest Sven gewandt: „*Und was ist Dein Berufswunsch?*"

Ernest Sven: „*Entweder Tester von Wasserrutschen oder Psychopater.*"

Maria: „*Das heißt Psychopath. Wäre übrigens nicht schlecht für dich. Mit deinen vielen Vorkenntnissen könntest du die Lehrzeit erheblich verkürzen.*"

Marlies Erna Chantal zu Heinrich: „*Soll ich dir mal meinen letzten Aufsatz vorlesen, Onkel Heinrich?*"

Heinrich: „*Gerne.*"

Und Marlies Erna Chantal begann:

Meine Familie

Meine Familie tut ganz schöhn gros sein. Aber nur wen man Uroma mitzählen tut. Wir haben mehrere Rationen, ääh, Nationen bei uns. Frauen, Männer, Kinder und eine Schlitzäugin. Das ist LingLing. Die ist zwar klein, aber ganz arg lieb. Die währe auch braktisch, da kann man auf irem Kopf sein Bier abstellen, tut Onkel Wedekind imer sagen. Die ist aber schon die zweite Frau von mein Onkel. Die erste ging schnell wieder dahin, wo der Hase mit dem Fuchs Petting machen tut, sagt Papa. Ich habe aber auch noch einen Bruder der Ernest Sven, der aber nicht so hell stralen tut meint Oma. Der spield den ganzen Tag mit seiner Gijotine.

Mein Papa und mein Onkel machen Schalen die klingen und die auch verkauft werden. Damit verdient man Geld. Also ich würde keine kaufen. Nur wenn die Helene Fischer die machen tut. Geld verdienen tut wichtig, sonst könte sich Mama keine Handtaschen mer kaufen.

Meine Uroma hat keinen Mann mehr, da der mit dem Kopf auf den Tisch gefallen ist. Der Tisch ist aber nicht kaputt gegangen. Oma sagt dann, dass Qualitäd sich auszahlen tut.

Ihr neuer Freund hat keine richtige Zäne mehr. Die neuen kann er auch rausnemen. Der darf aber nicht bei Oma schlafen und muss abends immer wieder ins Heim. Nur wenn er mal torkelt, darf er im Keller schlafen. Der guckd auch imer so komische Filme, wo die Leude nakisch sind. Oma meind, das wären Bä-Filme.

Ein Hund haben wir auch. Der kann viele Hauffen machen. Mama schimpft dann immer mit ihm.

So, mus jetzt Schlus machen, is gleich Pause."

Heinrich fand den Aufsatz klasse und fragte Marlies Erna Chantal: „*Da hast du bestimmt eine gute Note bekommen, oder?*"

„Nein, nur eine 5 minus. Aber der Lehrer kann mich auch nicht leiden. "

Willibald: *„Du hast das Zeug zur Sonderschule. Lass dir das nur von niemanden vermiesen. "*

Heinrich: *„Bevor ich es vergesse liebe Schwester, hier sind deine Geburtstagsgeschenke - ein Gutschein für eine Lippenaufspritzung, eine Flasche scharfe Kaitaia-Soße und ein Glas Manuka-Honig, der soll für ein langes Leben sorgen. "*

Vladimir sah in Heinrich ein potentielles Mitglied für seinen Verein und fragte ihn, ob er einen Drachen bräuchte. Dieser verneinte. Er hätte einen zu Hause, das reicht.

Man saß gemütlich um den großen Tisch bei der zweiten Flasche Wodka, die Vladimir aus seinem Kellerverlies zur Verfügung stellte. Er erzählte jedem, dass er die Straße heute nicht mehr putzen würde. Alwine fühlte sich richtig wohl und gab ihren allseits bekannten Spruch *„schön ist es hier"* von sich.

Ein Klingelton unterbrach die fröhliche Trinkrunde.

Vor der Tür standen einige Leute, bei denen Amandus keinerlei Blutsverwandtschaft erkennen konnte. Es waren die 36 Mitglieder der Senioren-Kaffeerunde, die gerade den Kanon *„Wo zwei oder mehr in meinem Trinkkreis versammelt sind"* anstimmten, um ihrer Freundin Alwine die Geburtstagsglückwünsche zu übermitteln. Vladimir machte sich abermals auf den beschwerlichen Weg in seinen Keller, um dafür Sorge zu tragen, dass die singende Runde das Durstgefühl hinter sich lassen konnte.

Da die meisten Mitglieder der Kaffeerunde noch nie in Alwines Wohnung waren, drängelten sie sich ins Wohnzimmer, um die Einrichtung einer näheren Kontrolle zu unterziehen. Einstimmig war man der Meinung, dass die Wohnung sehr hübsch sei, allerdings etwas beengt, was besonders in und vor der Toilette zum Tragen kam.

Da die Kaffeerunde dem Alkohol nicht abgeneigt war, kam doch so etwas wie eine Festzeltstimmung auf. Diese wurde aufgelockert durch das gemeinsame Singen des Liedes *„An der Nordseeküste"*, dessen Lautstärke einige Gläser zum Zittern brachten. Mehrere Rentner, die gerade ihr Turnier im Golfclub Viernheim abhielten, fragten sich: *„Ist denn schon wieder Kerwe?"*

Herr Schröder fühlte sich in seiner Haut unwohl, was er den Besuchern auch *„nasshaltig"* demonstrierte. Ein Mitglied der Kaffeerunde wunderte sich: *„Was da alles rauskommt?"*

Die Feierlichkeiten im Hause Linsenblum näherten sich dem ersten Höhepunkt, als auch der Pfarrer dem Geburtstagskind seine Aufwartung machte. *„Benedic Deo et Congratulations"* sagte er feierlich.

Alwine: *„Et gratias laetificat."*

Pfarrer: *„Wieso sind sie der lateinischen Sprache mächtig?"*

Alwine: *„Lesen Sie denn nicht auch Asterix?"*

Willibald: *„Ja ja, Alwinchen kann vier Sprachen, Deutsch, Hessisch, Pfälzisch und Asterix."*

Nach der zehnten und letzten Flasche Wodka verwandelten sich die Festlichkeiten schlagartig in eine paradiesische Ruhe, aber nur um den Heimgang der Senioren-Kaffeerunde zu beschleunigen, die dann auch schwankenden Schrittes von dannen zog.

Vladimir orderte per Telefon neuen Wodka, Erna und Maria räumten die Gläser weg, Karl-Friedrich zeigte dem Staubsauger, wo es lang geht, und Marlies Erna Chantal brachte den Glascontainer vom Wohnzimmer wieder an seinen alten Platz im Hof. Alwine hatte ihre Familie um den Tisch versammelt, strahlte und meinte: *„Schön ist es hier."*

Mittlerweile wurden 250 belegte Brötchen geliefert. Auf die Frage, ob das nicht zu viele wären, antwortete Alwine: *„Die vom Tageblatt kommen doch auch."*

Man saß um den Tisch, und Alwine ließ die letzten 90 Jahre Revue passieren. Sie erinnerte sich unter Schmunzeln noch an die Weihnachtsfeier in der Kläranlage, bei der die Ehefrau des Meisters Paulchen Kreusel volltrunken einen negativen Striptease hinlegte. D.h., sie kam vollkommen nackt von der Toilette und musste zu der Melodie des alten Soldatenliedes „Ohne Hemd und ohne Höschen" ihre Kleider wieder anziehen. Diese wurden von einigen Angestellten ihres Mannes immer wieder versteckt, so dass sich die „Nacktorgie" bis weit nach Mitternacht hinzog. Abmahnungen für die „Kleiderdiebe" waren die Folge.

Bei ihrem Tanz löste sie mit ihrer Oberweite aus Versehen eine unglückliche Kettenreaktion aus. Das Gummi ihres Schlüpfers verhedderte sich in ihrem Fußgelenk, worauf sie stolperte und unglücklicherweise in die Tastatur der Relaisstation fiel. Dabei kam sie mit dem rechten Busen an den Schalter, der für die grobe Reinigung der Abwasseraufbereitung zuständig war, was leider keiner bemerkte. Gleichzeitig trat sie auf den roten Alarmknopf, der bei der Feuerwehr und dem THW Katastrophenalarm auslöste, den Bürgermeister während des Lesens von „Leo Lausemaus" aus dem Bett warf, und der dann den Vorsitzenden des Abwasserverbandes Dr. Rocknapf per Handy informierte. Dieser befand sich allerdings gerade mit einer schwarzen Latexmaske und schwarzen Lederstiefeln an den bestrumpften Beinen im roten Salon der Domina „Peitschen-Lilly". Seinem herbei eilenden und verwundert drein blickenden Fahrer erklärte er, dass er nach Beendigung des Geschäftsessens nur noch einige Masken für die Karnevalsveranstaltungen testen wollte.

Unabhängig davon kam am nächsten Morgen statt Wasser erst einmal nur Gestank aus den Leitungen, gefolgt von einer braunen bis schwarzen Brühe.

Die Geburtstagsrunde musste lauthals lachen.

Alwine lies ihre Gedanken weiter kreisen und erinnerte sich an den Einkaufstag im Sommer. Auch ein Ereignis, das in der Chronik der Linsenblums einen besonderen Platz eingenommen hatte.

Die komplette Familie genehmigte sich einen Einkaufstag in Mannheim, um die Kleidung den sommerlichen Temperaturen anzupassen. LingLing, Alwine, Maria und Erna bevölkerten C&A, während Amandus, Winald, Karl-Friedrich, Wedekind und die Kinder im Café am Marktplatz saßen und sich erst einmal ein Bier gönnten. Ernest Sven und Marlies Erna Chantal tranken natürlich eine Cola. Herr Schröder war ebenfalls dabei. Man wollte ihn nicht alleine lassen. Unglücklicherweise machte er seinen Haufen direkt vor den Tisch, der dann unter den Sohlen der Bedienung reichlich Platz fand. Der Rauswurf war nur eine natürliche Folge des Geschehens. Sie standen nun vor dem Café und beratschlagten, was man tun könne. Amandus machte den Vorschlag, einen Sex-Shop zu besuchen.

Winald: „*Toll.*"

Karl-Friedrich: „*Was machen wir mit den Kindern?*"

Winald: „*Schließfach.*"

„*Ich weiß etwas Besseres. Wir gehen bei C&A vorbei und bringen sie zu Alwine. Die freut sich.*"

Ernest Sven: „*Will mit in den Sex-Shop.*"

Marlies Erna Chantal: „*Was ist Sex-Shop?*"

Winald: „*Nix besonderes. Da kann man reingehen, aber auch wieder rausgehen. Und wenn man nicht rausgehen will und noch nicht drin war, kann man auch reingehen.*"

Marlies Erna Chantal: „*Das ist aber langweilig. Ich würde nur noch rausgehen. Krieg ich ein Eis?*"

Amandus: „*Das wäre geklärt.*"

Im C&A waren die Frauen schnell gefunden. Man musste nur den lautesten Stimmen folgen. Die Kinder wurden übergeben, und Amandus vergaß nicht zu erwähnen, dass ein Eis fällig war. Herr Schröder stellte auch kein Problem dar, da er seinen Haufen bereits gemacht hatte und daher mit den Männern gehen durfte. Schließlich war er ja auch männlichen Geschlechts.

Alwine wunderte sich doch sehr über den Alleingang der Männer: *„Ihr verlauft euch noch. Denkt daran, Mannheim ist größer als Viernheim."*

„Wir treffen uns später im Kaufhof", meinte Winald kurz angebunden.

Die Frauen hatten die ersten Anproben schon hinter sich. LingLing entschied sich für eine echt bayerische Lederhose und begab sich in die Umkleidekabine. Allerdings vergaß sie, bei der Anprobe den Vorhang zu schließen, so dass eine große Menschenmenge, hauptsächlich Männer, die Hosenabteilung bevölkerte und alle Lederhosen innerhalb von zehn Minuten ausverkauft waren. Davon bekam LingLing jedoch nichts mit. Sie kam mit traurigen Augen aus der Kabine und sagte: *„Ledelhose steht mil nicht."*

Maria: *„Dann probier doch mal die Knickerbocker an."*

LingLing: *„Knickelbockel, was ist das?"*

Alwine: *„Die sind praktisch, da kannst du KaKa in die Hose machen und keiner sieht es."*

LingLing: *„Gloßvatel immel sagen, bessel in Hose Kaka machen, als Bauch dick von Aua."*

Erna: *„Pfui."*

Alwine fragte eine Verkäuferin, wo denn die Pettycoats hingen.

Verkäuferin: *„Häää."*

„P E T T I C O A T S"

Verkäuferin: *„Was ist das?"*

Alwine: *„Vergiss es."*

Verkäuferin genervt: *„Immer diese Ausländer."*

Mittlerweile hatte LingLing eine Strickmütze anprobiert und für gut befunden.

Alwine: *„Schöne Unterhose, genau wie die Ballerbuchse von Winald.“*

„Fül Wedekind“, meinte sie.

Alwine: *„Der hat aber doch einen größeren Kopf als du.“*

LingLing: *„Konfuzius sagen, auch glosses Kopf kann leel sein.“*

Inzwischen hatten die Männer, mit Hilfe von Herrn Schröder und seinem stark wedelnden Schwanz, den Sex-Shop gefunden. Der Hund hatte vom Verkäufer Kurt Pröserli, der einen großen Umsatz witterte, schon einige Leckerlis erhalten.

Amandus ergötzte sich indessen an den Dessous und konnte seinen Blick nicht mehr abwenden. *„Würde man die aus dunkelgrüner Kunstwolle machen, natürlich nur ab Größe XXXL, und hätte man dickere Puppen im Schaufenster zur Präsentation, dann wären die modischen Unterschiede zwischen Mannheim und Viernheim doch gar nicht so gravierend“*, meinte er.

Winalds Augen hingen an den Vibratoren, und er überlegte, ob man die beim Unkraut jäten einsetzen könnte. Auch überlegte er bei dem riesigen Sortiment von Präservativen, dass es da noch etwas geben müsse, das er vor langer Zeit vergessen hatte. Er kam nicht drauf.

Karl-Friedrich liebäugelte mit einer Gummipuppe. *„Die hätte nie Migräne, bräuchte nie Geld und würde nie das dämliche Lied Polonaise Blankenese singen“*, erklärte er.

Die erotische Atmosphäre wurde von Herrn Schröder unterbrochen, indem er mit einem riesigen schwarzen Vibrator im Maul auf die Straße rannte.

Wedekind sofort hinterher: *„AUS Schröder, das ist bä.“*

Eine ältere Dame, die auf der gegenüberliegenden Bank saß, meinte: *„Braver Hund, das ist nicht bä. Gib es Oma."* Aber Herr Schröder hörte nicht hin. Einige Frauen schrien und hüpften auf die Bänke. Wedekind, immer noch mit dem Einfangen von Herrn Schröder beschäftigt, sagte: *„Keine Angst, der tut euch nichts."* Eine Frau fragte ganz ängstlich: *„Und der Hund?"*

Der Verkäufer Kurt Pröserli sah eine Chance, den Ladenhüter los zu werden: *„Den kann ich Ihnen billiger geben, ist ein Ausstellungsstück."* Wedekind war jedoch nicht interessiert: *„Ich brauche keinen Vibrator."*

Die anderen waren jedoch sehr interessiert, und so stellte jeder seine Frage.

Karl-Friedrich neugierig: *„Kann man mit dem auch Sahne schlagen?"*

Kurt: *„Wenn sie vorher schon steif war, müsste es gehen."*

Winald ganz wissensdurstig: *„Funktioniert der auch mit Akkus?"*

Kurt: *„Nein, nur mit Strom."*

Karl-Friedrich: *„Wie heißt denn der Vibrator?"*

Verkäufer: *„Peterle."*

Karl-Friedrich: *„Nein, ich meine die Bezeichnung."*

Kurt: *„Intensiv XXXL."*

Mittlerweile hatte sich auf der Straße eine größere Menschenmenge angesammelt. Einen Hund mit einem Vibrator im Maul sah man ja schließlich nicht jeden Tag. Und so sehr man sich bemühte, er wollte ihn einfach nicht mehr hergeben. Der Vibrator machte auch seinem Namen alle Ehre, denn Herr Schröder hatte aus Versehen den Einschaltknopf betätigt, und ein monotones Summen beherrschte die Umgebung. Dass mittlerweile die Linsenblum-Frauen und -Kinder vor dem Schaufenster standen, gab der ganzen Situation etwas Groteskes.

Ernest Sven: *„ Ich hab noch so ein Ding zu Hause, das würde ich euch sogar schenken. "*

Karl-Friedrich: *„ Wo hast du das denn her? "*

Ernest Sven: *„ Das habe ich bei uns im Garten gefunden. "*

Marlies Erna Chantal mit Blick auf den Dildo: *„ Was ist das denn? "*

Winald: *„ Das ist nichts. "*

LingLing: *„ Wenn das nichts ist, haben will. "*

Wedekind: *„ Ich habe aber auch viel nichts. "*

LingLing: *„ Abel blummt nicht so schön. "*

Alwine: *„ Der will zu mir. "*

Maria: *„ Wieso spielen unsere Männer damit? "*

Erna: *„ Das sind halt doch noch kleine Kinder. "*

Die ganze Geburtstagsgesellschaft musste über diese Geschichte herzhaft lachen und Alwine äußerste hoch zufrieden: *„ Schön ist es hier. "*

„ Aber auch der 70. Geburtstag von Rosinchen war etwas Besonderes ", fuhr sie fort. *„ Wir feierten den Ehrentag im katholischen Gemeindezentrum mit einem Rittermahl. Etwa 20 gut aussehende Ritter einer Senioren-Begleitagentur, nur mit knappen essbaren Brausepulverhöschen bekleidet, waren für die Bewirtung zuständig. Es gab pochierte Eier in einer Lakritzsoße, die bei der Geburtstagsgesellschaft für eine überdimensionale Laszivität sorgten. Einige Freundinnen von Rosinchen verließen unter zusätzlichem Alkoholeinfluss den Pfad der Tugend und sorgten dafür, dass die Beichtstühle in den katholischen Kirchen Viernheims am nächsten Tag nicht unbenutzt blieben. Einige Vikare der Apostelkirche, die bei der Beichte aushalfen, waren voller Zweifel, ob der*

von ihnen eingeschlagene Berufsweg nicht doch noch einer Verän-
derung bedarf.

Der anschließende Männerstrip, bei dem die Bedienungen ihre
Brausehöschen gegen Lakritzrollen und Überraschungseier aus-
tauschten, sorgten mit Hilfe der Melodie von 'Rama Lama Ding
Dong' für eine Geräuschkulisse bei den weiblichen Gästen, die
auch in Hüttenfeld noch die Akustikmelder auslösen ließ. In diesen
Augenblicken wäre Rosinchen gerne verheiratet gewesen, am
liebsten mit allen Rittern, wie sie unter einer leichten Gesichtsröte
zum Besten gab. "

Marlies Erna Chantal, die etwas abseits auf dem Sofa saß, hörte
mit offenem Mund den Geschichten zu und hoffte insgeheim, auch
mal 90 Jahre alt zu werden.

„Interessant auch die Sylvesterfeier 90/91 in unserer Dienst-
wohnung", erzählte Alwine weiter. *„Etwa 20 Gäste saßen oder*
standen in der kleinen Wohnung zusammen, um das Neue Jahr zu
begrüßen. Aufgrund der Enge wurden die Getränke in der Toilette
untergebracht, während das kalte Buffet in der Küche aufgestellt
war. Die mitgebrachten Feuerwerkskörper wurden im Kühl-
schrank deponiert, die Mäntel im Schlafzimmer und getanzt wurde
im Flur. Die jüngeren Gäste überbrückten die Zeit bis 24.00 Uhr
mit spontanen Besuchen im Schlafzimmer, während die älteren
eine heiße Sohle auf das Parkett knallten.

Maskenball war das Thema der Sylvesternacht. Ich ging als Do-
mina, während Winald sich als Löwensenftube verkleidete. Maria
und Amandus gingen als Barbie und Ken. Peterle, der Arbeitskol-
lege von Winald, kam als Zorro mit einer roten Zipfelmütze und
einem weißen Rauschebart, während seine Frau Ruth, genannt
Bluebell, als übergewichtiges Schneewittchen mit schwarzen Lack-
stiefeln keinesfalls der Hingucker war. Rosinchen, meine Freun-
din, sorgte als 'Erzbischof mit Strumpfband' für Verwunderung,
während ihr männliches Mitbringsel Roger Humperball als Nonne
total fehl am Platze war. Die restlichen Gäste teilten sich in ihrer

Maskierung Ballerina, Rotkäppchen, Godzilla und Tageblatt- Fotograf.

Mitten in der schönsten Stimmung ging Amandus an den Kühlschrank, um Alkohol zu holen. Leider hatte er und seine Zigarette vergessen, dass da nur Feuerwerkskörper gelagert waren. Wie des Öfteren auch in diversen billigen Filmen zu sehen, fiel ein kleines glühendes Teil seines Glimmstengels zufälligerweise auf die Zündschnur einer Rakete Marke „Sternspritzer", für DM 9.90 bei Penny gekauft. Trotz sehr schnellem Schließen des Kühlschrankes konnte Amandus nicht verhindern, dass es zu einer Kettenreaktion kam. Zwei Raketen konnten sich aus der Kühle befreien und mittels einer Feuerspur auf den Weg durch die Küche machen. Die eine Rakete genoss die Vereinigung mit dem Tsatsiki, wobei sie die Frikadellen außer Acht ließ, und explodierte in voller Farbenpracht direkt über der Schüssel, während die andere Rakete sich mit dem Nudelsalat vergnügte. Die geschlossene Kühlschranktür hielt dem Druck der restlichen Feuerwerkskörper nicht mehr stand und wurde so aus ihrer Halterung gerissen. Die Kracher verteilten sich in der Wohnung, wo das vorgezogene Feuerwerk die Gäste begeisterte. Einige kleinere Raketen erfreuten im Schlafzimmer die Bettwäsche mit einem wärmenden Feuer. War nicht so schlimm, da ich zu Weihnachten ja Bettwäsche geschenkt bekam. Die Feuerwehr und die Polizei konnten nach einer kurzen Besichtigung der Schäden wieder zum Sylvesteralltag zurückkehren. Es war 23.55 Uhr, die Wohnung hatte schwarze, mit Tsatsiki und Nudelsalat geschmückte Wände, das Schlafzimmer war schwarz, die Frikadellen schmeckten noch, im Fernseher lief der Countdown, Amandus hatte den Hosenladen offen, Winald wünschte Prosit Neujahr und meinte, dass es gut sei, dass wir keine Knaller mehr haben, da es in Strömen regnete. Das war auch so eine Feier, die ich nie vergessen werde."

Winald: „Könnt ihr euch eigentlich noch an die Taufe von Ernest Sven erinnern?"

Maria: „*Ujujui, das war peinlich. Nicht genug, dass kein Wasser im Taufbecken war, auch hatte der Pfarrer mit Winald zusammen dem Alkohol kräftig zugesprochen. Die Beiden befanden sich dabei im Pfarrbüro, um den Ablauf der Taufe zu besprechen. Da muss es dann wohl zum Missbrauch des Jägermeisters gekommen sein, was man an der leeren Flasche erkennen konnte, die der Messdiener anstatt einer Kerze mitbrachte.*

Wir hatten uns verspätet, so dass Ernest Sven mittlerweile die Windeln gefüllt hatte. Ich benutzte das leere Taufbecken, um den Kleinen mit Wegwerf-Taschentüchern wieder trocken zu machen. Endlich kam auch der Pfarrer, gefolgt von Winald, um die Taufe vorzunehmen. Die Frage des Geistlichen, wie der Kleine heißen soll, beantwortete Alwine mit ‚Ernest Sven‘. Der Pfarrer stutzte und meinte, dass er den Namen Ernst Ken noch nie gehört hätte und es ein komischer Name sei. ‚Ernest Sven, Herr Pfarrer, ERNEST SVEN‘ betonte Alwine erneut.

Dass der Pfarrer das Baby mit Messwein getauft hatte, war noch in Ordnung. Dass er ihn aber hat fallen lassen, war die Krönung. Doch der Kleine lachte, Winald lachte, Alwine lachte, und der Pfarrer trank den Rest des Messweines. Karl-Friedrich öffnete eine Flasche Rotkäppchen-Sekt und ließ Alwine in den Genuss einer Sektdusche kommen. Mit der zweiten Flasche hatte er mehr Erfolg“, schloß Maria ihre Erzählung.

„*Trotzdem war die Taufe noch ein schöner Tag*“, meinte Erna.

Bevor man Alwine wieder hochleben lassen konnte, klingelte es. Vor der Tür stand ein höflicher, nicht mehr ganz so junger, dafür aber kräftiger Mann, der sich als Redakteur des Viernheimer Tageblattes vorstellte. Ganz artig gratulierte er dem Geburtstagskind und wollte nur ein paar Daten ihres Werdeganges für einen Artikel. Alwine bat ihn, noch etwas zu warten. „*Da kommt noch einer von der Konkurrenz, und dann könnte ich Sie beide auf einmal abfertigen*“, bemerkte sie lächelnd. „*Greif zu*“, meinte sie dann und hielt ihm die Platte mit den Brötchen unter die Nase. Das ließ sich der Redakteur nicht zweimal sagen, und schon wechselten drei Mettbrötchen, zwei Schinken- und ein Lachsbrötchen sowie diverse mit Leberwurst belegte Salzstangen den Besitzer. Alwine fand: *„Gut so, du bist ja noch am Wachsen."*

Inzwischen hatten die russischen Nachbarn auf das weitere Klingeln reagiert und den Kollegen bzw. den Schreiberling der zweiten großen Zeitung von Viernheim zu Alwine geleitet. Auch er war den Brötchen nicht abgeneigt. Sein Teller war aber zufällig etwas kleiner, so dass ein Lachsbrötchen des Öfteren Bekanntschaft mit dem Fußboden machte, wobei nach dem dritten Absturz Herr Schröder schneller war. Der Redakteur war sauer, da er sich gegenüber dem Tageblatt-Kollegen benachteiligt fühlte, und so hörte es sich auch an: *„Bei den vielen Brötchen, die du jetzt schon gegessen hast, müsste dein Artikel schon mindestens zwei Seiten lang sein."*

Alwines Freund Willibald, der seine vergessene Zahnprothese aus dem Seniorenstift geholt und mit Sakrotan gereinigt hatte, konnte wieder an den Gesprächen teilnehmen. Er überhäufte die beiden Schreibenden, zukünftigen Möchtegern-Henry-Nannen-Preisträger, mit den wichtigsten Daten von Alwines Werdegang. Alwine selbst gab auch noch einige Höhepunkte ihres Lebens preis, die man aber unmöglich veröffentlichen konnte, so die beiden Redakteure. Auf die Frage, wann denn der Artikel in der Zeitung erscheinen würde, gab es unterschiedliche Antworten. Der Typ vom Südhessen Morgen meinte: *„Der könnte schon morgen auf Seite drei stehen. Natürlich kommt da im Laufe des Tages noch ein Fotograf für das Geburtstagsfoto."*

Alwine: *„Da muss ich aber erst noch zum Friseur."*

Willibald: *„Du siehst doch gut aus."*

Alwine: *„Da ziehe ich aber erst noch meinen Petticoat an."*

Willibald: *„Ok."*

Karl-Friedrich: *„Gib doch dem Fotografen ein Bild von Deinem 80. Geburtstag mit, so viel verändert hast du dich ja nicht."*

Maria: *„Ihr könnt auch ein Bild von mir haben."*

Amandus: *„Dann können wir ja gleich die Zeitung abbestellen."*

Maria: *„Du Auspufflutscher."*

Alwine: *„Ruhe jetzt"*, und zu dem Kollegen vom Tageblatt: *„Wann komme ich bei euch in die Zeitung?"* Der höfliche Redakteur meinte: *„Es kann sein, dass der Artikel morgen schon erscheint, kann aber auch erst am Montag kommen, oder nächste Woche. Vielleicht kommt er auch ohne Bild, aber mit den Fußballergebnissen vom Samstag, oder das Foto kommt alleine ohne Text, kann aber auch sein, dass es gar nicht kommt, oder erst zum Jahresrückblick."*

Alwine: *„Doch so schnell? Ach wie schön ist es hier."*

Die russischen Nachbarn überreichten den beiden Zeitungsmitarbeitern einen Gutschein für das Sommerfest des FKK-Drachenbauvereins mit der Bitte um Veröffentlichung sowie einen ausgefüllten Mitgliedsantrag, bei dem nur noch die Unterschrift fehlte.

Währenddessen färbte sich Alwine die Lippen knallrot. Sie fand es toll, die Männer zu küssen und zwar so, dass man auf deren Hemden auf jeden Fall die rote Farbe sah. Die Erklärung der Ehemänner, dass ein Kuss einer 90jährigen diese Flecken verursachte, glaubte natürlich niemand. Speziell die Ehefrauen der Sänger, die zum Geburtstagsständchen ihre Aufwartung machten, waren sehr misstrauisch. Etliche Ohrfeigen sowie mehrere Ehestreitigkeiten waren die Folge. Diese Vorstellung löste bei Alwine jedes Mal einen Lachkrampf aus.

„So ist sie halt", meinte Maria, als Alwine ihre geheimen Gedanken preis gab und so für den einen oder anderen Lacher sorgte.

Den politischen Vertretern der verschiedenen Parteien, die mittlerweile zum Gratulieren eingetroffen waren, machte sie einen Vorschlag, der an Genialität kaum zu übertrumpfen war: *„Das Flaschenpfandsparbuch".* Kopfschütteln war die Folge, wie so oft, wenn die Volksvertreter nichts verstanden. Alwine erlöste sie: *„Wenn das Flaschenpfand zinsbringend angelegt werden würde, d.h., wenn die Geldinstitute das Geld bekämen, um damit zu arbeiten, dann könnten die Zinsen inklusive des Pfandes dem Käufer bei Abgabe des Leergutes auf dessen Sparbuch gutgeschrieben werden. So würden neue Arbeitsplätze entstehen und die Geldinstitute dadurch zum Expandieren angeregt werden. Die Bankhäuser müssten jedem Flaschenkäufer ein Flaschenpfandsparbuch ausstellen und riesige Container in ihren Räumen aufstellen. Das Leergut würde man dann wegen der Zinsgutschrift im Geldinstitut abgeben. Wäre im Augenblick ein Mehraufwand für die Banken, der sich aber für die nächsten Jahre als rentabel erweisen würde. "*

Maria zu Alwine: *„Du solltest dich bei der nächsten Bürgermeisterwahl aufstellen lassen. Du hättest das Zeug dazu. "*

Alwine: *„Auf keinen Fall, ich möchte ja nicht unserem jetzigen Bürgermeister in die Quere kommen. Mich wundert, dass er noch nicht da ist. Ich kenne ihn schon so lange, da hat er noch in die Windeln gemacht. Einige dieser Windeln verkaufte ich erst vor kurzem bei Ebay. Ich war überrascht, welche Preise sich für die Bürgermeister-Windeln dort erzielen lassen. "*

Man saß um den Tisch und ließ Alwine zum x-ten Male hochleben.

Da gab es übrigens noch die Geschichte von Alwines 70. Geburtstag, als ein Reporter sie damals fragte, ob sie auch Angst vor der Zukunft hätte. Alwine: *„Angst habe ich nur vor Naturkatastrophen, speziell vor Vulkanausbrüchen. Die sind nicht vorhersehbar. "*

Redakteur: *„Häää. "* Ungläubig schaute er Alwine an.

Alwine: *„Ja, angenommen ich sitze auf dem Klo und plötzlich bricht ein Vulkan aus und zwar so stark, dass ich total mit Asche zugedeckt werde - genauso wie in Pompeji, kurz vor dem Pink Floyd Konzert - und werde dann eintausend Jahre später von Archäologen und einigen minderjährigen Helfern ausgegraben, als Steinmonument sozusagen, mit heruntergelassener Unterhose auf der Toilette sitzend. Davor habe ich sehr große Angst. Das ist doch peinlich, oder? Zumal meine Unterwäsche bestimmt nicht mehr modisch aktuell wäre.“*

Alwine verschob eine weitere Geschichte auf später, denn es klingelte. Die russischen Nachbarn hatten sich zwischenzeitlich als Türöffner bestens bewährt. LingLing und Wedekind gaben sich die Ehre. LingLing gratulierte und sagte: *„ Wil gloße Übellaschung haben. Du müssen zuhölen, was mein Mann sagen. El selbst gedichtet, ist bessel wie von Amandus.“* Und Wedekind legte los:

„ Vor 90 Jahren wurdest du geboren
mit kleinem Arsch und großen Ohren.
Alwine hat man dich genannt,
noch keiner hat dich da gekannt.
Das ist jetzt anders,
Gott sei Dank.“

Alwine klatschte, Amandus war sauer, Maria lachte, die Redakteure der Zeitungen labten sich an den belegten Brötchen (mittlerweile waren sie beim dritten Teller angelangt) und LingLing gratulierte aus Versehen ein zweites Mal: *„ Helzlichen Glückwunsch zum Gebultstag und weitelhin alles Gute. Konfuzius sagen, wenn du altes Gebultstag hast, dann du nix leiten auf totem Pfeld.“*

Ernest Sven: *„ Wer ist Konfuzius?“*

LingLing: *„ Konfuzius war altes Mann, wo viel schlau im Kopf.“*

Marlies Erna Chantal: *„ Häää.“*

Alwine bedankte sich auf ihre Art: *„Danke schön meine Thaischnecke. Komm lass uns einen trinken."*

LingLing: *„Oh jaaa, ich tlinke mit dil. Auch Oma von meinel Gloßmuttel sagen, tlinke wie ein König und mach Kaka wie ein Bettelmann, dann du gesund."*

Marlies Erna Chantal: *„Wie soll ich das verstehen? Wenn ich viel Kaka mache, werde ich nie krank?"*

Ernest Sven: *„Wenn du überhaupt keinen Kaka machst, könnte es sein, dass du viel krank wirst."*

Wedekind wusste schon, was auf ihn zukam. Wenn LingLing viel redete, dann hatte sie auch viel Durst. *„Bitte trink nicht so viel"*, raunte er ihr zu.

LingLing: *„Es gibt ja nix Glappa, deshalb ich tlinke Schnaps"*.

Wedekind: *„Das heißt Grappa."*

Vladimir erblickte LingLing, die mit ihren überlangen, rosaroten Hot Pants aussah, wie die personifizierte Sünde. Er überreichte ihr eine Beitrittserklärung für den Drachenbauverein und einen doppelten Wodka. *„Das ist russisches Nationalgetränk. Prost."*

LingLing: *„Danke für lussisches Getlänk. Plost. Was ist Dlachenbauvelein?"*

Vladimir: *„Da lassen wir Drachen steigen, nackt."*

Wedekind schon etwas genervt: *„LingLing hat kein Interesse."*

Vladimir: *„Schade."*

LingLing: *„Schade, ich habe noch nie nackten Dlachen gesehen."*

Vladimir: *„Der Drachen ist nicht nackt, die Mitglieder sind es."*

LingLing: *„Ojojoj, toll."*

Maria und Erna brachten weitere belegte Brötchen, die aber sofort wieder dezimiert wurden. Maria: *„Der von der Viernheimer Zeitung hat aber großen Hunger."* Erna: *„Es geht aber heute noch, normal verdrückt der mehr. Der muss ja schließlich sein Gewicht halten."*

Ernest Sven und Marlies Erna Chantal saßen auf der Couch und hatten schon die ersten Bilder dieser Feier in Facebook gepostet. Kann man ja schnell erledigen, da Facebook keinen besonders hohen Intelligenzquotienten benötigt.

Herr Schröder hatte sich irgendwie ins Wohnzimmer geschlichen und seinen ersten Haufen hinter der Couch versteckt. Gott sei Dank hatte ihn keiner gesehen. Es machte sich allerdings ein sehr unangenehmer Geruch breit. Die Parteienvertreter schauten sich vorwurfsvoll an. Da jeder mit den Schultern zuckte, gingen die Blicke zu den russischen Nachbarn. Die wiederum waren der Meinung, dass sich die Redakteure nicht zurückhalten konnten. Ling-Ling rümpfte die Nase und Alwine lachte: *„Schön ist es hier."*

Nach einem längeren Sturmklingeln konnte Erna den gutaussehenden Fotografen des Viernheimer Tageblatts und den Bürgermeister begrüßen, der sofort fragte: *„Nach was riecht es denn hier?"* und spöttich hinzufügte: *„Hoffentlich ist nichts angebrannt."*

LingLing: *„Hallo Bülgelmeistel, ist Kaka von Hell Schlödel."*

Alwine: *„Na mein Buuu, alles gesund?"*

Bürgermeister: *„Ja, danke Alwinchen."*

„Der Bürgermeister hat bestimmt Durst", meinte Maria und schenkte ihm ein Glas Sekt ein. Das Stadtoberhaupt erhob das Glas und wandte sich an die Jubilarin: *„Also Alwine, im Namen des Magistrats der Stadt Viernheim gratuliere ich dir zu deinem 90. Geburtstag und darf dir diese Urkunde und ein kleines Präsent überreichen. Ich soll dir auch die Glückwünsche unseres Ministerpräsidenten und Landrats übermitteln."*

LingLing: „ *Was ist Landlat?* "

Amandus: „ *Goldig, unsere Schlitzkiste.* "

Bürgermeister: „ *Unser Landrat ist der Chef von der Berg-straße.* " Alwine: „ *Ja, lass gut sein mein Buu - und prost. Du siehst immer noch so frisch aus wie damals, als ich dir die Windeln ge-wechselt hatte. Die letzten Windeln von dir habe ich noch.* "

Bürgermeister: „ *Prost.* "

Alwine: „ *Übrigens habe ich dich bei der letzten Wahl mit mei-ner Stimme unterstützt und mit mir die ganze Senioren-Kaffee-runde. Hatte mich einiges gekostet.* "

Bürgermeister: „ *Vielen Dank Alwinchen. Hoffentlich war das nicht zu teuer. Wenn der Fotograf mit den Schnittchen fertig ist, könnten wir vielleicht ein Foto machen. Ich müsste heute noch weg.* "

Alwine: „ *Wie sehe ich aus?* "

„ *Sehr gut* ", antwortete der Bürgermeister. „ *Dir sieht man das Alter nicht an - also wenn ich es nicht genau wüsste.* "

LingLing: „ *Du bist doch del Bügelmeistel von Vielnheim?* "

Bürgermeister: „ *Ja, wir kennen uns doch vom Christstollen An-schneiden im Rhein-Neckar-Zentrum.* "

LingLing: „ *Ach ja, ich weiß wiedel.* "

Der Fotograf fragte in die Runde: „ *Wer will alles mit aufs Bild?* "

Alwine: „ *Nur ich und der Bürgermeister.* "

Sofort hakte sich Vladimir ein und fragte zu Alwine gewandt, seit wann sie denn ausländerfeindlich wäre. Alwine erstaunt: „ *Wieso? Ich doch nicht.* "

Vladimir: „ *Warum wir nicht auf Foto mit dir?* "

Alwine: „ *Weil ich das jetzt nicht will.* "

Vladimir: *„Haben extra Straße geputzt. "*

Fotograf: *„Für das Foto? "*

Das Foto wurde gemacht, sehr zur Freude des Bürgermeisters, denn die Lachsbrötchen neigten sich dem Ende zu. Vladimir war beleidigt und ließ sich schmollend auf den Fußboden nieder. Fast hätte er sich in die Hinterlassenschaft von Herrn Schröder gesetzt.

Marlies Erna Chantal war die einzige, die bei dem Lärm die Klingel hörte. Die türkischen Freunde gaben sich die Ehre. *„Mutlu yıllar"*, sagte Erdal, und Tugba übersetzte: *„Herzlich Glückwunsch. "* Beide überreichten Alwine eine 3 Liter Flasche Raki.

Alwine: *„Meine beiden Osmanischen Dreckspatzen. Vielen Dank. Trinken wir einen? "*

LingLing: *„Klieg ich auch einen Laki? "*

Alwine zu Maria: *„Mach mal eine Runde. "*

Ungefähr 25 Leute tranken auf das Wohl von Alwine, auch Erdal und Tugba.

Nach dem ersten Raki meinte Tugba zu LingLing: *„Schnaps gut. "*

LingLing: *„Uijuijui, ist del gut. Nul zu wenig. Noch einen will. Du auch? "*

Tugba: *„Nur einen ich noch trinken will. Bin Moslem. "*

LingLing: *„Ich nix Moslem, ich extlem, sagen Wedekind. "*

Wedekind: *„Extrrrem heißt das, extrrrem. "*

LingLing: *„Du nix schleien, ich höle gut, Alschloch. "*

Bürgermeister: *„Ich glaube, es hat geklingelt. "*

An der Tür stand Rosinchen, die beste Freundin der Jubilarin. Sie warf einen Blick in die Runde und ging mit Riesenschritten auf Alwine zu. *„Herzlichen Glückwunsch du altes Blasrohr, und will-kommen im Club der Neunziger. Entschuldige, dass ich so spät* *komme. War gerade beim Doktor, es stand noch eine Darmspiegelung bei meinem neuen Hausarzt Dr. Ewald Greifer an. Der hat Hände, sag ich dir – oijoijoi. "*

„Vielen Dank Rosinchen, schön dass du da bist. Jetzt trinken wir erst mal einen bis fünf. "

„Ich hoffe, dir gefällt mein Geschenk? Es ist ein tolles Wellness-Wochenende für uns zwei im Hotel Zum weißen Rollator in Schefflenz", sagte Rosinchen.

Alwine: *„Echt? Toll. "*

Rosinchen: *„Da ist ja auch der Herr Bürgermeister. Wie geht es dir denn? "*

Bürgermeister: *„Ach, die Frau Scheidenkeil. "*

Rosinchen: *„Du darfst ruhig Rosinchen zu mir sagen. Du bist noch bei der SPD? "*

Bürgermeister: *„Ja, natürlich. "*

Rosinchen: *„Ich hatte auch mal einen Freund bei der SPD, allerdings war der Metzger. "*

Bürgermeister: *„Auch ein schöner Beruf. "*

Rosinchen mit Blick auf LingLing: *„Was ist denn das für ein süsser Schlitzgucker? "*

Alwine: *„Das ist LingLing die Frau von Wedekind. "*

Rosinchen: *„Meinst du, der würde mir die Kleine am Wochenende mal ausleihen. Ich koche am Samstag für die Apostelrunde chinesisch, da würde sie gut dazu passen. In der Ecke auf dem Beistelltisch war eine Glasschüssel, die leider das Zeitliche gesegnet hat, und da könnte man ja LingLing drauf stellen. Das würde bestimmt gut aussehen. "*

Alwine: *„Frag sie doch. "*

„Hallo LingLing, ich bin Rosinchen. Wie geht es Dir? "

LingLing: „*Losinchen? Komischel Name. Opa von Glossmuttel sagt, hast du komische Name, blaucht dich auch keinel lufen.*"

Wedekind, der den Wunsch von Rosinchen mitbekam, bemerkte mit gepresster Stimme: „*Meine Frau ist doch keine Blumenvase.*"

Rosinchen: „*Ich glaube, ich lasse das. Ich mache doch wieder die Hausmacher Platte.*"

Mittlerweile wurden alle Gläser wieder gefüllt, und es konnte Alwine erneut zugeprostet werden. „*Auf die nächsten 90*", sagte Rosinchen, wobei der Redakteur vom Tageblatt durchblicken ließ, dass er darüber auch gerne schreiben würde. Der Bürgermeister allerdings meinte verschmitzt: „*Bis dahin werde ich wohl nicht mehr im Amt sein.*"

Alwine: „*Wenn du dir nix zu Schulden kommen lässt, geht das schon.*"

Amandus lachte vor sich hin und sagte mit lallender Stimme:

> „*Wir sitzen am Tisch und trinken,*
> *und die Leber tut uns winken.*
> *Sollten die Beine schnell rotieren,*
> *dann gehen wir halt auf allen Vieren.*"

Bürgermeister: „*Der könnte ja meine Reden schreiben.*"

Ernest Sven: „*Ist das geil.*"

Marlies Erna Chantal, die auch schon einen Raki vernascht hatte, sang vor sich hin: „*Mein kleiner roter Lippenstift liegt draussen auf'm Balkon, hollerhi, hollerho.*"

Maria musste so laut lachen, dass ihr enges Kleid am Po aufriss. Sie stellte sich vor den Redakteur, um diesen Makel zu verdecken. Dies wurde von ihm jedoch falsch verstanden, so dass die angedrohten Ohrfeigen jegliche weitere Bewegung seinerseits auf ein Minimum reduzierte.

Erna trank mit Karl-Friedrich und Wedekind schon den vierten Raki, wobei sich LingLing, Rosinchen und die russischen Nachbarn anschlossen. Der Bürgermeister musste sich absetzen, er hatte am Abend noch eine alkoholreiche Ausschusssitzung vor sich. Die Redakteure verließen auch schon den Weg der deutlichen Sprache und verabschiedeten sich schnell vom Geburtstagskind. Sie versprachen, das nächste Jahr wieder zu kommen.

LingLing: *„Bei mil dleht sich alles, kommt vom Laki."*

Wedekind: *„Das heißt Rrrraki, mein kleines Salatschneckchen."*

LingLing: *„Gloßvatel sagen, wenn Kopf sich dleht, kein Loch in Wand bohlen."*

Die russischen Nachbarn machten sich auch auf den Weg, nicht ohne lautstark zu vermerken, dass sie ja noch die Straße putzen würden.

Alwine hatte Probleme mit dem Kreislauf und lies sich von Rosinchen ein großes Glas Rotwein, mit Ei und etwas Traubenzucker vermischt, einflößen. Daraufhin änderte sich Alwines Befinden schlagartig, und sie machte den Vorschlag, doch das Glas auf ihren Geburtstag zu erheben. Diese Aktion wurde allerdings durch ein lautes Klingeln unterbrochen. Marlies Erna Chantal öffnete, und herein trat Pfarrer Paul Schnödel, der es sich auch nicht nehmen lassen wollte, seinem Schäfchen Alwine zum Geburtstag zu gratulieren. Seine Vorliebe zur lateinischen Sprache wurde auch hier nicht unterdrückt:

„Gratulationes et rursum Deus inquit misereatur."

Amandus: *„Häää."*

Marlies Erna Chantal: *„Was ist denn das für einer?"*

Pfarrer Schnödel: *„Das heißt Herzlichen Glückwunsch und Gottes Segen."*

Alwine: *„Dankeschön."*

LingLing: „Bist du Pfallel? Du hast so ein schwalzes Kleid an."

Pfarrer: „Ego sum Pastor."

LingLing: „Pastol? Noch einen Laki. Gloßvatel von Muttel immel sagen, viel tlinken macht satt wie Bauch wo voll."

Pfarrer: „Sagt unser Bischof auch immer."

Alwine: „Jetzt trinkt doch endlich auf meinen Geburtstag."

Erna und Karl-Friedrich: „Prost."

Wedekind: „Prost."

LingLIng: „Plost."

Ernest Sven und Marlies Erna Chantal: „Geil."

Rosinchen: „Prost altes Blasrohr."

LingLing: „Blaslohl?"

Wedekind: „Blasrrohrr. Da kann man hinten reinblasen und dann kommt vorne was raus. Meistens eine Spritze oder ein Pfeil."

LingLing: „Hihihi, Blaslohl, hihihi, kenn ich, abel bei mil kommt nie was laus."

Wedekind: „Sprechen wir von was anderem."

Maria: „Jetzt ist dein Geburtstag auch schon wieder fast vorbei."

Ernest Sven: „Du hast ja bald schon wieder. Hast du einen besonderen Wunsch für deinen 91. Geburtstag?"

Alwine: „Ich glaube, ich fahr in Urlaub."

Pfarrer: „Salutem."

Amandus: „Ich auch."

Maria: „*Mach das. Wenn ich nämlich dran denke, wie lange es dauert, die Wohnung wieder auf Vordermann zu bringen, wäre mir das sehr recht.* "

Pfarrer: „*Auf Wiedersehen, bis nächsten Sonntag. Wir sehen uns in der Kirche.* "

„*Und tschüss* ", ertönte es wie aus einem Munde.

Zeitfracht Medien GmbH
Ferdinand-Jühlke-Straße 7
99095 Erfurt, Deutschland
produktsicherheit@kolibri360.de